分享思考的

快

乐

徐晓 作品

半生为人

一代叛逆者的心灵史

中国文史出版社

# 目录

# 宴席散尽之后

刘瑜

作为一个出生于中国偏远县城的七零后，每当看到一些知识分子把八十年代当作黄金时代来追忆时，我总觉得很隔阂，甚至有淡淡的反感——全中国几亿人，有几个当时是在文学沙龙中高谈阔论？你们的八十年代是启蒙、是觉醒、是啤酒和烟味中的灵感碰撞，但我们的八十年代是贫困、是压抑、是《站台》里流离失所的青春以及《立春》里腐烂成笑话的梦想。

因此，当我被徐晓的《半生为人》打动时，这感动令我自己措手不及。她写的正是金色的八十年代。当然她的书里也有70年代和90年代，但是她写的70年代也是80年代，90年代也是。别人的80年代还没有到来时，她的已经到来，别人的80年代已经过去时，她的还没有过去。

书里写到了早年的北岛、芒克、史铁生等等"文化名人"，写到了80年代左右的一些重大"文学事件"，但是真正打动我的，似乎不是这些，而是——怎么说呢？一群年轻人在大病初愈的国家为自己建造了一个友爱共同体，这个共同体无拘无束地穿行在时代的清晨。

"他的单位在市中心，朋友们路过时坐一会儿便不想走，于是办公室成了客厅，下班以后常有规模不等的聚会。不管谁来，都是面条一碗，一碗面条，有时外加六分钱一个的大火烧。即使喝酒，也只有二锅头、花生米，拌白菜心、水萝卜就是奢侈之物了……他们有时候海阔天空，国事家事天下事无所不谈；有时候话又很少，可贵在于'一切尽在不言中'的默契，总之彼此都觉得很满足。"

"我们的小屋从不冷清，常有人不约而至，深夜十二点也有人来敲门。来的最多的是鄂复明，家里的力气活儿、技术活儿全由他一个人包了。最方便的是不用请，只要等着，不出三天他准会来。史铁生也是那时候的常客。房子小，没有沙发也没有扶手椅，专门为他准备了一张折叠椅，铁生摇着车到门口一喊，他就跑出去背他进来。"

这样的描述极有画面感。我喜欢这些画面，因为它渗透着人与人之间一种奇特的亲密关系。它不是爱情——似乎我们现在只能通过爱情理解浪漫；它也不是亲情——似乎我们现在只能通过亲情理解责任；它是一种无法界定的、多边的、流动的乌托邦式社区。它浪漫，甜蜜，嘈杂，但有着同舟共济的承诺。它在人与虚空之间砌上如此绵密的屏障，以至于后者显得遥不可及。但是，随着隐私、私人空间、身体边界感意识的崛起（又或者仅仅因为人到中年？），这种无名的、多边的亲密关系正在绝迹。人们惊恐地发现，我们所能嵌入的亲密关系如此稀薄——毕竟，爱情可遇而不可求，而亲情往往是我们被抛入的境地而已——一低头就能迈入虚空的万丈深渊。

连结这个共同体的，是无知者对未知的敬畏。徐晓书里的这些"八十年代人"，好像是一群刚刚从山洞里爬出来的远古部落，外部（或者说人性内部）的文明之光芒令他们惊骇。他们贪婪地阅读，热烈地表达，迫不及待地分享他们的每一个发现。刚刚走出革命的铁幕，他们发现，唱歌可以嘶吼，写诗可以任性，浪漫是个褒义词，美好的事物无需为自身的美感到抱歉。窗外有崇山峻岭，崇山峻岭之外还有崇山峻岭，以及，人竟然可以是个人。

因此，许多人怀念80年代又可以理解。与之前和之后的时代相比，那好像是中国人唯一真正抵达谦逊的时代——之前是拯救世界与水火之中的革命激情，之后是"大国崛起"的豪迈与自信。只有80年代，短暂的80年代，人们如此坦诚地面对自己的无知，脸上的表情是羞怯与赤诚。从这个角度来说，书中那些"文化人"的可爱，恰恰不是他们的才华，而是他们的笨拙，不是他们的使命感，而是他们的盲目。

当然，《半生为人》本质上并非书写"时代"，而是徐晓的个人回忆录——所谓时代，不过是各种"奇人轶事"中散发出来的气息而已。

　　《半生为人》中最令人印象深刻的，还是徐晓写到周郿英——她去世的丈夫——的那些部分。他如何数年承受病痛的折磨，她如何以一种近圣徒般的使命感去照料他：每天给他用酒精擦身体降温、一天几次给流脓的伤口换纱布、看到报纸上"特效药"的故事后一个人飞奔千里去求人、放下自己作为一个知识分子的自尊去给医生塞钱、为他只能吃一口的饭菜忙碌一个上午……尽管作为朋友，我早就认识到徐晓身上强大的母性，但是书里的种种细节描写还是令我震动。爱情无法解释那种奋不顾身的投入，甚至家庭责任感也不能——于她，是本能。她心里有太多的爱需要释放，仿佛她此生最大的问题从来不是爱的勇气，而是不能找到足够大的、大到辽阔的、盛放这爱的容器。

　　她写她对一辆新自行车的渴望；她写她作为一个"小资女"对一个自己的房子的憧憬；她写有一天，在她不分昼夜地照顾了丈夫几年之后，突然心血来潮决定犒劳一下自己。她特地穿上"体面的皮上衣"，找到一家酒店的咖啡馆，决定像个真正的女知识分子一样在咖啡馆里读一本文学译著，消磨一个文艺的下午。但是，在看到菜单上的咖啡价格后，她落荒而逃。

　　她释放得太多，得到的太少。对她的诗意与浪漫而言，生活，始终欠她一个应得的回应。何止是她病逝的丈夫，还有此后延绵的命运。某种意义上，她始终是那个站在巷口等待一辆新自行车的女孩，哪怕两鬓开始斑白。唯其所求之少，更觉命运之吝啬。

　　书中有个一家三口在医院院子里的场景令我印象深刻，写他们全家的一个"节日"，那是在周郿英去世之前一个月。

　　"四月，阳光正好，我们的小儿子推着轮椅，轮椅上挂着乳白色的营养液，我们一家到医院的院子里晒太阳。他已经很久没有到过户外了，不断地说花真好，阳光真好，儿子真好。那天我特意带了儿子的跳绳，给他买了平时爱吃的白瓜子，给儿子买了紫雪糕。他坐在樱花树下，看着儿子跳得脸红扑扑的，满头大汗，一边念念有词地鼓励他，一边嘱咐我要让他多锻炼身体。对于我们这个三口之家来说，那一天像一个真正的节日"。

　　一个正常家庭最普通的一幕，在徐晓那里是一个盛大的节日，这可真让人心碎。但是，如果没有经历过沉重的灰暗，谁又会对"幸福"如此敏感？事实上如果你真的去凝视这个画面，它似乎果然散发轻且薄的诗意，如同侯孝贤电影中的一幕。如果说徐晓所经历的悲伤给她留下点什么，大约就是对她的敏感与力量的成全。到今天，徐晓的命运依然坎坷，依然遭遇各种无妄之灾，但她依然敏感、强大，更加敏感、强大，仿佛这两种品质对她来说是同一回事。

　　尽管徐晓的 80 年代格外漫长，但它终究谢幕。赵一凡的去世，周郿英的去世，北岛等人的出国，更多朋友的渐行渐远……徐晓以这本书表达她对青春漫长的告别。那不仅仅是一个人甚至一代人的青春，某种意义上，也是一个国家的青春——幼稚、笨拙，但也天真、充满热望。

宴席已经散尽，残羹冷炙旁，作为最后一个离席的人，徐晓独自守护着那个时代最后的、熄灭着的光。

2016 年 2 月

# 弱者的胜利

## ——我读《半生为人》

高尔泰

一

近读《半生为人》，感慨万端。

这是一个当年的幸存者，讲述上个世纪七十年代他们"从不怀疑中产生了怀疑"的初航。不是重新结集的号角，只是历史潮流的涨落之中，沉淀下来的一些个体经验。只是一个瘦小，纤弱，坐过牢的女人，在一个接一个地给亲人和朋友们送葬以后，带着一个孩子，在绝境中挣扎过来的苦难历程。

没有凄厉的绝叫，没有剧烈的抗议，没有深长的悲叹。万千心事，凝成了这么一本，如此忧伤又如此美丽的意义之书。如同天问，如同长歌当哭。

我用"忧伤"一词，作者未必认同。我所谓的忧伤，是指人对于失去了的幸福的憧憬。在那荒诞残酷的年代，还有可以失去的幸福吗？有的，那就是叛逆——意义的追寻。荒诞残酷中的意义，就是对荒诞残酷的抗争。那些不能安于无意义状态的意义的追寻者们，原本分散在社会的各个角落，互不知道对方的存在。由于共同的追寻，得以在人海中偶然相逢、相知、相加持、相濡以沫。这种人际关系，在商业时代已经不可想象。

这所谓憧憬，可以说是一种思念的情感。直接地是对那些初航时分曾与并肩的水手们的思念；间接地是对一种被理想主义照亮了的生活和人际关系的思念。这个，实际上也就是，对于一种更高人生价值的思念。由于那种照亮生活的理想主义，以及与之相应的人际关系现在已经杳不可寻，所以这个思念，或者说憧憬，就成了我所谓的忧伤。

以忧伤为基调，也就是以情感为主导，只听从心灵的呼声。这样的书写，只能是个体书写。不服务于任何共同主题，也不受制于外来指令或需要。因此个体书写，才呈现出无限丰富的差异和多样性，各有特点。

徐晓此书，就不同于，例如"孤岛张爱玲"那种。张爱玲面对的是无数细小蚤子（"生命是一袭华美的袍，爬满了蚤子"）。徐晓面对的是一头巨大怪物——霍布斯所说的利维坦。不仅面对，她还要抗争。以致她的个体书写，只能是一种群体意识笼罩下的个体书写。意识领域群体和个体之间的历史性碰撞，使全书整体上形成了一个矛盾冲突的张力结构。情感主导的张力结构，作为符号，更像是诗，而不是戏剧。这是本书的特点。

　　我读《半生为人》，像是读一首长诗。幸福或者意义，都只能在追求它的过程中得之。人在无过程状态中对于过程（幸福或意义）的憧憬，具有逃避现实的成分。对于已经逝去的"意义"的思念，首先是一种对当前强权横行无忌人们惟利是图的现实的逃避。真要回到从前，那份残酷惨烈，没人愿再次忍受。哪怕它可以有把握地换得，那种不幸中的幸福（或者说意义）也罢。

　　所以我说，这是一首忧伤的长诗。说来矛盾，正因为如此，我读此书的感觉，一方面是切肤之痛历久长存，一方面又得到一种审美的快乐，一种慰藉，甚至鼓舞。为那些不能安于无意义状态的意义的追寻者们，即使在今天的人们已经无法想象的残酷惨烈之中，也能创造出如此美丽、如此有意义的人生。难免要想一想，他们能，为什么我们不能？

二

　　这本书，比之于龙应台的《大江大海1949》，没有那么波澜壮阔。比之于齐邦媛的《巨流河》，没有那么源远流长。但书中的人们，各有其心灵的而不是履历的自我，独一无二，不可重复。他们在共同的宏观背景下展现出来的微观心理，另有其多维的广阔和纵深，标志着"个体"的存在。特别是在那个，智力在暴力面前、群体在惟一个体面前双重失能的时代，要透过无数被工具化、数据化、符号化了的公共面貌，发现个体的存在更难。

在无数没有面孔的"人们"中，作者首先找到的是自己：一个读者《钢铁是怎样炼成的》《青春之歌》长大的少先队员。由于绝对真诚，全部自我都与那革命的神圣同一。后来发现了神圣的虚假，同样由于绝对真诚，又不自觉地与之疏离。疏离的过程，是苦难的历程：

"久久不能平静的日子里，我好像才意识到，信仰和真理，是不能等同的。"她曾经抗拒过这种疏离的意识，为了不能坚持"为信仰而献身的理想主义"，甚至说"无可争议地划分了人格的高下"。甚至多年后回忆起来，仍然有失落之感："如今，当年轻时的伙伴聚会散场之后，不管你是从怎样豪华的酒店或怎样寒酸的饭馆走出来，走在喧嚣或者沉寂的夜色中，你为什么会陡然生出一点儿向往……而当你咔嚓一声打开房门，走进你那仍然简陋或者不再简陋的家时，又为什么会陡然地生出一丝失落，为你日复一日面临着的琐碎而烦恼？"

不论信仰的是什么，这种对信仰或意义的需要（或者说缺乏感），并不是每一个人都有的。执著也罢，怀疑也罢，没有信仰也罢，这份严肃认真，都是对信仰负责的态度。"珍重不从今日始，出山时节千徘徊。"难道不是更加"无可争议地划分了人格的高下"吗？

在那个强迫信仰的时代，不信仰就是犯罪，何况怀疑！她因此祸从口出，可谓性格就是命运。1975年，不到20岁的她，在一个严寒冬夜被电话叫醒，下楼接电话时，突然被一只肮脏发臭的帽子罩住眼睛，连袜子都来不及穿，光着脚板就被带进了阴冷潮湿的监狱。狱中无信息，甚至外面发生了震撼世界的"四五"事件，甚至"四五"事件的一些被捕者关到了她所在的监狱，她都不知道。

那时的她，只不过是一个能够独立思考，跟着感觉走的好奇女孩。作为政治犯被捕，在当时十分平常。在四壁大墙里孤绝，任性地乱想。两年多后出狱，又任性地乱走，结果走进了当年的《今天》编辑部。不管自不自觉，总是处在历史的前线。不管有意无意，总是投身于不可知的命运。这，就很不平常了。

感觉，有时候，是比思想更深刻的思想。

她出狱时，正碰上历史的转折。满街大小字报，民刊如雨后春笋。对于非人处境的共同厌恶和对于别样生活的共同渴望，使"个人"们（工人，市民，大学生，待业知青，复员军人……）走到一起，形成许多松散的团体。自动的，志愿的，业余的，义务的。无机可投，无利可图，只有奉献，只有风险。但是都很乐意，带着冒险的兴奋。

《今天》编辑部，同样不例外。她写道："条件虽然艰苦，做自己喜欢的事大家都觉得很神圣。"那份有所追求的快乐，那份非功利、无目的因而是审美的人生境界，现在到哪里找去？在《半生为人》之中，那些陋室补丁粗茶淡饭、一扫琐碎凡俗宿昔晦气走向别样生活的人们，一个一个各不相同，又都审美地统一在一个意义的追寻之中。带着朝露的清气，带着不可捉摸的旭日的光彩。

现在海外的《今天》，已不是当年的《今天》。那些当年投身于《今天》，各有才华个性而不为人知的人们，周郿英、赵一凡、史铁生、鄂复明、李南、崔德英、王捷、刘羽、田晓青这些名字在书中的出现，让我真有一种，"浪淘尽，千古风流人物"的感觉。

<h2 style="text-align:center">三</h2>

赵一凡。一个残疾人，英年早逝。"文革"时不辞酷暑严寒，奔走于北京各个院校，选录大字报，收集小报、传单和当时难得一见的地下文学作品，还有禁书。细心地分类编号，抄写翻拍，予以保存，十年如一日。"我不知道，"作者写道，"一凡当年收集这些资料时有什么打算，但像他这样当时就懂得这些资料的价值，并花费大量的时间精力收集保存的人，恐怕绝无仅有。尤其难能可贵的是，一凡挂双拐行走，他的脊柱靠金属支撑着，一条腿在地上拖着几乎抬不起来，可以想象……（他做这些事）多么吃力，多么辛苦，除了一凡谁能有这样的执着和细心？"

　　这成吨的珍贵资料，在一凡被捕时没有失去，是一个偶然；他死前立遗嘱要把它交给作者处理，作者因为坐月子未能及时知道，是一个偶然；知道时已经被一凡的保姆卖给了废品收购站，无处追寻，更是一个偶然。这些偶然因素的随机遇合，惊涛骇浪摄魄揪心的程度，不亚于宏观历史的突发事变，更不是任何一个雨果或者任何一个狄更斯虚构得出来的。我们在痛心疾首之余，甚至已经没有力气为它偶然地得以留下些少劫火余烬，而额手庆幸。

　　余烬之一是，"文革"以后《光明日报》发表遇罗克的《出身论》，原文就是一凡提供的。我不知道血腥污泥深处，埋葬着多少遇罗克这样的人杰和《出身论》这样的好文。我感激由于一凡，我们得以见其万一。但是书中一凡，仍然是活生生的、日常生活中的个人。他那面对陌生人时的腼腆失措，白床单下显得有些怪异的畸形，以及虽坐牢也没有改变的、不同于"正统"的共产主义信仰，协同地组成一个整体——他这个人。我们的信仰可以和他不同，我们可以奇怪他为什么如此执著，但是我们绝对不会因此减少，对于他的爱和尊敬。

　　作者的另一位朋友史铁生，也是残疾人，也是英年早逝。我读此篇，印象最深的是他和作者的相逢：荒凉的1974年，在荒凉的地坛公园，各自读书的两个陌生人，偶然交谈起来，她有些在当时看来的反动言论。他说，"你知道我是什么人吗？不怕我告发你？"她说，"这里没证人，如果你告发，我就全推到你头上"。"我们的友谊就这样开始了，"

作者写道，"这样的一种友谊，在那个亲友间也只能用手握得紧一点儿来表示心照不宣的年代，几乎不可想象。只有在充斥着苍凉伤感的自然气息的地坛公园才是可能的。"

在那个用假话套话交往是生存条件的时代，说真话是心灵的呼吸。心灵，只要是自己的，就是活的，就需要呼吸。对于拥有自己的心灵、即拥有个体自我的人们来说，只要有机会在某处单独相对，那个某处就有可能成为地坛公园。就在这同一年，作者遇到东海舰队的海军军人郭海、安晓峰、杨建新……才知道军人也是人，也有大于安全需要的说真话的需要。她把他们作为体面的朋友介绍给了一凡，直到被一网打尽。

那些年，"一网打尽"的故事遍布城乡，多到无法统计。纵能统计，也只是数据：帽子数据，劳动力数据，非正常死亡数据等等。所谓"人"的发现，竟然起因于忧伤，也令人悲哀。

## 四

作者和她的丈夫周郿英，是在《今天》编辑部认识和相爱的。结婚不久，周重病住院，多年辗转病榻，终于痛苦死去。

她是无神论者，为了挽救丈夫的生命，除了求神拜佛，想尽办法，什么手段（包括贿赂医生）都用上了：争取到最好的医院、最好的医生、最好最昂贵的药品……无法上班，还要照顾好儿子。奔走于家和医院之间，身心俱疲，以致"一直像个瘸子一样地走路"。

这一切都是白费，她为此深深地自责："我一直以为，我吃的苦是他的疾病的结果，我愿意承受那结果。可我却从来没有想过，他所受的苦是我的努力的结果，我不知道他是不是愿意承受那结果。"事实上，他的痛苦也就是她的痛苦。如果早知道是白受的，谁都愿早些结束。首先是为对方，其次是为自己。在无穷的思念中，她给他的在天之灵写道：

……也许，只有你知道，我讲述的这些，都是事实。但并不是事实的全部。全部的真相是，我为你活着而拼尽全力，同时我也祈祷别的。那'别的'我不能告诉你，也不能告诉任何人。不知你是否记得，就在我们等待了五个多月的手术的前一天，我突然失踪了一个上午。我回到医院时，你刚刚用剃须刀在小腹部做完备皮。你虚弱得连说话都困难，我却把你一个人丢下。我去哪里了？你问我，我说，去办点事儿。但眼睛不肯看着你……现在我告诉你，那天我去了北京城南道教寺庙白云观，我在每一尊神像前放上几炷香，放下一些钱，然后虔诚地下跪，磕头，乞求神保佑你手术成功。同时，我还乞求，如果手术不成功，保佑你尽快解脱……我发誓，你少受点儿罪是我希望你尽早解脱的惟一理由！但是，你相信吗？其他人相信？我自己相信吗？事实是，你病着，我有无穷无尽的麻烦。时间、金钱、儿子的成长、我自身的向往……那时候，我们并不知道那煎熬会延续三年五年，还是十年八年……

笔力千钧，使人灵腑为撼。

无神论者烧香磕头，慌不择路惊心动魄。她这样做的理由，即使不是惟一的，也没有任何人有资格指责她。那样的指责是以理杀人。她对以理杀人的文化的恐惧，是显现在深层心理学中的深层历史学，并不是毫无根据。在以理杀人的文化中，个人的孤独无助、绝望挣扎都不在话下。一种能够把这种不在话下的残酷性充分表达出来，使人感同身受的文字，不管多么平淡，都是奇文。

奇文自然天成，文字全无藻饰。汗腥气、泪腥气、血腥气、监狱里阴冷的湿气，医院里陈旧的药水气，昏暗灯光下印刷民办刊物的油墨气，小街上的烧饼的香气和粮票的浊气、老旧四合院里随着沙哑歌声唱出来的酒气……汇成一股真气，兼具了（如果我没有记错的话）英国美学家鲍桑葵所说的"艰难的美"、"广阔的美"和"错杂的美"。我想这就是所谓"粗服乱头，不掩国色"吧？

五

"有朋友曾说，"作者写道，"我的写作美化了生活。为此，我曾想给这本书命名为'美化，直至死'。与其说是想回应这善意的批评，不如说是无可奈何的孤绝。作为人，作为女人，作为母亲，当你在任何角色中都面临困境的时候，你怎样论证活着的正当性？作为历史的参与者，作为悲剧的见证者，你怎样能够保持内心的高傲和宁静？然而我们终于还是活着。所以我写作——正如史铁生所说，写作是为活着寻找理由。"

这个回答中的虚无主义情绪，虽很模糊，但是渗透全书。这是我的主观感受，很可能作者不会同意。

理想主义者也可能有虚无主义情绪吗？有的。我们在克鲁泡特金的无政府主义理论之中看到过，在章太炎的"五无"言说里看到过，在鲁迅的许多作品、特别是《野草》诸什中看到过……并不陌生。凡理想，都有个现实的前提。奴隶理想自由；屈辱者理想尊严……都是历史中的自然。无前提"主义"，不过是一个空筐。谁都可以装进任何他所希望的、可能的和不可能（如乌托邦）的东西。什么也不装，让它空着（如佛陀老庄），也可以，不一定就不好。

变可能（或不可能）为现实，这就是意义的追寻。追寻就是意义，过程是意义的现实。过程的终结如果不能成为新的追寻的起点，那就会归于虚无。所以理想主义和虚无主义这两个貌似相反的东西，实际上走得最近。个体逃避虚无，往往逃入群体（宗教、国族、组织等等）。群体无路可逃，往往陷入混沌（犬儒生态、丛林法则等等）。在这里，理想主义的徐晓，也还是"出山时节千徘徊"。用她自己的话说，是"常常在写作中踌躇"。

踌躇的结果，是删除了不好的东西，留下了好的东西。"最终我把血腥和粗暴的细节删除了，也把荒诞和滑稽的故事删除了。惟独没有删除的是从那个故事中走出来的人。因为那其中虽然凄婉，却飘散着丝丝缕缕的温情。我愿意把这传达给我的儿子，传达给所有的朋友。因为我深深地懂得，这对人多么重要。"

踌躇，是为他人着想。

为后来的人们——因为爱。

为需要被删节的人们——因为悲悯。

因为对别人重要，所以对自己重要。

别人比自己重要，这就是群体意识。

徐晓的爱和悲悯，植根于天性，本来属于个体。但同时，这样的天性，又使她的群体意识压倒了已经觉醒的个体意识。她力求用理想主义的精神价值，去照亮历史无序背后的黑暗。她愿意在宇宙抹去人类文明的一切痕迹之前，把没有爬满虱子的袍，留存给后来的人们。

这使我想起杰克·伦敦的《女人的刚毅》：在酷寒的克朗戴克，一对男女在无边无际、不见人烟的冰天雪地里艰难跋涉。干粮有限，每天平分少量，终于还是吃完。帕苏卡饿死前，把一袋干粮给了理查。那是她每天从自己的一份中偷偷地省下、偷偷地藏着的。

这样的爱，当然伟大。这样的意志，当然超强。但这伟大和超强，却是以超弱——死亡来标志的。形而下的事实属于个体，形而上的价值属于群体。据说群体和个体应当统一，我也这么想过。但是我不知道，这矛盾该怎么解决？

不能解决。任何解决方案，其程序设计都必须通向可以操作的政治－社会利益的强制性分配。如所周知，政治人物的行为及其后果，常常和所持的或者所宣称的价值原则背道而驰。一个非政治的（至多只是一个"不够资格的政治犯"）独立个体，一个但知有道不知有术的纯粹理想主义者，只在精神领域、只在价值观的层面上寻找，是找不到出路的。面对历史中的自然——这个现代丛林，难免和虚无主义相遇：

谁爱得最多，谁就注定了是个弱者。

道之不存，殉道者的价值何在。

充满着神秘与眼泪的理想主义……对我们这代人来说，那或许是一抹残阳，或许是一缕阴影，但对于今后的年轻人来说，那是一种无法想象的存在。在他们身上，构成遗传的染色体已经变异了。无法理解不是他们的错。

既然如此，既然我们的精神财富到后人手里必然贬值，我们创造它的努力岂不是无效劳动？血腥暴力荒诞滑稽等等，是我们的（不是抽象的）理想主义的前提，把它留给后人作为历史判断的参照系，让他们自己去寻找温暖打造平安，比之于删除，岂不更好？还有，删除了故事，还有"从故事中走出来的人"吗？

虚无主义这个怪物，原本与徐晓无缘。我想象，还没有完全走出群体意识的她，在个体性写作中与之狭路相逢，一定有些错愕，有些失措（也不完全是想象，因为她已经说了，她在写作中踌躇）。

为逃避这个怪物，她稍稍进入了童话——我觉得。

# 六

血腥和荒诞是那个时代的基调，书中提到的部分，已经残酷到让我们有切肤之痛，已经残酷到哪怕只删除掉一个小小的细节，都会减轻我们的沉重。这些都没有删除，不知删除了什么？荒诞感是一种至为难得的天赋，它造就了陀思妥耶夫斯基和卡夫卡，也造就了海子和残雪。有感于荒诞而又删除，不知是怎样的荒诞？我不敢要求别人把自己不忍看不敢看的东西摊出来晾，那种要求本身就是残酷。但是那杯苦酒，一个人咽得下去吗？

咽不下去，所以删除。从这删除，我看到了一种人性中的神性——爱和悲悯；也看到了一种人性的软弱——无力感和恐惧。

这样的所谓的美化，带有逃避现实的性质。逃避，是弱者的天赋本能。正如狼有尖牙鹰有利爪，羚羊和兔子有跑得飞快的腿。托尔斯泰说他读安徒生，读了几遍才发现安徒生的孤独和软弱。安徒生以为大人都没有同情心，所以他只向小孩子说话。小孩子更没有，但他假定有，这是弱者的任性。我读到那些话时，也是个小孩子，坐着想了想，没想出个什么来。今读徐晓书，想起那段话，忽然懂了。对于一个陷于"无可奈何的孤绝"的弱女子来说，还有比童话更好的避难所吗？

遗憾的是，她终于没有逃脱。出狱 20 年后，她从北京到太原探望曾经同案的朋友，企图重温当年的旧梦。舞台换了布景，角色各已转型。"没有期待中的彻夜长谈，没有想象中的无边畅想，"她写道，"不知道是我们老了还是社会变了，我常怀疑，以后是否还存在当年那样的人际关系？"已经不再存在，还要怀疑一阵，这种精神领域的克朗戴克，是另一种形式的"幸存者的不幸"。安徒生纯粹的个体写作，让他逃跑得像飞。徐晓带着群体意识的个体写作，只能一如当初，"像个瘸子一样地走路"，逃不脱铁铸的现实。

但是从另一方面来说，这也是她的幸运。在那个无数人没有任何交流空间，只能默默地忍受窒息的时代，她已经享受过了真正的人际关系。那种地下的和半地下的人际关系是有条件的：没有了奥威尔式老大哥无处不在的眼睛和耳朵，就不会有从那样的关系得到的快乐。她受到老大哥的关注是她为她的快乐所付出的代价。冥冥中似乎还是有一种公平，所谓"国家不幸诗人幸，话到沧桑句便工"。正因为如此，我们才有了这么一本，忧伤而美丽的、震撼人心的意义之书。

　　这里所说的意义，是个体存在的意义。在意义这东西已经被极权主义、拜金主义和后现代主义解构得片瓦无存的今天，更有其特殊的价值。这里所说的价值，是个体精神的价值。作为这个意义与价值的自我赋予者，徐晓已经无愧于她苦难的"半生为人"。陀思妥耶夫斯基说，他只怕配不上他所受的苦难。徐晓可以免于这种恐惧了，因为她已经有了这么一本，永远的《半生为人》。

　　"永远"二字，我不是随便说的。特别是，在前面提了那么多问题之后。在文学中，一种信念，一种情绪，一种自我赋予的意义，只要是真诚的，美的，就是绝对的、永远的。不要问正不正确，那是科学的问题。科学在证伪中进步，"正确"也不会永远。牛顿、托勒密早已过时，但是古神话和安徒生们还生气勃勃，并且不存在被现在和将来的天才超越的危险。

　　鲁迅无碍于韩愈，海子无碍于李白。文学的领域是孤峰的森林，里面没有巨人的肩膀，只有或大或小永远并存的孤峰。哪怕只是一首诗，一则寓言，一篇散文，作者佚名。只要真好，且与众不同，都可不朽，成为永远的孤峰。

　　《半生为人》也是，这是弱者的胜利。

2012 年 4 月

# 自 序

年轻时不知天高地厚地做作家梦，写过几篇不成气候的小说，以后结婚生子，淡泊了功名，也淡泊了作家梦。认为当作家和当贤妻良母没有什么两样，并且为自己能够有这样的认识而自我感动。因此，有很多年，除了职业需要，我不写任何属于自己的东西。随着年龄的增长，又生出写作的愿望，却没了自信，深知自己的才气不足，勤奋不够，对于写作心存恐惧。我想，恐怕大多数职业都是可以选择的，唯有真正意义上的写作，就像圣徒是被上帝选中的一样，写与不写，写什么和怎样写，都是被规定好了的。

一九九四年，丈夫重病多年后去世。我用了四个月时间完成了散文《永远的五月》。向我约稿的朱伟看后打来电话说："感谢你为读者写了一篇好文章！"朱伟是苛刻的评论家，他的话让我觉得分量沉重。

我原本是专为自己、儿子和个别人写的，是为了能够平静地面对逝去的远去的和身旁的朋友们而写的，但却意外地得到了很多读者的回应与认同，这成为我继续写下去的动力。这里所说的"回应与认同"，并不简单地等同于"好评"。事实上，当带有强烈怀旧色彩和极为个人化的写作出乎意料地被读者接受时，使我意识到这种写作的意义。精神和情感是在交往中形成的，如果说我的体验还不算肤浅，那是因为我与其中的人物和事件的关系足够深刻；人原本的感觉能力总是强大和正确的，如果说我的文字还不算苍白，那是因为生活本身已经足够丰富和厚重。我的坎坷，我的磨难，我的喜悦与忧伤、悟性与迷惘、底蕴与限度，都由此而生发，所以，它们是超乎文学的。

不记得是谁说过，一个诚实的人，才有可能是可爱的同时也是幸福的人。同样，一篇真实的文章，才有可能是有价值的同时也是优美的文章。我认为，与其说文章有好与不好之分，不如说有真与不真之别。即使是虚构，其情感的真实与否也是至关重要的。

我更愿意把对作品的接受，理解为对一段历史的接受；把对作者的接受，理解为对一份情感的接受。为此，我对所有对历史持有尊重之意、对人生葆有热爱之心、对生命怀有敬畏之情的朋友心存感激。我认为，这首先来源于他们的自爱之心，而爱人之心一定是由此生长出来的。

这本散文集是以写人为主的。我把书中所写到的人物—赵一凡、周郿英，以及"今天派诗歌"群体中的北岛、芒克等人，看成是中国二十世纪七十年代末至八十年代初涌现出的一批"新人"。

　　"新人"这一概念始于俄国革命民主主义作家车尔尼雪夫斯基，他的代表作《怎么办》一书的副标题是"新人的故事"。这本书在二十世纪六七十年代对于中国知识青年产生过巨大的影响，但它与另一本对中国知识青年产生过更大影响的《钢铁是怎样炼成的》在理念上相当不同。两本书描写的都是革命和革命者，但后者是我们所熟悉的集体主义、共产主义式的革命，这种革命很少为个人的生活和成长留有空间。而前者却让我们看到，在革命的大背景下，不仅有爱情与婚姻的位置，而且有个人的自由和权利。作者主张"合理的利己主义"，但并没有滑向道德相对主义；作者为普通人的自私辩护，但并没有以此作为真理的栖息地而放弃对理想人格的追求。这正好成为具有怀疑精神的一代青年的思想资源。与同时代人遇罗克这类英雄相比，在二十世纪末的中国，"新人"的特征是——以张扬个性的方式而不是以革命的方式表达了对主流话语的反抗；以反传统的作品和生活方式挑战了革命的神话。不管是不是自觉自愿，他们"站在社会的边缘，与现实的喧嚣、浮躁、委顿形成反差，这本身已构成了意义，并给社会提供了意义。"（《永远的五月》）

　　在那个年代，这一群体所代表的理想主义和浪漫主义精神以及敢于怀疑的理性精神，深深地影响了我，并使许多人着迷。我试图以我个人的经历为线索，记录下那个年代的人和事，借用帕斯捷尔纳克的话，我想说明：生活——在我的个别事件中如何转为艺术现实，而这个现实又如何从命运与经历之中诞生出来。

然而，这些具有"新人"特征的反叛者，还没有足够成熟的人格，足够强大的精神力量，保持一个反抗者的姿态，并承担起"新人"的使命。那段离我们并不久远的历史，如今在一些人的记忆中已经褪色，而在另一些人中则被当成历史的神话加以彻底否定。毫无疑问，我们应该反思！那曾经的信仰，是因为原本就是错误的，所以根本就不值得去信吗？是我们压根儿就没有触到实质，因而不可能彻底吗？还是我们否定它，只因为不能为自己的沉沦寻找到自圆其说的理由？这是对于包括我自己在内的、如今已经"溃不成军"每一个曾经的反叛者的提问。

有朋友曾说，我的写作美化了生活。为此，我曾想给这本书命名为"美化，直至死"。与其说是想回应这善意的批评，不如说是无可奈何的孤绝。作为人，作为女人，作为母亲，当你在任何一种角色中都面临困境的时候，你怎样论证"活着的正当性"？作为历史的参与者，作为悲剧的见证者，你怎样能够保持内心的高傲和宁静？

然而，我们终于还是活着。所以我写作—正如史铁生所说，写作是为活着寻找理由；所以我在写作时踌躇—"最终我把血腥和粗暴的细节删除了，也把荒诞和滑稽的故事删除了，唯独没有删除的是从那个故事中走出来的人，因为那其中虽然凄婉，却飘散着丝丝缕缕的温情。我愿意把这传达给

我的儿子，传达给所有我的朋友。因为我深深地懂得，这对人有多么重要。"(《无题往事》)

这些篇章并不能够完整地表达我的心理探索，它们是片断的、零星的，甚至是片面的，它们只是构成了我写作的参照。生活的脚步每天都不停歇，新的困惑每天都在生长，而结论却总是姗姗来迟。历史的纠葛和精神的困境，如同情感之于女人，总是纠缠不清。这是写作的过程，也是生活的过程。

2005 年 1 月

# 永远的五月

　　深秋，我终于为丈夫选定了一块墓地。陵园位于北京的西山，背面是满山黄栌，四周是苍松和翠柏。绛紫和墨绿色把气氛点染得凝重而清远。同去的朋友都认为这地方不错，我说："那就定了吧。"

　　我知道这不符合他的心愿。生前，他曾表示希望安葬在一棵树下。那应该是一棵国槐，朴素而安详，低垂着树冠，春天开着一串串形不卓味不香不登大雅之堂的白色小花。如果我的居室在一座四合院，我一定会种上一棵国槐，把他安葬在树下，浇水、剪枝，一年年地看着它长得高大粗壮起来，直到我老，直到我死……

　　然而这样一个简单的愿望在如今已成为死者的奢华。那么，就把遗憾再一次留给自己吧。我在心里说："郿英，对不起……"

　　人活在世上到底需要承受多少遗憾才算了结呢？活着，就一定会有明天有下次，有弥补的机会和方式，死了，给活着的人留下的只有遗憾——切肤的遗憾。

　　然而，我必须跨越生与死、男人与女人、过去与现在的界限，重新翻阅他人生的全文，咀嚼它，品味它，不管那会使我怎样地痛苦和心酸，除了面对，我别无选择——这是一个男人能够留给一个女人的全部财富，这是一个父亲能够留给一个儿子的真正遗产。

和周郿英第一次见面是在北岛家。那是一九七八年冬天，他在西单墙看到第一期《今天》，留下了自己的姓名和地址，还四处游说约来了许多他的朋友。那天，除了北岛，我谁也不认识，印象最深的是程玉和老周。我和程玉同在半步桥的北京看守所坐过牢，虽不是同案，但也算是难友，自然有一种同命相怜的缘分。老周使我印象深刻是因为他的胡子，两腮光光的，唯独下巴底下留着的胡子。开始我以为那是现代派的标新立异，后来才知道是因为他人太瘦，不好刮。有一次住院，护士们因此给他起外号叫"老山羊"。

以后，我们经常在七十六号《今天》编辑部见面，他几乎每天下了班都去。他话少，使人感到深不可测。

那时大家都穷，没有钱下饭馆。记得最清楚的是，有一次，我骑车去七十六号，路过胡同口的一家小饭馆，饭馆的灯光昏暗，昏暗的灯光下，一个戴眼镜的瘦高个儿把粮票凑到眼前，用大拇指一张一张捻着数。我觉得眼熟，捏了闸仔细看，原来是"老木头"，正用大家一两二两凑起来的粮票买烧饼。"老木头"是赵振开的外号，北岛是赵振开的笔名。老周去了常常买些切面，当时挂面是每斤二毛六，切面是每斤一毛五，省下一毛一再加一分钱，可以买三个一两一个的芝麻烧饼，或买两个二两一个的大火烧。这笔账振开、芒克都不会算，但老周天生是个好当家，只要有葱花、香菜、香油，他做的热汤面总会让大家吃得笑逐颜开。男人们经常一起喝酒，经常有人喝醉，免不了出一些让人哭笑不得的洋相。他的酒量与北岛、芒克、黄锐、黑大春这伙人相比并不逊色，但他从不喝醉。和许多号称酒鬼、酒圣、酒仙的在一起，他从来没有醉过，总是像个老大哥扮演收拾残局的角色，然后把喝醉的人送回家，或是坐在马路边上听酒后真言酒后胡语，直到深夜。

我清楚地记得，那是一个星期天的下午。那些日子，每个星期天我们都到七十六号去印刷装订我们的杂志，条件虽然艰苦，做自己喜欢的事大家都觉得很神圣。傍晚，我们再转移到赵南家去聚会。来人不管是否相互认识，都可以在那里朗读自己创作的小说、诗歌、剧本，有时候也读名著。在那里，我读到了叶甫图申科、帕斯的诗，知道了法国女作家玛格丽特·杜拉斯的名字，并因她的短篇小说《琴声如诉》而对她崇拜备至。

那个星期天的午后，阳光淡淡的，懒懒的，被七十六号凌乱、破败的院子分割得支离破碎。他站在午后的阳光下，细长的腿由于内八字脚而略微有点儿弯曲，脚下是一双旧得没有一点儿光泽的皮鞋，茶色裤子的裤角磨出了毛边，下巴的胡子长长的，一副不修边幅的样子。

当时他在和谁说话，说什么我已不记得，但我记得他的姿势和表情。两臂抱在胸前，冷峻、若有所思——这是他的常态。在他死后这些漫长的日日夜夜中，我曾竭力回忆我们相识以来共同度过的日子，有许多细枝末节都淡忘了，唯有他的形象、姿势、动作、表情会从记忆中凸现出来，挥之不去。有时候不经意时，他会突然向我走来——推着那辆叮当乱响的破车，慢悠悠地向我走来；挎着那个破旧的黄书包，一肩高一肩低地向我走来；穿着那件草绿派克式大衣，步履沉重地向我走来……冷峻而若有所思。我能感觉到他的目光，他的呼吸，甚至他的气味，那种感觉是无法形容的。每当这时，我会反省以往把"绝望"这个词使用得太轻率……

就是那个星期天，他站在午后的阳光下。就在午后的那一瞬间，我产生了一个奇怪的念头：如果我愿意，他一定会爱上我，我一定能让他爱上我！

这个念头使我得意，更使我吃惊，因为当时我正另有所爱，他也正被大家说服着，成全另外一个女孩儿的恋情，更何况大家私下里还在议论关于他曾经因为恋爱而自杀过的传奇故事。几年以后我们才真正恋爱，又过了几年我们才结婚生子，经历了爱的幸福和与之俱来的恐惧，经历了生的期待和与此相伴的死的绝望，而这一切都始于那个周日的午后，始于偶然回首的一瞬间他那冷峻而若有所思的样子对一个女孩儿的触动。

一个人的吸引力是很微妙的。一次，我和画家栗宪庭从外地出差返京，他去火车站接我，握手寒暄之后很快便分手了。后来我和栗宪庭成了朋友，他对我说："你的男朋友真棒，是个了不起的男人。"我当时吃惊地说："你们只有一面之交啊。"以后十几年，他们几乎没有交往，听说他去世，栗宪庭说："老周可是个好人，葬礼我一定得参加。"我想，这只是一种印象，一个艺术家夸大了的直觉。但是，一个男人，他之所以引人注目必有原因，肯定不是衣着，不是相貌。一个三十多岁的男人，他的分量，他的独特，肯定别有原因。

一年多以后，《今天》被迫停刊，但我们的交往更加频繁。那时我重病在家，又刚刚经历了一次感情挫折，他常去看我，帮我挂号陪我看病。有一段时间我住在清华大学，怕我孤单，下班以后他赶到西郊再坐末班车回城。一次，他打来电话让我别买饭，他来了才知道，那天是腊八。让我吃惊的是，他居然给我送来了腊八粥和包子，赶二十里路用饭盒带粥，这样的事恐怕只有他才做得出来。

他住在单位，家虽然离得很近，为了自在宁肯住在库房，晚上把一块木板搭在写字台上就是他的床。库房原是一座大庙，阴冷而潮湿，常有各种小动物出没。他津津乐道地给我讲过一只每晚必到、把两只前爪搭在门槛上陪他看书、听音乐的黄鼠狼，并开玩笑地说："它能和我交流，早晚会成精变仙。"

他的单位在市中心，朋友们路过时坐一会儿便不想再走，于是办公室成了客厅，下班以后常有规模不等的聚会。不管是谁来，都是面条一碗，一碗面条，有时外加六分钱一个的大火烧。即使喝酒，也只有二锅头、花生米，拌白菜心、水萝卜就算是奢侈之物了。鄂复明、王捷、万之、田晓青是那时候的常客。他们有时候海阔天空，国事家事天下事无所不谈；有时候话又很少，可贵在于"一切尽在不言中"的默契，总之彼此都觉得很满足。田晓青这样描述当年的感受："不管什么时候，也不管隔多长时间，只要见到他，喝一杯酒聊几句就觉得心里踏实，觉得世界没变。"苇岸在一篇写黑大春的散文中称他为"诗人的摇篮"。我不喜欢这种形容，这是夸大了的赞誉之词，虽然出于好意，却不符合事实。但我相信一个充满了幻想与躁动的十八岁男孩儿的心灵，在那种娓娓的彻夜交谈中，会变得平和而安静。

这种神交成为他的生活方式、生存方式。男人与男人之间既了解并珍爱各自的优点，又了解并包容各自的弱点的友谊，成为他生活的支点、人生的事业，一直持续到生命的终结。我想，很多朋友怀念他，是因为想起他便想起那个年代，想起那个年代自己的幼稚与单纯、真诚与梦想。现在我们上哪里去寻找当年的圆明园、丁家滩、十渡，又怎样才能促成当年那种背着瓶啤酒，带着干面包，在野外玩童年时的游戏的郊游呢？

这些人中大多原本就是我的朋友，但说实在话，我时常会产生深深的自卑，和他们相比我似乎永远走不进他的内心深处。我羡慕他与万之、田晓青之间那种不用把话说透就能相互理解的默契；我嫉妒他与鄂复明、王捷那种君子之交淡如水的境界；我渴求他对待大春、桂桂那种兄长似的呵护。可我俩之间却不自觉地把宽容藏起来，把完美强加给对方，从一开始就总是相互折磨。我们都很痛苦但又执迷不悟，尤其我更是执著。不但他的散淡他的超脱他的深沉使我着迷，就连他的怪癖他的病体也不在话下全盘接受。很多人对于我在结婚之前就清楚他的病情表示不可思议，认为一定是他隐瞒了自己的病情。这不是事实，事实是结婚之前我不但知道，而且已经承担了护理他的义务。直到今天，我从未认为他的身体是我们之间的障碍。不，障碍不在于身体，婚后他年年住院直至一九九一年一病不起，我从没为此而后悔过自己的选择。一个男人和一个女人，能走到一起结婚生子，肯定有必然的理由，不管那理由在别人看来是多么微不足道不值一提，但是对于他和她肯定是第一的、唯一的理由。

在那几年，我作为他的常客之一对他的经历和为人有了更多的了解。一九五六年，他才十岁，因急腹症住进医院，手术后病理检验诊断为淋巴肉瘤。这是一种非常险恶的肿瘤，因此手术后还得施行放射治疗。五十年代，我国的放疗设备和技术都很落后，一个疗程下来，把一个十岁男孩儿的前腹后腰都烧伤成板结状。几十年来，他受尽了放疗性肠炎和粘连性肠梗阻的折磨，为此小学和中学他分别休学一年，"文革"开始时，他是北京六十五中高三的学生。

因为身体不好，他没去农村，他的家成为下乡返城知青的集散地。同学和同学的同学、朋友和朋友的朋友、亲戚和亲戚的亲戚，从山西、陕西、内蒙、东北，从兵团和村子里带来大量当地的新闻。他虽然没有亲身经历、亲眼看到那些惊心动魄的事件和场面，没有在广阔天地里劳其筋骨饿其体肤，也不必为自己的现实处境而焦虑，但是他认识的、不认识的知青们挨整、被斗、自杀、坐牢的遭遇使他感同身受。那些年，他忙于看望同学和朋友的父母，忙于为那些急于回家探亲和不想马上离京的打假电报、开假假条，忙于接站、送站。与此同时，他读了大量的文学作品。有时候，他一连几天钻到图书馆里。高尔斯华绥、陀思妥耶夫斯基、托尔斯泰、雨果、狄更斯对灵与肉、善与恶的提示和剖析与当时知青们的苦闷、彷徨、失望、抗争绞缠在一起，使他如同受到了深刻的精神洗礼。他给一个在内蒙插队的同学的信中写道："上午参加一个朋友的婚礼，我为他高兴，可是晚上回到家里又得知另外一个朋友被判处死刑，我的心情是可想而知的。然而，又能怎样，这就是生活。"可以想象，他是以怎样的心情迎来送往，而后，又是以怎样的心情在北京独处。

一九七五年，他的高中同学在内蒙为知青打抱不平，涉嫌一件命案，再加上一些反林彪、"四人帮"的言论，好几个人身陷囹圄。他积极参与了此案的上访。一个当年参与此事的同学回忆说，所有的上访材料一经他的手修改，马上变得条理清楚，而且分量加重。上访很快有了结果，北京军区马上派专人调查，案情有了重大转折，一些同学很快被释放，另一些得到了从轻处理。虽然他身处北京，但他四处奔走出谋策划，对案件的解决起了重要的作用。经常听他讲一些离奇的事情，三角恋爱、情杀、起诉、私了、公了，似乎有一个场，有一个无形的道德法庭，他是法官，无偿地、没完没了地解决一桩桩公案。他不顾风险地帮朋友躲避过追查，不堪其苦地为朋友打过官司，不厌其烦地给朋友调解过恋爱、婚姻中的矛盾和纠纷，不无同情地听朋友诉衷肠倒苦水，同时，也不止一次地受到牵连，不公平地被误解、遭抱怨。现在的人对此可能不理解，不以为然，可是当年我们这些人就是这样相处的。只要是朋友，你的事就是我的事，生死相交患难与共的友谊也是这样建立起来的。不知是我们老了还是社会变了，我常怀疑以后是否还存在当年那样的人际关系。

大家说他是个好人，他为自己创造了——或者说大家共同为他创造了这样一个人所共知的形象：在你遇到麻烦时，你第一个想到他。他有一种聚精会神地把注意力放在对方身上的习惯，他顺着你的思路听你把话说完，但并不急于下结论，也不总说你爱听的。他总是试图引导你站在对方的立场上，换一个角度重新把事情审度一遍。即使是你错了，他也绝不会让你感到孤立无援；在你需要帮助时，他会把同情、理解、时间、金钱给予你，让你没有拒绝的余地；在你一帆风顺的时候，他绝不再锦上添花。许多出国的朋友每年都寄来贺卡，让人带来礼物，但他从不回复，一次也不，固执得令人不可思议。

不了解他的人可能认为他是个爱管闲事的"无事忙"，在对他了解不深的人看来，他不过是个热心的老好人，知道他所参与的活动的人会以为他很洒脱，只有熟知他的人才知道，理想与现实的矛盾始终困扰着他，使他实际上很沉重，很孤独，很多时候他都感到力不从心，疲惫不堪。

他曾经给我讲过这样一件事：他们厂里的一个工人，有三个孩子，夫妇两人每月只挣五十多块钱，冬天一家人吃白菜和咸菜，夏天买撮堆儿的黄瓜，他平时经常接济他们。一次过年，他给了那个人二十块钱，过年之后，他看到那个工人穿了一件新衣服，心里很不是滋味，忍不住对他说："钱是给孩子改善生活的，如果你买二十块钱肉，一顿都吃了我也没意见，需要我还可以想办法，可不是给你买衣服的。"没过几天，那人死活把钱还给了他。他告诉我时，这件事已过了很多年，但他的情绪仍然非常激动。他说："你不知道当时我多恨自己，我恨不得打自己几个耳光。他也是个人，别人能穿新衣服为什么他就不能？就因为他穷；他也是个男人，是三个孩子的父亲，他为什么没权利决定自己能不能穿一件新衣服？就因为钱是别人的，钱是我的；就因为我还拿得出二十块钱，我就有资格教训他，伤他的自尊，我成了什么人了！可你不知道他的三个孩子多惨……"他讲这一切时丝毫没有一点儿委屈，一点儿抱怨。不知为什么我当时觉得这有点儿像蒙太尼里似的忏悔。

我流泪了。我为他难过，但我无话可说。他确实错了，我找不出安慰他的理由。我懂得他看到孩子时的感受，但我仍然无法为他辩护。这不是一般意义上的好心办坏事或好心没好报，他陷入了一种善良与另一种善良不能兼顾的悖论之中，为此我更加为他难过。我相信，如果他有很多钱，不，不用很多，只要他还能拿得出，就不会犯这样的错误。但是他不能，他真的不能。一九七九年，他为自己的亲弟弟办理回京的手续，对方一再索要好处，最后一次，他去车站为其送行，对方又提出要求，大有满足不了就会前功尽弃的架势。他从手腕上摘下手表递上去，为自己拿得出一件还算值钱的东西而庆幸。

　　最能说明他这个人的是一次没有结果的恋爱。她离了婚，本人在外地的一个工厂工作，北京只有一个年迈的母亲帮她抚养着幼小的女儿。"文革"中一个黑五类兼有海外关系的家庭，面临这样的境遇，其艰难是可想而知的。在她没有调回北京之前，他几年如一日地每周去给老人提水、搬煤，以后又为她的调动四处奔走。我不能确切地说他们之间是同情还是爱情，是由同情导致爱情还是由爱情而产生同情，但是在七十年代，这种选择需要有足够的勇气。他曾经把这比喻成是背十字架。最终他们没能结合不是因为他对那样一个十字架不堪承受，而是因为他的母亲出于传统观念不同意他娶一个结过婚而且有了孩子的女人。他太爱他的母亲，不愿意伤害母亲，其结果是自己背负双重的十字架却谁也没有被成全。母亲为他大龄不娶操碎了心，他与她苦恋多年最终分手至死未见，三刃刀刺伤了三个人的心窝，以后又一度成为我们关系中的阴影。一个爱情故事的开始是浪漫的，结局却又免不了平庸，希望把当矛盾的双方都是朋友，他又必须做出是非判断的时候；当明明是社会的不公，他不得不违心地劝说别人委曲求全的时候；当他所钟爱的人，由于受到不公正的待遇而走向极端的时候；当一个人因为境遇的悲惨而沉沦而堕落的时候——在是非与善恶的天平上寻求到的平衡，顷刻又在本能和现实的天平中倾斜了。在劝说别人的时候，被压抑的首先是他自己；在安慰别人的时候，受伤害的也首先是他自己。这种强烈的内心冲突，形成了极大的性格反差——坚强与软弱，情感与理性，苛刻与宽容，自闭与开放，悲观与乐观，现代与传统。

也许是他深感一个人为另一个人所能做的太少太少，渐渐地他把类似于救世主的信条修正为：做我该做的，做我能做的。而他自己不论怎样累、怎样难、怎样苦都从不抱怨从不诉苦。我不止一次听他对我对别人说："如果你受了伤，没有别的办法，一个人舔干净伤口，然后若无其事地站起来。"他这样要求自己，我成为他的妻子以后，他也这样要求我。我哭他从不哄从不劝。他说，只知道孩子需要哄老人需要劝，不承认女人也需要哄，有理智的人也需要劝。同时，他却一如既往地成为女孩儿、男孩儿和女人、男人们信赖的兄长和朋友。我呢，则理直气壮地指责他：一个只爱妻子和孩子、不爱别人的男人是自私的；一个爱别人唯独不爱妻子和孩子的男人是虚伪的。我承认虚伪不属于他，也知道不管是爱也好恨也罢，他的方式总是独特的。其实我欣赏的正是这种独特，可趣味是趣味，一旦真正面对又无法超脱。

他是这样一个人！我知道他是这样一个人吗？我能够承

受这样一个人吗？如果当年能够这样问自己，也许我们会成为世上最令人羡慕的朋友，不管我们是否恋爱是否结婚。然而，我不能。我像大多数女人一样，希望所爱的男人既强悍深沉又温柔顺从。

一九八五年春节前夕，我们终于结婚了。没有房子，没有仪式，没有钱，甚至没通知各自的家庭。我们置办的唯一家当是两块五毛钱一把的特小号铝壶。在一个临时外出的朋友家里，我们用这把小水壶和一个五百瓦的电炉烧水做饭，度过了新婚后最初的日子。二十天后，他急性肠梗阻发作住进医院，但这并没妨碍我忘乎所以地认为，只要拥有他我便拥有一切。

两个月后他出院，我们住进了一间借来的小平房。虽然房子只有十平方米多一点儿，但总算有了自己的家，我们觉得很知足。

冬天，炉子上的水壶和窗纸的响声呼应着，水蒸气把玻璃画得斑斑点点。那时北京的冬天似乎比现在冷得多，最冷时用湿手拉门上的铁把手会有被粘上的感觉。他回到家总是先摘下满是哈气的眼镜，一边擦一边念叨着，"还是家暖和！还是家好！"我们吃着炉台上烤的馒头片或烧饼，讲各自单位里发生的事情，谈论我们共同认识的朋友，追忆老北京的掌故。如果赶上下雪天，又正巧有朋友来访，他就像个孩子，一边顺口把"风雨故人来"的诗句改成"风雪故人来"，一边张罗着喝二锅头吃涮羊肉。他喜欢这种情调到了痴迷的程度，把我这个对北京风俗一无所知的南方人也感染得兴趣十足。夏天，他喜欢喝生啤酒。那时，北京的生啤酒不好买，我常常拿着大小不等的塑料桶去排队。我知道他下班回家，特别是朋友来了，喝不上生啤他会难受得坐立不安。

我们的小屋从不冷清，常有人不约而至，深夜十二点也有人来敲门。来得最多的是鄂复明，家里的力气活儿、技术活儿全由他一个人包了。最方便的是不用请，只要等着，不出三天他准会来。史铁生也是那时候的常客。房子小，没有沙发也没有扶手椅，专门为他准备了一张折叠椅，铁生摇着车到门口一喊，他就跑出去背他进来。一个体重不足一百一十斤的人背一个体重近一百五十斤重的人，况且他放疗烧伤后没有腰肌和腹肌，背起来一定非常吃力，但每次他都坚持亲自背才放心。后来他的身体状况越来越差，为让他能休息好，铁生写了一张条贴在我家的柜子上：因主人身体不好需要休息，来访不得超过十五分钟！客人看着表，坐到十五分钟便开始不安，但只要他能坚持，总是说："那张条不是为你写的，踏实坐着。"于是客人便心安理得地待下去。

本来我是个反对喝酒的人。父亲在世时常喝酒，从我懂事起就听母亲叨唠和抱怨，所以我对喝酒的人抱有很深的成见。我曾经暗想，将来绝不找一个会喝酒的男人当丈夫。他进入我们的家庭时，父亲已经病重，他多次为没有陪老人喝过酒而遗憾。他对我说："不会喝酒的人无法体会'酒逢知己千杯少'的境界。不管什么事，只要是能使人向善而不是使人变恶，就没有理由反对。"我差不多被他说服了,再也不一味地讨厌喝酒。

有一段时间,他每天下班到东四八条口的小酒馆去喝啤酒,问他为什么,他说为一个老头儿。那个老头儿看起来没文化,但气质特别让人喜欢,"我们每天总是前后脚到,我要一升啤酒不要菜,他要二两白酒,一盘花生米。我们谁都知道对方注意自己,可谁都没打招呼,如果我们认识准能成为忘年交。"我问他为什么不主动点儿,他说:"这你就不懂了,对我来说,猜想着、琢磨着是一种享受,我相信对他来说也一样。"这不是为了搜集素材,他和很多写诗的写小说的来往,自己却从不搞创作,尽管所有了解他的人都认为凭他的文笔和阅历,他是可以写点儿什么的。他与那些爱扎堆闲聊神侃的人也毫无共同之处,他和那种"话不投机半句多"的人从不一起喝酒。谈资和谈话的对象一样,是他最好的下酒菜,只要对胃口就行。所以与其说他是喜欢喝酒,不如说他是喜欢以酒会友;与其说他是在品酒,不如说他是在品人、品生活。

他的确是一个精于品味的人,是能把没滋味品出滋味、把苦涩味品出甜滋味的人。他能准确地尝出这道菜没放葱、另一道菜的黄酒又放得太多。对别人来说某个汤放不放胡椒粉或香菜的区别是好吃不好吃的问题,对他来说就变成了能吃不能吃的问题。吃鸡只吃头和爪子,当然他也知道翅膀是好东西,但因为有太多的人喜欢,他总是割爱。白菜馅的饺子醋里一定要加蒜，韭菜馅的则一定要有芥末。如果用油炒而不是用盐和花椒煮，虾则不再是虾，花生米则不再是花生米。讲究的不是吃什么，而是怎么吃，和谁一块儿吃。

他喜欢吃香椿，史铁生也喜欢吃香椿。每年香椿发芽的时候，他都要从自家的香椿树上摘了最嫩的送给铁生，后来香椿好买了还是这样。对于他来说那成了一种仪式。躺在病床上，每年到了这个季节，他都为不能再和铁生一块儿吃香椿面而遗憾得大发感慨。最后一年，他母亲为他做了一瓶煮花生米拌香椿，他省下一半让我带给铁生。他当然知道如今香椿已是满街满巷都有的卖，制作"专利"他也早已在朋友中广而告之，而我当时又忙得不可开交，可他仍然催着我去送，还一再叮嘱，当天送不了一定别忘了放在冰箱里。香椿在他的思维里不再是香椿，已被演化成一种象征——友爱；吃在他的思维里不再是吃，已被抽象成了一个概念——与我爱的人和爱我的人共享所爱。他自己之所以爱吃香椿也出于同一个逻辑。本来他是不吃香椿的，当年还没和姐姐结婚的姐夫到家里做客，他爱姐姐也喜欢姐夫，硬着头皮吃姐夫满腔热情推荐给他的拌香椿，由喜欢变为酷爱，直至一发不可收拾。对苦瓜的偏爱也如出一辙。有趣的是，他只能接受最初接受的那一种形式，香椿只能拌着吃，如果跟鸡蛋一起炒他绝对不碰；苦瓜就用小干鱼炒，和肉炒就坚决反对。他追求情调和趣味到了教条的程度。

对人又何尝不是如此。文章写得好与不好，学问有还是没有，名气大还是不大，社会地位高还是不高都不重要，重要的是感觉。他有各式各样三教九流的朋友，小韩是开车的，老四是理发的，马子是临时工，都是北京胡同儿里的苦孩子，没什么文化，但个个都很仗义，个个都敬他服他，总是一口一个大哥地叫，照顾他的那份周到没人能够相比。物价不断上涨，他也知道不能只节流应该开源，人们纷纷下海做生意，他也跃跃欲试地试图挣钱，但是无论如何都进入不了角色，在生意场上他找不到他所喜欢的感觉和习惯了的氛围。

因此他特别看重朋友间没有任何事务性内容和实际利益的聚会。每当朋友们聚会，他会一改不苟言笑的常态，因为瘦，我常说他笑起来满脸大括号。尽兴时，他唱京剧、评剧、越剧，唱民歌、洋歌，只要地道他都喜欢。唱得最动情的是河北民歌《小白菜》：小白菜呀，地里黄呀，两三岁呀，没了娘啊……他的嗓子不好，声音小而颤，但唱这首歌恰到好处。

我很情愿买酒做菜，也习惯于操持这样的聚会。我不知道是不是所有的妻子都像我一样，反正我是这样，我愿意这样。这种时候，我感到幸福。也许是我对幸福的理解太浅，要求太低，或者就是我孤陋寡闻，我觉得这是一个女人真正的幸福，这是我真正的幸福。现在他的照片挂在我的房间，挂在我的床头，独自一人时我凝视着他，首先想到的是他在朋友中间的形象：他笑，他唱，他侃侃而谈，他自言自语，他高兴起来笑出来的"大括号"，他激动起来神经质的嘴唇……他指着我对大家说："这是我老婆……这是我老婆腌的雪里蕻，我老婆做的鱼头汤，看家的本领，在别处肯定你吃不着……"这时我会想，如果时间可以倒流，我愿意用二十多岁的热情，加上四十岁的理性，重新理解他、爱他。即使他生病时间再长，我也甘愿留在这个位置上，做我该做的，做我能做的……我真的常常这样想，不管别人相信不相信，我常常想，如果时间可以倒流……

其实他并不是一个喜欢热闹的人。由于身体不好，他非常好静，特别是八十年代末以后，他变得更加沉默。没有客人时，他经常长时间一言不发。只要身体允许，他会找个棋友下围棋，尽管棋艺不高长进不大，还是当个事儿似的买来不少围棋书，并且以会下围棋为荣。他可以长时间地阅读，而且读书的速度很快，阅读的面也很广，令我这个中文系毕业的望尘莫及。回到家，他做的第一件事是打开音响。他只听古典音乐，勃拉姆斯、比才、柴可夫斯基，也听贝多芬、肖斯塔科维奇。三年多住院生活，真正陪伴他的是我弟弟送的激光唱盘单放机、立体声单放机、收录两用机。朋友们来看他，唯一的要求是要书看，紧着找还总是供不应求。

他喜欢独处，即使是在人多的场合他也总是沉默。沉默是他自卫和进攻的武器，便利而有效。在一次对峙性的谈话中，他曾经三个小时一言不发，真正的一言不发，对方也真正地奈何他不得。他生病之后我为他整理过早年的情书，寄自南方、出自同一个女性的手笔，一个小有名气的业余作家，信写得浪漫而深情。我把几十封信排列起来，发现从头到尾只有一个主题，都在抱怨他不回信。我理解一个恋爱中的女人得不到一封回信、一句回答的无奈和无助。

　　结婚之前，我们曾有过一次几乎导致分手的冲突。和大多数试图与情人重归于好的男人不同，他始终苍白着脸，紧咬着牙，不求不劝不哄，不说一句好话，单单执著地到我单位门口去等，而且回避着不让我看见，我的矜持最终扛不过他的沉默。结婚以后，对于他的"铁嘴铜牙"我有了更多的领教，只要他不愿说话，任你怎样软硬兼施都无济于事，用不理他的办法和他赌气算是上了他的当，如果你能坚持十天不和他说话，他一定会坚持二十天来回敬你。对朋友他可以一味地违背自己宽容无边，对我则是苛刻到底。

　　说来好笑，我们婚后第一次吵架是因为一个不足一两的面团。包完饺子剩了几个皮儿，我做成了面条，连续两天都没机会煮了吃，天气热面发酵了变黑了，我扔进了垃圾筒。他指责我浪费粮食，我认为他小题大做，结果吵得不亦乐乎。他的节俭常常到了让我无法忍受的地步。

　　最使我觉得不可理喻的是他病倒后的一件事。他得的病叫肠瘘，肠子粘在肚皮上，溃疡后在肚皮上穿了一个洞，任何食物吃进去等不到被吸收几分钟后就流出来。看着他一天天衰弱，生命一天天地从他的体内流走，我急得满城求医问药，终于在三〇一医院得知三〇四医院新近发明了一种口服营养液。炎热的六月，我独自一人站在医院的院子里，拿着医生开的介绍信，眼泪刷刷地往下流。药属于自费，但只要能治病，谁会在乎花多少钱呢？第二天一大早，我骑车、坐地铁、走路，一个人跑到西郊买了三箱药，生平第一次自费打了辆出租车兴冲冲地赶回医院。我瞒着他不让他知道花了多少钱，可还是被别人说漏了嘴。不出我所料，他嫌我花钱大手大脚死活不吃，我伤心得一个人在楼道里落泪。与此同时，他却拒不接受一个朋友送到医院还给他的一大笔钱。当时别人以为他这样做是不愿意让我插手男人之间的经济来往，后来他解释，拒绝接受的唯一理由是，那个朋友还钱不是已经有钱，而是因为他生病凑了一笔钱。

他对物质的蔑视对名利的淡泊赢得了很多人的尊重，我也自认为在这方面我们不会有什么分歧，可是在琐碎的家庭生活中却成了障碍。

婚后第六年，我们终于分到了一套两居室楼房，为了得到这套房子，我在单位上下游说，几个月坐卧不安，公布方案的前几天紧张得直失眠，现在回想起来仍然心有余悸。房子分到以后我特别兴奋，终于有了自己的窝，再不用为借别人的房子而内疚，再也不用为生不着炉子而犯愁，为冬天在室外洗衣服洗菜而发懑，我们快两岁的儿子也再不用因为怕摔在炉子上碰伤而总被拴在床上。他的放疗性肠炎引起长年腹泻，冬天夜里爬起来穿戴好了到胡同儿里去上厕所，一夜折腾几次冻得就别想再睡，夏天一蹲半个多小时被蚊子咬得受不了，这回他不用再为那倒霉的腹泻受罪了。作为主妇，我希望把我们的家布置得漂亮而温馨；作为妻子和母亲，我愿意尽全力让我的丈夫和儿子生活得不比别人的丈夫和儿子差。我有什么错？可他却说："对我来说住楼房和住平房没有什么区别，住两居室和住阁楼没什么两样，我照样接待朋友，照样可以看书、下棋、听音乐。"我们没有彩电，没孩子以前我没觉得是个问题，可孩子渐渐大了，要看动画片，我想买一台。他说："我们小时候不是没有电视嘛，照样长大长知识。"他反对我打扮，说："你穿什么戴什么对我来说都一样，嫌你不漂亮根本就不会娶你。"我承认我不如他超脱，我比他平庸，但我是女人，一心顾丈夫顾儿子顾家的女人。你付出的没有人接受，你的心愿没有人理解，总之没人领你的情，当然觉得特别委屈。我怨他怪癖、不近情理，恨他冷漠、无动于衷，我觉得他的小气与大方、褊狭与极端全是冲着我来的，全是为了折磨我。

如今，当我把有关他的故事放在同一张稿纸上来写，把他的身体、他的经历、他的性格放在同一个屏幕上来看，当生命无可挽回地逝去，一切已经成为历史，坐下来从头到尾细细地读完他人生的全文，我发现其实这些不难理解。试想，如果他为名为利为金钱所累，他还是爱他的朋友们心目中的老周吗？如果他不把自己看重的东西强调到极致，生活在分裂的时代怎么可能保全自己不成为一个分裂的人？一个男人，体弱多病饱受折磨，没有强健的体魄、耀眼的成就，凭什么葆有尊严赢得敬重？当年我又为什么崇拜他爱他嫁给他呢？如果说他的淡泊、退避、极端是他赖以生存的策略——每个人不都有自己赖以生存的策略吗——他是成功的。他站在社会的边缘，与现实的喧嚣、浮躁、委顿形成反差，这本身已构成了意义，并给社会提供了意义。当然他不是尽善尽美的，他选择传统中的光明，也被传统的阴影所笼罩；他蔑视世俗，却不能改变生活于分毫。如果有人因为把他看得尽善尽美而对他失望，不是他的错误。那么作为承受这一切的我，该抱怨什么，又能向谁抱怨呢？是的，生活在不断变化，不惜一切代价忠于一种观念已经使人疲惫不堪，我们不该固守陈规，也没必要总对往事耿耿于怀。但是，从那个年代走过来的男人和女人、老年人和中年人不都或多或少或心理或生理或内在或外表带有那个时代的痕迹吗？扪心自问，有多少人能把自己所尊崇的生活准则贯彻到生命的始终呢？

距离可以使事物变得清晰，可以使人变得柔情似水，然而当时我却执著地试图改变他，如同他执著地试图让我适应。长久的冷战把我们搞得两败俱伤，两人的自信都被打击得一败涂地，我更是疲惫得安静下来，再不指望把什么说清楚。我们一次又一次地讨论分手，又一次又一次地搁置下来。在一次冲突之后，终于决定先尝试分居。

那天下班回家的路上，我骑着自行车想着我们这些年共同度过的苦日子甜日子，想着他离家之后为了才两岁的儿子我们将如何相处，心里特别凄凉。他还没有走，已经整理好的旅行包放在脚边。我等着他说点儿什么。

怎么能指望一个不承认女人也需要哄需要劝的男人在这时候说点儿什么呢？我流着泪转身走进隔壁房间，站在窗前茫然地看着街上的行人和车辆。世界再大和我无关，生活再美于我无补，朋友再多对我无助。我觉得脚下是一片废墟，眼前是无底深渊，身后是两个人的世界——两个人的世界没有语言没有笑声，两个人的世界战争连绵。"你不再爱他了？"我问自己。"你不能再爱他了，你承受不了这份爱。"我对自己说。否则我们将一块儿毁灭，连同以往的柔情和爱意。

最终他没有走。我们注定了不会分手，不该分手，就像两根铁轨，注定了永远同行，也注定了彼此永远对峙。

不久他住进了医院，两个月后因为治疗无效出院回家。那时候，我穿梭于北京各大医院搜集他以往的X光片和病历，托熟人找关系，试图查明病因，同时，想尽办法做他能够接受又易于消化的食物，试图通过食疗使病情出现转机。为让他配合，朋友们在史铁生家里商量如何使他接受每日十餐以至更多的少食多餐的饮食方案。

四月的北京乍暖还寒，我们这个终日不见阳光的家暖气停了之后尤其阴冷。他和儿子在隔壁的房间里已经入睡，我坐在灯下给他写信："就算是我强加于你，试一试，听我一回，说不定这是最后一回，等你好了以后……"整理遗物时，我找到了这封长达六页的信。不会再有回信，不会再有以后，不会再有怨恨、冷战和恐惧，也不会再有期待、幻想和希望，一切都因为生命的结束而成为往事。往事令人心酸，令人心碎……

从此他一病不起，在朋友中间几乎成了一个持续了将近四年的事件。最初半年需要二十四小时陪护，大家一天三班倒轮流值班。人手最紧的时候，史铁生年迈的父亲为他做饭，史铁生摇着车送到医院。其中有三个月他出院回家，由桂桂在家里给他打点滴。那时候桂桂在通县上班，晚上下了班赶到我家，第二天早上五点多钟就得爬起来去赶班车。因为严重营养不良，再加上长期静脉注射，很难找到可以用的血管，好容易扎上了不是鼓就是漏，我经常半夜里把她叫醒重扎。鄂复明除了值班，每周或隔周必去医院，三年多从未间断。家里有过重病人的人应该能够体会，即使是亲人做到这一切都很不容易，在人情越来越淡薄的今天这意味着什么？一九九三年元旦，二十多个朋友在病房里陪他过节，从美国回来的程玉还带来了她的两个儿子。大家带了食品和一次性餐具，搞了一次名副其实的自助餐，医院里的这种聚会恐怕是前所未有的。过春节孙立哲派车把他接到史铁生家，让他也吃上一顿过年的饺子。

常常有人问我：一个上幼儿园的孩子，一个生活不能自理的病人，你又没有足够的收入，这么多年是怎么过来的？我回答说，靠朋友帮助。有些人不相信，但事实的确如此。没有朋友们精神上的支撑，没有国内的以及在美国、法国、澳大利亚、瑞典、日本的朋友们经济上的资助，我早就垮了，我们这个家庭早就垮了。朋友们给予他的，给予我的，不论怎样估价都不会过分。

重病期间，他所受的精神和肉体的折磨是常人无法想象的。两次手术失败意味着什么呢——一个把最平凡的生活品得有滋有味的人将被长期绑在床上坚持无望的治疗；一个最最不能容忍麻烦别人的人失去生活自理能力；一个最克俭的人每天消费几百元维持生命……而这一切都是由于误诊。

无法判断是标本或化验单被搞错了，还是显微镜出了毛病。三十多年后，用蜡封保存下来的标本切片重新检验的结果表明，耸人听闻的淋巴肉瘤实际上是一个发炎的淋巴结。何等横蛮、冷酷而又无理！可是让他去向谁质问，向谁抗议呢？他只好认命。

营养液、白蛋白、血浆、鲜血一滴滴一瓶瓶，日复一日年复一年地流进他的体内，可是身体仍然不可抑制地衰竭，每一根神经都异常敏感和脆弱，每一个细胞都奄奄一息。他总是说：我没劲儿，我累。这绝不是一般意义上的疲倦，严重时手臂、腿脚、脖颈甚至眼皮、手指每一个常人察觉不到的动作，对他来说都是负担。没有注射高营养时，他的体重只有四十多公斤，但他却承受不了自己的体重，一个一米七六的男人承受不了他自身的体重，躺着好像要漂浮起来。我总是不停地为他按摩，从头到脚到指尖。我想那样他才能感觉到自己的存在。手术前，饥饿但不允许进食，几乎有半年时间他没吃任何东西，实在受不了了他含一块水果糖，用纱布挤西瓜汁再用匙子一口一口喂给他喝。手术后允许进食却不想吃，吃了会感到恶心想吐。还有腹泻，每天十次八次，不管吃不吃东西都一样腹泻。我举着吊瓶送他去厕所，听声音根本分不清是大便还是小便。不止这些，还有没完没了的浮肿、头晕、心动过速……

最使人尴尬的是肚子上的伤口，张开着像一只只血红的眼睛，总是流着脓水，一天换好几次纱布衣服还总是脏的。女士觉得害怕不敢目睹，男士觉得太惨不忍睹。

最难忍受的是说不清原因的高烧，持续不断且愈演愈烈，最后半年热度几乎从没退过。早晨是三十七度五、三十八度，下午升到三十九度多，有时是四十度。天天如此，谁都习以为常了，连我也习以为常了。每次我例行公事地为他作酒精浴物理降温，然后喊来护士给他打退烧针，用退烧药，守着他直到出一身大汗降到三十八度左右，用热水给他擦了身再离开医院。我并不怕在医院过夜，最初一年我经常连续好几个晚上不回家，但是后来不管多晚总是回家，我不知道留下来还能为他再做什么，我只好扔下他走，事后又因为没有陪着他而后悔万分。

最令人绝望的是那些长长短短的管子，最多时全身插着五条。往主静脉里插管一是容易感染导致败血症，二是容易伤了肺出现气胸，这两种情况都不止一次出现。第二次手术后，感染加气胸同时出现，我亲眼看着医生抢救，把像毛衣针粗细的针头刺进他的前胸，当时只觉得腿直发软。事后我哭了。那是他得病的第三个年头，我已经不会再哭了，但是那次我哭了。我为他委屈为他不平，就因为他坚强，所有的灾难就都该落在他一个人头上吗？我觉得上帝太不公道。

最糟糕的是，没有人能改变这种状况，金钱、医院都无能为力。眼看着他被囚禁在病床上，没有人能真正帮助他安慰他。面对每刻每时每天每月每年都面临着的折磨，健康人的语言变得空洞而虚假。有的朋友不常去了，不是缺少同情，而是对一个从不接受同情的人不知怎样施与同情；不是冷漠，而是对一个渴望活着又明明垂死的人无法冷漠。

他在病床上躺了三年多，神志清醒，肢体没有障碍，但他软弱无力，疼痛万分。忍受已成了他的习惯，他的性格。在安乐死和与疾病斗争两者中间，他选择了后者——用勇敢和尊贵的方式与疾病周旋到底。精神好点儿的时候他能看看书，差点儿的时候就听耳机，再差一点儿就闭起眼睛。他总是静静的，没有人听到过他喊叫或者呻吟，"打碎门牙往肚里咽"是他的看家本领，让所有人都走开一个人静静地待着是他的拿手好戏。那时我之所以有时候要一天三次往医院跑，是知道他不到万不得已绝不会轻易喊医生或护士，常常是高烧三十九度还没人知道。下胃管对于他好像是吃面条，不管什么样的治疗，不管是年轻大夫，还是实习护士，他总是说：来吧，没关系，一次不行再来第二次，第三次……他手臂上总是青一块紫一块的。新来的护士觉得奇怪，为什么这个病人那么特殊，不是他听护士的而是护士听他的。

医生告诉她：这个病人特别能忍，如果他说痛就一定是真痛，给他用止痛药不用医嘱。为他做手术的副院长说，行医四十多年我没见过像他这么坚强的病人。

陀思妥耶夫斯基曾说过："我只害怕一件事：我怕我配不上自己所受的痛苦。"可以说，他配得上他所受的痛苦。恐怕不止我一人从他身上懂得了一个人的自尊是怎样确立的，尊严又是如何获得的。几年来，我上千次地出入于病房，等待我的总是医生护士和病友们热情而真切的关注，直到今天，他们仍然关心着我和儿子。无论他人怎样消瘦得像个难民，他伤口怎样流得稀里哗啦，他呕吐得怎样不亦乐乎，我从没感觉到尴尬或难堪。我为我的丈夫有这样出色的表现而骄傲，我为我是这样的男人的女人而骄傲。

其实他并不是天生的强者，只不过他清楚自己的位置，懂得怎样成就自己，如同北岛懂得怎样使诗句来得响亮，史铁生懂得如何把小说写得精彩；或者说，如同一个工人懂得如何把活儿干得尽可能漂亮，一个厨师懂得如何把菜尽可能炒得地道。他懂得对于那种不可避免地经受某种挑战的人生，尤其需要意志——强调到极致的意志。

我没有研究过一个人性格生成的过程，我不知道是顽强的性格必然要面对痛苦的挑战，还是痛苦造就了顽强的性格。如果是后者，那人应该把痛苦当成教科书，因为顽强不管在什么情况下都是一种高贵的品质，虽然软弱不是在所有的情况下都不可以被原谅。我也不真正懂得宗教，我说不清他所承受的一切是上帝对他的恩宠还是惩罚。如果是前者，那每个人都应该从容地面对痛苦，也许上帝最终对一切人都是平等的，他绝不把你承受不了的东西强加给你。

我们都心照不宣地知道已经没有痊愈的可能，但他抵御不了生存的欲望。他有许多活下去的理由，比如为了他无比崇拜的母亲，白发人送黑发人毕竟太残酷。第一次手术的成功率是百分之二十，第二次更是微乎其微，第三次应该说等于零。他坚持要做第三次手术，潜意识里是不是希望手术失败得到解脱？他曾经答应过母亲，答应过朋友，不管在什么情况下都绝不再轻生。一个因为不能容忍说话不算数而敢于把刀子刺向自己胸口的人，是不会说话不算数的。

在最后的日子，他变得敏感而脆弱。以前朋友去看他，他总是劝说别人不要为他担心，后来见到来人他经常落泪。我真是感激陈志伟，给他带来了"大悲咒"，还从头到脚为他按摩，用特别善解人意的方式不动声色地安慰他。身旁的田晓青把心提得老高，生怕他过于敏感或起疑心。但是他出乎意料地顺从，心平气和地接受了，像一个人临终时虔诚地面对一位牧师，使人感到死亡的脚步已经逼近。

另一方面他又表现出异常的烦躁。一九九四年春节，我为他买了一个最大号的红气球挂在病房的窗子上。春节过后落了一层灰尘，我把它扔了。他对我大发脾气，说明年还可以用不该扔。我说，气球放不到明年就会坏，再说明年还不知道在不在医院过春节，何必现在操那么大心。我绝想不到这句话会伤他，更想不到我说了这句话之后仅三个月，他便永远地离开了那所医院。当时他气愤地说："是呀，明年还不知我是死是活对不对？"从那以后我才意识到，应该把他看成病人，一个垂危的病人。

四月，阳光正好，我们的小儿子推着轮椅，轮椅上挂着乳白色的营养液，我们一家到医院的院子里晒太阳。他已经很久没有到过户外了，不断地说花真好，阳光真好，儿子真好。那天我特意带了儿子的跳绳，给他买了平时爱吃的白瓜子，给儿子买了紫雪糕。他坐在樱花树下，看着儿子跳得脸红扑扑的，满头大汗，一边念念有词地鼓励他，一边嘱咐我要让他多锻炼身体。对于我们这个三口之家来说，那一天像一个真正的节日。在我的记忆里，只有在孩子一岁生日那天我们共同去过一次公园。也是春天，他让儿子骑在肩上，儿子眼睛瞪得圆圆的满脸惊慌。一岁的孩子没有记忆，这次在医院院子里将成为最后的也是唯一的和爸爸一起"春游"的记忆。

那以后没几天是他的生日，我曾和儿子商量着买一台小电视作为生日礼物，他坚决反对，我只好作罢，只买了红色的菊花带儿子去看他。接过花他掉泪了。以前我从没买过花给他，知道他不喜欢插在瓶子里的花，有时朋友买了花他会让我带回家。只有一次，我的同学王艾从美国回来去看他，带来的野花他很喜欢。这次他很高兴，连连说好，亲手插在罐头瓶里不断地摆弄。

第六天那束花枯萎了，叶子发黄，花瓣也干得卷曲了，一副凋零残败的样子。第七天清晨我接到医院的紧急电话。

那是一个阳光明媚的日子，那是一天中最令人振奋的时刻。那一刻人们正迎着阳光从樱花旁匆匆走过，不管是面带微笑，还是心存烦恼，每个人都拥有那一刻那一天。而他却死了。他属狗，他死于他的本命年；那天是他生日（后来他的母亲说，一九四六年阴历三月廿五日才是他真正的生日），他死于他的生日——该把这看成是偶然还是必然？

没有一份遗嘱，没有一句遗言，没有一个告别的手势，没有一个会意的表情，虽然已挨过了阴曹地府似的漫漫长夜，但他还不想远离年迈的母亲，远离幼小的儿子，远离在这个世界上让他以全部的善意爱着、恨着的一切，他还没有做好上路前的准备，还没拿定主意与上帝和解——他死的时候身边没有一个亲人在场。

　　他去世不久，我生过一场病，高烧时觉得自己在一个巨大的平面上被抛来抛去，无遮无拦、无依无靠。恍惚中，我梦到他死而复活，告诉我他根本没有死，他已经一百天没吃饭，他吵着要回家……我想，在最后的时刻他一定也是这样被抛来抛去的，无遮无拦、无依无靠……那天，我接到电话赶到医院时，他已没有脉搏。我为他擦身、刮脸、换衣服。拉着他那由红变白变成灰白，像蜡烛一样半透明的手——我是多么熟悉这双手呀，苍白、干燥，骨骼和经络清晰可见，不只因为重病期间他虚弱得常需要抚摸着手臂才能入睡，从十年以前我生病他把毛巾敷在我额头上的时候开始，从他为我病重的父亲翻身、换衣服的时候开始，那时我们还不是夫妻，但我已熟悉这双手，并且自以为已熟悉他整个人——独自一人时，我轻轻地一遍又一遍地呼唤他的名字。他紧闭着倨傲的双唇，雪白的被单下几乎看不出他的身形……

　　他是否呼唤着我的名字死去？在他弥留之际，是否想亲口对我说出他一生都没来得及说的话……我相信，或者说我宁愿相信，如果我在场，哪怕他已奄奄一息，但只要一息尚存，我一定能如愿以偿。或许他的声音微弱得让别人听不清，但我能听清。

几年来，我常把自己幻想成一个沙漠中的旅人，用近乎自我欣赏的目光，自作多情地看着一个落寞、孤独而又自信的女人，在最美好的季节里凋敝。她无时无刻不在破碎，不在七零八落，不在死亡。她以全部身心期待着，相信总有一天能在共同的自我毁灭中达到完美，在创造自身中得到升华。事实上，这是我仅有的心事，这是我唯一的隐私。不管这听起来多么不近情理，但是我必须承认，它对我的意义，甚至超过死亡本身……

没有人比他更加深谙无言之美好之深刻之高妙，对一个视沉默如金的人来说，什么都不说比说什么都更好。

但那不是沉默。他死了！不是瘫痪，不是失明，不是变聋变哑，而是彻底地结束生命。作为他的妻子，我无法跨越他死时我不在场这一事实。五月，对一个满怀期待的女人来说，将不只是遗憾，而是永远的无底深渊……

有时候我觉得这一年恍若隔世。以前我曾经感受过一个人死亡或离去对于活着和留下的人的意味，我觉得那是一片空虚，生活很快会把它填满。但是对于一个家庭来说，多一个人或少一个人，绝不是一个数量概念。失去一个曾经存在过的人，意味着失去全部——死亡，使你感到生命是如此充实而生动；有时候我又觉得这一年仿佛只是一瞬，我并没因为少了病人的拖累而感到轻松许多，日子依旧过得草率而匆忙，容不得去一味地沉湎和回顾。有时，我和儿子晚饭后闲聊，本来挺开心的，他会突然出现，好像就坐在桌边，一只手托着腮，得意地欣赏着已经能够高谈阔论的儿子。这时候我会竭力说服自己：有没有父亲并不能决定一个孩子是否幸福是否成功，他照样会一天天长大，和所有的人一样上学工作娶妻生子——活着，却会使你感到生命是如此脆弱而虚无。

我曾经以为，死亡使我懂得了生命和爱。但是当牵着我幼小的儿子站在丈夫的遗体前、陵墓前，当死亡的事实离我越来越遥远，而死者的存在却离我越来越切近的时候，我才真正懂得，关于时间，关于生命，关于死亡，关于爱，需要你付出毕生的代价去体验。有所体验就够了，你甚至不要指望能把它们搞懂。

时间并不能淡化一切。事实上，一个曾经占据过你生活的人不是别的，他是你的蓝天，你的阳光，你的空气。一旦失去，没有什么可以取代，可以弥补。他将覆盖着你的生命，直到永远……

# 爱一个人能有多久

## 1

郦英，你去世后的第一个周年祭日，我和朋友们把你的骨灰安葬在北京西山的这座墓园。每年我都来为你扫墓，也许是清明，也许是祭日，或者只是心情使然。总之，这条山路我已经走了七年。

老人们常说，入土为安。指的应该是死者，在我看来，也包括生者。把死者安顿好，感觉到他的灵魂安息了，生者也才能够安宁。常在电影里或图片里看到西方的陵园，那种静谧、优雅和素朴让人生出感动。在墓碑上随便地放一把鲜花，一个人，在你身边，安静地坐一坐。或者与儿子或者与亲密的朋友，在草地上随处走一走，从容地聊聊记忆中有关你的往事和我们琐碎的生活，那该是多大的安慰啊！我常常感叹，如果不能按照你的遗愿葬在一棵树下，能葬在那样的墓园里，也算是知足。

然而，你的墓园在山上。从山脚走上去，大约有三四里长的路。记得是第二年，我和儿子两个人去扫墓。我们从城里坐公共汽车到西郊已经接近中午。北京五月的中午已经有点儿热。那时儿子才八岁，我牵着他的小手，一边念念有词地鼓励他，一边躲闪身后开过来的汽车。那是一条高低起伏的柏油路，常有也是到陵园去的车子经过。大约走到一半，一辆白色的吉普在我们身边停下。司机把后窗玻璃摇下来，连头都没回，用手势示意我们上车。我迟疑着，还是上了车。不知怎么，眼泪忍不住就哗哗地流了下来，打在怀抱着的鲜花上。

我相信，这个人，这个懂得用距离来表达理解和同情的人，他知道我感激他，虽然一直到上了山，一直到下了车，我们始终没说一句话。但是，我没把握，他是否知道，最值得我感激的，不是他载了我们母子一程，而是他从始至终的沉默。说不出我当时为什么连看都没看那司机一眼，不知道他是年轻的小伙子，还是沧桑的中年人。我想象不出，如果他问为谁去扫墓，儿子会怎样回答？我会怎么回答？说不定我会撒个谎，为了逃避一个陌生人的安慰，也为了掩饰一个女人的伤痛。

短短的一段路，长长的一段沉默。几年来，每次去那陵园，我都会重温那段带着伤感与美好的诗意的沉默。

位于山上的墓园不可能开阔，没有余地坐得安稳，更没有能够随意散步的草地。三年前我们搬了家，和儿子去墓地，他问：我们家的房子大了，爸爸的墓地这么小，能不能换一个大的？我说，如果那是你的心愿，等你长大了，有了经济能力，这事应该由你来做。儿子一副踌躇满志的样子，为他终于能想到给爸爸做点儿什么而得意。

年年复年年，每一次，我们都带去鲜花，有时候我还会买来鲜花和花泥，自己动手插一个花篮。我们还会带上你生前喜欢喝的酒，大家轮流着喝，再洒在碑前，于是，醇醇的酒香便在墓园飘散开来。一些平时难得见面的老朋友，在你离去的日子聚在一起，到了都真的要变老的年纪，大家反而不再感叹岁月的无情。只是留下来的照片，见证着你和我与这些朋友们经得起年月的感情。

如果你能看见能听见这一切，该是多么高兴啊！当然，你会遗憾老鄂和王捷都已经戒了烟酒，会庆幸晓青和志伟的大难不死，会心疼徐杰和徐勇经受了太多坎坷。你也一定想和老范杀一盘围棋，想和黑大春干一杯白酒。你会和铁生聊聊五月里正嫩着的香椿，说说夜市上味道不再正宗的炒肝和爆肚，你会扶着铁生的轮椅，说，"伙计，真是好样的！"他说过，活过三十岁，以后的日子都算是赚的。你离开我们时，铁生已经赚了一个十年，如今，又赚了一个十年。

你会径直走向我们的儿子。十年前，他那么干净而且安静，白嫩的小脸上戴一副黑色的圆眼镜，总是一副好奇的表情。如今他已长得和你一样高了，但你还是能一眼就认出他来。血缘是多么神奇呀，他的眉眼长得并不像你，但是，当他远远地走来，那走路的姿势，眉宇间的神态，紧闭嘴唇的表情，会让我把他想象成少年时的你。还有他酷似你的大脑壳，这是一个男孩子先天的优越之处。有一次你说，娃娃最让你放心的是他的宠辱不惊，那也正是你的品性。我心疼儿子没有得到过你的爱，但我想象不出，对于一个已经长得和父亲一样高的男孩儿，"父爱"究竟是怎样的。也许你会问儿子："换一个大点儿的墓，有必要吗？"儿子反问："那我还能为你做点儿什么呢？""不用为我，为你妈做点儿什么吧。"儿子一定会向你说出自己的"计划"：将来为妈妈买一套房子，在城里，吃饭、看病、锻炼身体都方便的房子。儿子正是这样对我说的。于是，你满意了，你放心了，你自己就是个大孝子。

你肯定最后一个走向我。十年了，我走过的路你都看到了吗？这一切你真的都能懂吗？如果能够起死回生，你将怎样与我分享这十年来的悲喜愁欢呢？


我也曾经不止一次独自一人去过山上。夏天，那里枝叶繁茂，虫鸣鸟叫，显得有几分浮躁。秋天就不一样了。墓园的秋天落叶纷纷，阳光穿过已经不那么浓密的枝叶，恬静地撒满整个园子。那色调不尖锐，却也不乏沧桑之感，没有了夏天的喧闹，也还没冬天的萧瑟。

那正是你喜欢的季节。

想念你，有时候是因为无助，有时候是因为寂寞，有时候是因为自我欣赏或者被欣赏。诚实地说，我哭泣，不是你失去了本来可能享有的美好生活，而是我们失去了因为你的存在而可能获得的完满。这实际上是一种自私的感情，但是没有人能够超越这种自私，也没有人会谴责这种自私。

有时候，在你的墓前，我的心情会偏离初衷，思绪会游荡到毫不相干的琐事上去，而我不能释怀的，始终是你生前我们的恩恩怨怨。这种时候我会很尴尬，也会很惭愧。这与我自己认同的美好感情多么不一致啊！这使我不得不面对这样的事实：没有什么能改变我在记忆中留驻和欣赏你的品性，但记忆却又无法替代我在现实中把握和触摸你的品性。于是我问自己：这是生活无可救药的堕落，还是人性不可避免的软弱？

新的生活，带来新的激情，也带来新的烦恼。常常，生活中一件美丽的东西，一种我从少女时代就命中注定了的偏爱，从身边悄悄滑过。我是该为它的稍纵即逝而悲悼呢，还是该为它毕竟出现过而欣慰？这情形一次次地重复，使我很不情愿地承认：没有什么能阻挡我，把对一个你曾经深爱过的人的思念，从具体的感觉变为抽象的理念。于是我又问自己：这是理性的力量，还是情感的虚妄？

## 2

我一直以为，我吃的苦是他的疾病的结果，我愿意承受那结果，我是他的妻子，我必须承受那结果；可我却从来没有想过，他所受的苦是我的努力的结果，我不知道他是不是愿意承受那结果。

还记得那个张护士长，一个长得很秀气看起来很幸福的小女人。有一次她神秘地问我："是不是结婚之前他瞒了你？"

我吃惊地问："瞒了什么？""他的病呀。"我不明白为什么很多人会这样想，会认为身体不好是爱情的障碍，更是婚姻的障碍。

他病的第一年我几乎没上班，有一次偶然回单位，报社校对科的一个女同事塞给我一百元钱，她哭着告诉我她弟弟的故事：弟弟一年前患了尿毒症住进医院，三个月后妻子就丢下他，一个人带着孩子出走外地娘家，弟弟精神上受到严重打击，不久便去世了。她说："如果我弟妹有你的四分之一，我弟弟就不会死，起码不会死得这样快。"她赞赏我，也是在激励我。我触景生情，流着泪收下了她的钱。我想，我不会像她的弟妹一样，丢下丈夫出走。可是，为什么是四分之一？四分之一又是多少？我只知道我会尽全力，不会偷一点儿懒，我不会放弃哪怕一点点希望。我不知道，我的全力一定比别人的四分之一更有价值吗？

他去世以后，有人曾说，我做了一件本来可以不做的事情。也就是说，在他病情最初恶化的时候，我不应该全力主张使用价格昂贵的静脉高营养，不应该说服医院最好的医生做了两次最终失败的手术。我挽留了他的生命，但是却让他承受了痛苦！

如今我已经不能问他，如果当初就清楚，长达几年的治疗只是一个缓刑判决，他会做出怎样的选择？我也不能假设，如果我没有跑到协和医院，带回一个静脉高营养的方案，恶性肿瘤的诊断也没有被推翻，我会不会因为没有信心就接受了那个判决？

　　至今我仍清楚地记得那个可怕的六月的夜晚。他在急诊室的楼道里已经躺了三天两夜，但是医院武断地认定他是晚期癌症，仍然拒绝收他住院。周末的下午，医院行政大楼的门锁了，我疲弱得两只手抓着铁门，真是走投无路，而病人发着三十九度的高烧，血压降到了四十毫米汞柱。打了许多电话，傍晚，救护车终于把他送进了当时北京设备最好的医院，终于把他安顿在一张洁白的病床上。不记得我曾经有过那么深的睡眠，凌晨，电话响了十几分钟我居然一点儿没听见。老范从二十一层楼上跑到一楼，敲开了我家的房门。我骑着自行车赶到医院，看到他因为肠瘘而把肚皮烂穿的惨状。

　　我一生都不会忘记那个姓刘的医生。仅仅十天，因为营养流失并且无法通过静脉补充，他已经虚弱不堪，我缠着医生问：继续下去会怎么样呢？医生反问我：你都看到了，还用问我吗？好像我偷偷放在他家茶几上的钱和墙角的一大包进口烟酒真的被他扔进垃圾箱里了似的。第二天，我从协和医院的专家那里，平生第一次听到了"静脉高营养"这个医学术语，然后躲过主治医生，请出了副院长，安排了单人病房和静脉高营养治疗。又几经辗转，神奇地找到了三十六年前的病理切片，经过三个医院的会诊，推翻了晚期肿瘤的诊断。我像一个侦探，在病房，在电梯间，在办公室门口，一次次与副院长"巧遇"，递上一封封长长的信，说服他操刀手术。但是，我没想到，手术之前必须先尝试保守治疗，看看那个瘘有没有可能自动愈合。我也没想到，他那么忙，需要等着他从欧洲、从美国出访归来，等着一个个国际国内的会议散场，等着他从外国的、中国的重要人物的手术的间隙抽出时间。

我们以怎样的耐心挨过了那漫长的五个月啊！

然而，手术失败了！我们开始盼望第二次手术。我们都看好那个一谈手术眼睛就发亮的陈大夫。为了摆脱姓刘的主治医生，第一次手术之后我们办了出院手续，那意味着必须交齐全部费用，还得筹足再次入院的押金。

很多年过去了，有时候想起这些往事我会泪流满面，但是当时我却从不为这种事情而哭。我遇到的难题太多了，我习惯了逢山开路遇水架桥，我没有时间来咀嚼其中的滋味，甚至没有时间好好地给自己洗洗脸。有一次为了去参加一个记者招待会，我认真地用肥皂和热水洗过之后，火辣辣地烧得疼，才知道原来脸已经皲了。但我一点儿都不在乎，我没时间自哀自怜，甚至没有时间感觉因强直性脊柱炎引起的疼痛。他去世一年以后我开始恢复，腿已经不是每天疼了，偶尔疼时反倒觉出痛苦。看着别人跑几步就能赶上进站的汽车，我会在心里默默地想：他们多幸福呀，他们的腿不疼！回过头来想，原来我一直像个瘸子一样地走路，疼曾经是我的常态，疼得寸步难行，疼得无法从沙发挪到床边才是我的偶尔。

一个为我打抱不平的熟人说：你丈夫太自私了，知道你这么难，他应该主动提出安乐死。这话让我震惊！中国人开始知道世界上还有"安乐死"这个绝妙的词汇是件好事，但以为安乐死就是推卸责任就大错特错了。如果没有钱治病的，生了病没有人照顾的，家属或者单位不愿意出钱的，都以"安乐死"的名义置于死地的话，这个国家还有什么存在的理由？这个社会还有什么善恶冷暖可言？除了死是实在的，病人的安乐又从何而来？

爱一个人能有多久？

但是，"本来可以不做"的说法还是和我纠缠。

我是在为自己受过的苦而后悔吗？

一个人为另一个人，做什么，或者不做什么，做得多，还是做得少，都是极其自然的。世上没有一杆称得出感情斤两的秤。法律、舆论、海誓山盟，规定不了，也阻止不了，为谁或者不为谁，做什么或者不做什么，做得多还是做得少。那杆秤在心里，它的砝码始终只可能在心里。

那么，我是在为他所受过的苦而惋惜？

我一直以为，我天经地义地有权为他做生的选择，而无权为他做死的决定。多少人都曾经说过这话：与其这么苦，真不如死了的好。然而，怎样的苦才值得与生命做交换来免除它呢？苦的尽头又在哪里？我没办法设身处地地想。在《永远的五月》里我写过，他发着高烧一声不吭，毛衣针般粗细的针头插进前胸他还是一声不吭……如果能够预见到结果，他还会情愿受这份苦吗？能不能说，因为想活，才不怕苦？或者，能不能反过来说，连死都不怕，还怕受苦？而事实上，生命有生命的尊严，死亡有死亡的尊严。它们并不能相互取代，而美德也是不分高下的。但是，话说回来，除了尊严，人还有别的美德，比如，成全他人。

一次危机，又一次危机，只盼着危机过去，从来没想过，一旦危机没有了，生命也就结束了。所以，当死亡来临的时候，我还是难以接受。他去世的第二天，我到医院去办手续，顺便到病房向医生护士道谢，临走，我说去病房看看他的病友。那张铺着雪白床单的病床一进入视野，我像是突然被击倒了，歇斯底里地扑向那张空床……以后很多年，每当绝望向我袭来的时候，唯有想到我曾经拼尽全力挽回过，付出代价争取过，才能使我平息下来。

我无法想象，如果没有他的受苦，有什么可以成全我？我用什么安慰自己？

他病的时候，我们的儿子还不到三岁，那时的事情他现在大多都不记得了。他几乎没有得到过父亲的爱抚，他总是没有精神，还总是插着管子，这让小孩子觉得害怕。但他记得：每次到医院去，爸爸总是把随身听的耳机给他戴上，耳机总是太大，从头上滑落下来……现在他也成了一个酷爱音乐的孩子，并且开始搜集父亲当年喜爱的音乐。他还记得：他为爸爸推着轮椅，到医院的花园里去晒太阳，那花园里有一个池塘，爸爸说："娃娃，你看，那儿有一条鱼，等爸爸病好了，给你捞了放在小瓶里带回家……"他也记得，在告别会上，有一个叔叔把他抱起来，抱得那么紧，他都快喘不过气儿来了……在死的延迟中，我们的儿子从三岁长到了六岁。他感觉到了父亲的注视，虽然记忆有限，但那成为他能够和我谈论他的父亲的仅有的话题，也是今后一生，他可能和他的妻子、孩子谈论父亲的仅有的话题。我相信，这对他绝不是可有可无的。

3

然而，不放弃，是一回事；坚持，却是另一回事。

在你生病的这几年里，我们的困境始终是钱。我不是特别节俭的人，我知道好东西要用多的钱买，你喜欢吃涮羊肉，我总是买最贵的，有时候价钱能够相差一倍，我也从来不算计。朋友们来做客，我总是把酒和菜准备得过量还总怕不够。你比我节俭，但比我更不在乎钱，你会倾其所有送我弟弟去留学，然后再把平日节省下来的借给朋友。但是这些都是小钱，我们需要的是大钱，而且是计算不出数目的大钱。

从单位里要钱变得越来越困难。虽然是公费医疗，看病花钱是名正言顺的，但你一个人花的钱，已经相当于全厂其他人医药费的总和，还有很多人拿着几百上千元的单据等着报销。那时我们把二十四小时分成三班，一班八小时，我值两个班，另一班由朋友们轮流值。每天空出来的八个小时，我常从医院去单位为钱而周旋，去三次五次才能得到一张支票，而支票的面值常常只有一两千元，而每天医药费的开销是几百元……

我通过朋友给主管文教卫生的副市长递信，反反复复好几次批示，上级公司拨了五万元。这点儿钱仍然是杯水车薪。

以后怎么办？我不敢想。可还是想：如果工厂、公司、市里都不再给钱，写信、登报甚至上访都没人再理你了，那时我可怎么办？我就又不敢再想。

有一次在铁生家里见到一位朋友，他在深圳火火地开着一家公司，说聘请一个秘书年薪五十万。我心里马上盘算着是不是应该也去应聘个什么职位。可我走了谁管你呢？于是想，一年要真能挣几十万，付了医药费还够请个称职的护工，还够我每个月往返一次的路费。孩子呢？那时孩子才四五岁，我只好带上他，有那么一大笔钱，在深圳租了房子应该还够付托儿费的。好像我真的已经挣到了那笔钱，那笔钱永远也花不完似的。

我从没想过你会因为其他并发症而死，全部注意力都集中在一个思路：只要有足够多的钱，就能一直维持你的生命。那什么时候才算走到了头呢？

你是几年如一日看《新民晚报》的北京人，其中一条消息你没有在意，却引起了我的注意：上海一名靠静脉高营养生存的无肠女，生下一个健康女婴。消息中提到，她维持生命使用的是华瑞制药公司生产的脂肪乳静脉注射液。这种药是我们正在使用的，当时全国只有这一家公司生产，价格一直在不断地上涨。凭着记者的职业敏感，我觉得那消息里必有文章。第二天，我给恰好在上海那家医院工作的表弟打电话，他很快就帮我查到了那个病人的医生，当天我就买了去上海的火车票。

至今我还记得那医生姓黄，他耐心地向我介绍了病人的情况，并且告诉我病人的电话和地址。她真是一个幸福的病人，医药公司用出厂价的百分之五十向她供应药品，而且费用都由单位负担。最让我羡慕的是，她不必二十四小时被拴在床上，插进颈内静脉的管子有一个泵，血液不会回流，可以随时把输液管拔出来，白天能够自由地活动，晚上用从瑞典空运来的大消毒袋，把三千毫升液体一次放进去，她的丈夫不必一整夜不睡觉一瓶一瓶地换。

　　第二天我就到了这家位于无锡郊区的制药公司，我没想到此行会有如此大的收获，质检科的经理不但当即送了价值几千元的药品，在以后一年多里，一直免费供给我们这种药品。每天他亲自从流水线上把装量不准的药，装在角落里一个纸箱里，再找机会运到北京。有一次，北京办事处主任从无锡开车带了十几箱药。车开到北京是傍晚，加上连续几天大雪，根本找不到一辆出租汽车。我和哥哥终于在饭店门口截到一辆带后备箱的出租车，赶到他家里，我们都惊呆了。停在院子里的车，发动机还开着，因为怕气温太低，药品变质，两天的行程他合成一天一夜。以后很多次，他们用恒温的集装箱车运到北京，再由我找车到北京南城的恒温果品库去取，纸箱上横着竖着写满了"非卖品"的字样。按照公司的规定，这些药尽管只是装量不足，也属于质量不合格品，是应该全部销毁的，这等于是从外国人眼皮底下偷，再通过装车卸货若干个环节送到我手里，这中间如有差错，可就是能否保住饭碗的大事。而医院允许使用自备的药品，也是破了惯例，开了大恩的。

　　但是，我们的困境仍然是钱。这种免费的药只是你使用的常规药中的一种。遇到高烧不退，一天四支进口抗生素就是好几百；遇到贫血，二百毫升血浆或血清也是好几百。何况，我们还在争取做第三次手术，手术费用几万元不说，不把欠款全部付清，医院根本不会给你做手术。单位里几乎要不到一分钱了，求人的滋味我也已经受够了。我还能坚持多久？

　　无数次，在黑暗中，我清点可以变卖的家当。最值钱的也许就是那台健伍牌音响了，那是一个从澳洲回来的老朋友刚刚送的，老鄂知道那是你钟爱的东西，急忙开了箱安装好，可你还没来得及听就住进了医院。算来算去，连同我自己唯一的一串金项链，整整一个家，一个经营了好几年的家，居然值不了两万元。但是，如果真的到了那个地步，两万元也行！自然灾害时期不是有人用一条金项链换一个馒头吃吗？到了要死要活的时候，值与不值都有另外的算法。

　　无数次，在黑暗中，像是看一个电影的画面，我看着我搂着我们的儿子，坐在空荡荡的房子里，我的表情是安详的，内心充满宁静。在那儿，我看见了尽头。那种绝境让我激动，甚至让我陶醉。我向我的丈夫和我的儿子证明，我已经无能为力了。即使因为没钱你衰弱而死，我也不用内疚不用后悔了。我终于可以说：我已经竭尽全力……

# 4

中央电视台曾经为一个资助贫困地区大学生的专题节目来采访我。记者说，被资助的孩子普遍不愿意与资助者见面，有的甚至对资助者怀恨在心，记者问我的意见。我当然不能理解更不可能赞同这种仇恨的情感。不论在什么情况下，知恩图报都既是人之常情又是美德。

否则不是成了白眼狼嘛！可是，我却非常理解不愿意与资助者见面的心态。就是那次上海－无锡之行，不仅让我获得了意外惊喜，还让我经历了一段独特而又难得的心理历程。

在医院告别了姓黄的医生，我去拜访了那个不幸的幸运女人。她的病也是因为误诊，当时她正怀着七个月的身孕，医生把肠扭转诊断为生产前的镇痛，延误治疗时间造成肠坏死，手术后留下了短肠综合征。

从那病人家里出来是上海最繁华的南京路，商店一家挨一家，有那么多人进进出出，但我没有兴趣跨进哪怕任何一家店的门槛。首饰商店里，玻璃、镜子、射灯，一派金碧辉煌，打扮入时的女人们，凑在柜台前指指点点，兴致勃勃。在我眼里，她们像是另一个世界的人，她们的生活与我完全无关，我觉得自己是人群中的另类。

这种感觉常常困扰我。一场场在高档酒店里上演的招待会上，记者们个个风度翩翩，谈笑风生；酒席上名片飞来递去，应酬没完没了。我不读书，不看报，没有新鲜的话题可以吸引视线；我不修饰，不打扮，没有良好的自我感觉可以挥洒。我的时间是以分钟而不是以小时计算的，我不是迟到就是早退，总是不能从容地把一个会从头到尾开完。我为此沮丧得抬不起头来。但同时，又为自己如此肤浅的虚荣和自尊而无地自容，只能小心地掩饰着，不敢让他感觉到。我知道那会灼伤他的尊严。

以后脱离了记者这个职业，我没有丝毫留恋之意，反而觉得是一种解脱。从那时起，这身份就不再属于我，这氛围也不再属于我。我的天地在医院里，在病房里，在濒临死亡的丈夫身边。那是我虚荣心的栖息地，自尊心的避难所。几年如一日，我像上班一样去医院，大夫护士像是我的同事。他躺在病床上等我来清洗伤口，等我送来饭菜，送来书和磁带，等我领着儿子来给他看。我熟悉他的每一个病友和家属，我们聊病情，聊医生护士，聊医药费不断上涨，聊公费医疗制度的形同虚设。文学，职场，事业，离我越来越远。我只是一个病人家属，我得做一个好的病人家属。

那个春日的午后，在上海繁华的南京路上，我怀着深深的伤感，还有一点点儿悲壮，与许许多多看起来很悠闲很幸福的男男女女擦肩而过。没有一个人知道，我为什么在那一天清晨急急地赶到那座城市，为什么在那一天的傍晚又匆匆地离开。

还记得那天我穿了一件黑色的皮上衣。我是有备而来的，穿着它可以走进任何一家酒店而不失体面。是的，我要去一家酒店，看一本配得上我看的书，消磨掉去无锡之前的那几个小时，给自己积蓄一点儿从容、一点儿镇定，来应付我不曾经历过的局面。英国女作家伍尔夫的《一间自己的房子》就放在我的包里，这是临行前精心挑选的。我不需要一间房子，只需要一杯咖啡和一个座椅。上火车之前我就想好了，在火车上又反复地想过：那不是我应该出入的地方，可单枪匹马闯上海闯无锡也不是该我干的呀？也不是我附庸风雅，在一个陌生的地方，附庸风雅没有意义。那只是我给自己此行的一个小小的鼓励和犒劳。

当我终于走进那家星级酒店，又终于走出来的时候，才知道那是一个多么愚蠢的"创意"。考究的价目表上，价格最低的咖啡是二十五元，还要加收百分之十五的服务费。服务员小姐笑容可掬地站在旁边等着我点单，我甚至都没想到可以撒一个谎，编一个逃跑的理由，我告诉她：价格太贵，我什么也不要了。然后站起来，离开了那家酒店。事后我想，在那个姑娘不长的职业生涯中，一定是第一次遇到像我这样没有见识的客人。

如今，我常常很自然、很随意地在某一个酒店的咖啡厅与别人约会，谈工作或者闲聊。有时候，我会想起当年失魂落魄地从酒店里出来的情景。出现那尴尬的一幕，并不仅仅因为钱，而是自己内心的底线：我是去寻求资助的，我没有资格奢侈。当然，我有理由为自己寻找一份好心情，哪怕花钱去买。问题是，事后看穿了这是自欺欺人的把戏，又会自责，最终把好心情抵消掉。丈夫还躺在病床上，为他去寻医问药的妻子，没有理由得到好心情。

去之前我就写了几份材料，有对当年误诊的那家医院的起诉书，有对那个药品疗效的赞美，有我们经济上面临的窘况。没想到，千里迢迢来了，却被挡在了大门外。我说我是记者，回答说，记者一律不接待。又说我是病人家属，回答说，总经理在上海开会。董事长呢，正在接待外宾。公司坐落在无锡的城郊，白色的围墙，白色的栅栏门，一色雪白的建筑很是气派，就是里里外外看不见一个人进出。是返回上海去找总经理呢，还是在这里死等董事长接见？正徘徊着不知该怎么办，这时大门开了，一辆轿车正往外开。如果车里坐的是董事长，他一走，这一趟我可就白来了。还没顾上想清楚，手臂就下意识地伸出来，拦住了那辆车。车门打开，车里坐的都是老外……几个小时过去，接待室的老头儿看我执著，又打电话进去。终于董事长的秘书出来了。先请我到餐厅吃工作餐。已经过了吃饭时间，偌大的餐厅，一边坐着我一个人，另一边坐着董事长和他的高级职员，他们一边吃饭一边传看我的资料，然后是议论。

那些被资助的孩子，不愿意与资助者见面的心情，大约与我在餐厅里一边吃饭一边流泪的时候心情一样。对方不想对你居高临下，但事实就是居高，怎么能不临下？你说你不是乞求，是要求，是请求，是恳求，但终究还是没离开"求"字。没有人侮辱你，但你觉得自己没有尊严。没有人欺负你，但你觉得无比委屈。更糟的是，甘居人下了，不耻相求了，尊严扫地了，你还必须感谢。素不相识的人肯帮你，你没有理由不谢得真诚。帮你的人要的肯定不是几句感谢的话，但你一定不能试着不说那几句感谢的话。不说你就太不通情理了。谁愿意帮助一个不通情理的人呢？我们从小接受的，和我们教育孩子的，都是对他人要有同情心。如果你不首先承认你是卑微的，你是贫弱的，你是无助的，又怎么能够接受同情呢？

人的心啊，简直像是一个牢笼。每一种思绪，每一种情感，每一种本能的冲动，每一种社会的理念，都像是一头怪兽，互相纠缠，互相冲撞，互相折磨。你东逃西撞，左奔右突，但是你看不见出路。你的心是牢笼，心里的东西是困兽，没人能够拯救你。你是你自己的囚徒。你是你自己的结果。

几百瓶，每瓶一百元，价值是可以计算出来的。可以想象我会多么珍惜。但是，有一天我居然会把它们掉在地上，摔得粉碎！那天清晨，我像往常一样往医院赶，去照顾他的洗漱和早餐。医院不允许放很多东西，只能把药一点点儿分批带去。五瓶脂肪乳放在自行车后座的篮子里，拐过楼角有一个大坑，自行车一颠，篮子掉了下来，玻璃瓶摔碎了，药液流了一地。我下意识地蹲下身，当意识到留在瓶子里的那部分也不可能再用时，我用双手捂着脸呜呜地哭了起来。

什么是绝望？看着洒在地上一片白得耀眼的液体，你无法用手捧起来，或用任何办法重新装进瓶子里，再用来输入亲人的血管，那就是绝望，就是我的绝望，失而不能复得的绝望，错而无法纠正的绝望。我曾经丢过上万元钱，也着急，但没有像那样心疼得疼挛。虽然疏忽是每个人都可能有的，打碎东西是太平常不过的事情，但是我为什么不用绳子把篮子捆牢呢？

不只是这几瓶药，在内心深处，还有许多我深悔而不敢深究的事情。比如，他病情恶化的那天深夜，我怎么可以不在场呢？他停止呼吸的时候，我怎么可以不在场呢？有多少个夜晚和清晨，我都是在医院里度过的，为什么偏偏在最重要的时刻，我会不在场呢？医院填写的死亡通知书写着，死亡时间是早七点四十分，每天的这个时候我已经到了医院，那天的这个时候我还坐在家里，等候来修理纱窗的工人。阳台上的纱窗已经坏了两年，我要在这个夏天快要到来的时候，把它修理好。这是一个多么充分而又无懈可击的理由呀！没有人会在这样的理由面前责怪你；这又是一个多么偶然而又微不足道的理由呀！你自己怎么可以用这样的理由来原谅自己？

所以，尽管看起来我是个性格爽快的人，在许多事情上，却莫名其妙地反复犹豫。所以，我经常对自己对孩子对别人说：人一生会犯大大小小很多错误，有些错误是允许犯的，另一些错误是不允许犯的。如果犯了，无论你怎么认错，怎么悔恨，都是没有用的。错误永远是错误，坏事永远是坏事。我被这样一个残酷的真理教训过，变得越来越爱自己和自己过不去。

转年春节前，我给那个质检科经理寄去了一个包裹，里面没有什么值钱的东西，只是想表达一点儿心意。但他很快寄回两百元钱，我只好无言地收下，我不能给别人的好打折

扣。几个月后，看到报纸报道，南京军区总医院首例肠移植
手术成功，我带着病历资料赶往南京。行前，我选了两件别
致的小礼物，心想，南京离无锡很近，该绕道去看望那位从
外国人眼皮底下偷药的质检科经理，我想去真诚地说几句感
激的话。最终我还是没有去，不是因为觉得甘居人下了，不
耻相求了，尊严扫地了，而是觉得，语言的分量实在太轻，
太轻……我在南京市一个邮电局给他打了长途，像对一个老
朋友一样，告诉他南京之行没有得到预期的结果。然后，把
礼品打了个小包裹寄往无锡。做完这一切我轻松了许多，不
再觉得人心是牢笼，也没有困兽，而是像一片宁静的湖水，
装得下友爱与慈悲、同情与理解，也装的下自爱之心与爱人
之心。

## 5

做这一切，是因为爱情或者不是，都是不准确的，事实
上这个问题远没有那么简单。

千百年来，世界发生的变化已经不必待言。但是，唯有
爱情——不是与爱情相近，也不是与爱情相似——依旧不变。
所以，相思依旧是苦的，眼泪依旧是咸的。所以，遗憾依旧，
悔恨依旧。这是上帝为心灵的路途准备的驿站。

我常常在这驿站休憩。每当遗憾和悔恨从心底的深处浮
上来，日常生活便像退了潮似的离我远去。我在那个时刻与

你相遇，面对你，倾听你，也向你倾诉……但我永远没有机会告诉你，对于你，我真正在意和计较的到底是什么。

那是一个大年初一的上午，我把菜做好了高兴地提着赶到医院。你的口味苛刻是出了名的，但你很少提要求，我常常为不能讨好你的口味而发愁。有一次你说想吃自己家蒸的包子，我发面、剁馅、擀皮、上锅。可是你胃口不好，我用了三个小时蒸出来的包子你只吃了一个。

我看着你吃，但是你吃得很少，我等着你的评价，你却什么都不说。那年初一，我特意做了两道你妈妈常做的菜。我忍不住问，你犹豫着："和我妈做的味道不一样，没有她做的好吃。"我默默地收拾，默默地走出病房。在水房我哭了，哭了很久。也许你事后发现我哭过了，你已经后悔不该如此地"诚实"，我多么希望你只是不好意思对我说一声"对不起"，我没有机会告诉你，一个愿意为你做任何事情的女人，她真正想得到的回报到底是什么。

我还想起那件让我至今耿耿于怀的事情。我的那辆自行车已经骑了二十多年，它总是坏，用它拖着拖斗送娃娃去托儿所，让我觉得怕。每次坏了我都会告诉你，你总是拿了工具去修。最初我的感觉很好，私自感受一种"你种田来我织布"的小女人情调。次数多了我心里期待的已经不是你一如既往地修它，而是在某一天，当我风尘仆仆地回到家时，见到一辆你为我买的崭新的自行车。我无数次地这样想象，但我的期待总是落空。直到有一天，那是你住院之前，我正为你的诊断四处奔波，骑着那辆破车，我从北京城西南的三〇一医院，跑到北京城东南的肿瘤医院，再回到北京城东北角去接儿子。就在离娃娃幼儿园不到两公里的地方，那车终于瘫痪了，前轮脱离车身飞得老远。我在路边捡了一截铁丝把轮子串起来，推着走。现在回想起来，我没当场把它扔在路边真是太奇怪了！我不会为几年不买一条新裙子而冤，也不会为不曾使用过洗面奶而怨。我哭，不是因为我们没有足够多的钱买一辆自行车。那么，眼泪为什么而流呢？我为什么故意地渲染甚至是唠叨而不把要求提出来呢？况且咱们家的钱都是我管，我为什么就不能干脆自己跑到商店推回一辆呢？这听起来有点儿可笑。是呀，我自己不说可又为什么哭得那么伤心呢？这对你来说也许是个千古冤案，对我来说却是个公开的谜语。它如此简单，以至于我不好意思说出口。我哭，只是因为女人渴望而没能得到的领会。那领会才是女人的体面、满足和骄傲，虽然那只是一辆自行车，不是一部汽车，不是一所豪宅。那是物质的世界里没有的物，那是形式的逻辑里没有的形。然而！荒诞的是，在我的记忆里，在我的语言里，它最终仍然还是一辆自行车！

也许只有你知道，我讲述的这些，都是事实，但并不是事实的全部。全部的真相是，我为你活着而拼尽全力，同时我也祈祷别的，那"别的"我不能告诉你，也不能告诉任何人。

不知你是否还记得，就在我们等待了五个多月的手术的前一天，我突然失踪了一个上午。我回到医院时，你刚刚自己用剃须刀在小腹部做完备皮。你虚弱得连说话都困难，我却把你一个人丢下。我去哪儿了？你问我。我说，去办点儿事。但眼睛不肯看着你。你是如此敏感的人，一定知道我并不想说；你又是如此磊落的人，一定不会对我的不解释胡思乱想。

我自认为是缺乏灵性的人，宁愿面对今生，不愿寄希望于来世，更不烧香拜佛乞求实惠。现在我告诉你，那天我去了北京城南道教的寺庙白云观。我在每一尊神像前都敬上几炷香，放下一些钱，然后虔诚地下跪、磕头。我乞求神保佑你手术成功。同时，我还乞求：如果手术不成功，保佑你尽快解脱。

我坦白我的罪，罪名是自我亵渎，它将抹杀我所做过的一切。我相信你自己也一定这样愿望过。所以，我发誓，你少受点儿罪是我希望你尽早解脱的唯一理由！但是，你相信吗？其他人相信吗？我自己相信吗？事实是，你病着，我有无穷无尽的麻烦。时间，金钱，儿子的成长，我自身的向往……那时候，我们并不知道那煎熬会延续三年五年，还是十年八年……

你的问题，和我的问题，本来是两个问题，但它们变成了一个问题。

好的，与不好的，甚至是坏的，都在一起，它们成为了一个整体。

善与恶，本能与理性，简单与复杂，都是一个整体。

事物的本质是什么？当一个事物是由另一个事物引起的；当这两个相互因果的事物会呈现出截然不同结果；当你清楚地知道，成全了一个，另一个也同时得到成全，你怎么能保证，不把你真的想要的，当成是你顺便得到的？边界如此模糊，本质也变得不那么纯粹和绝对。

其实，我并不像别人想象的那么坚强，甚至怀疑根本不存在所谓坚强。如果可以选择，我宁愿嫁给一个健康的男人。然而，我被一种自己无法把握的力量操控着，我决定不了不嫁给你，也决定不了不后悔嫁给了你。我不知道那是不是叫做信念。坚强或者软弱，不是由性格决定的，是由信念决定的。而信念早已超越了自我，像一架马车，拖着渺小虚弱的我飞快地奔跑。虽然我已经不堪其颠簸，不堪其辛劳，但我无力让那马车停下来。我不能不对你好，我只能祈祷让你解脱，好让那架不停奔跑着的马车停下来。

这次手术的彻底失败，是证明了神的无用，还是证明了我的不够虔诚？总之，我庆幸祈祷没有真的灵验。我累了，但马还没累，它拖着我，一直又跑了三年……

世上原本没有孤零零的"你"，只有当"我"，还有"他（她）"存在的时候，才把你称作为"你"，也才有所谓"我们"。我们的留恋是千丝万缕的，我们的胶着是无所不在的，我们的瓜葛是没有穷尽的……我的坚强在你的忍耐里，你的尊严在我的执著里，你的生命在我余生的记忆里，我的余生在你死亡的阴影里……

你住院期间，一个我们共同的朋友曾经问你：如果我有了别人，你能不能接受？你想了想，回答说，能。我不知道她何以谈起这个话题，也许是对夫妻伦理的理想主义向往，也许是对情爱观念的形而上探讨，甚至仅仅是出于对我个人的善意，否则她不会在事后向我描述这番对话。

我痛恨这个回答。我觉得，与其说这是宽容，不如说这更像是一种亵渎，对我的，也是对你的。我是说，如果你不是重病缠身，也许我会把这看成是一个男人的大度。这样想非常矫情。但我不允许自己从相反的角度面对这个问题：如果你已经面临这个问题，如果你必须回答这个问题，你该怎样回答，才更能表明作为一个男人的尊严和对于我的尊重？如果你说"不能"，我会感到满足呢，还是会指责你自私？我甚至赌气地想，要让你真实地宽容一次、大度一次。

我更加痛恨这个问题。你会敏感地误认为，这不是一个假设的问题，而是一个已经存在的事实。更糟糕的是，我无法解释。解释是庸俗而可笑的，也是我的自尊和你的自尊不允许的。在任何情况下，我都没有义务向任何人承诺忠诚，当然也包括你。忠诚不是两性关系的前提，只是一种可能的结果，而在我看来，解释就是承诺。

那个朋友绝对不会想到，我会如此在意她的问题和她向我转述的你的回答，她至今不会想到，无意间的伤害，像刺进肉体的一根芒刺，不偏不倚地嵌在心里，持续地隐隐作痛。一个女人为爱情而活，很可能是真实的；说一个女人仅仅为某一个男人而活，一定是虚假的。一些人一生可能不止恋爱一次，但是为爱情而活的女人，每次恋爱都是对同一种理想与精神的追随；另一些人一生可能只恋爱一次，但是标榜只为某一个男人而活的女人，很可能已经泯灭了理想放弃了精神。

爱一个人能有多久？这应该是向上帝提出的，而不是向心灵提出的。就像接受命运一样，好像我是被特地选出来接受这个命题的。这么多年过去了，它一直纠缠着我。爱一个人能有多久？它也许不适合做一篇文章的题目，却实实在在是关于你和我，关于你们和我们的永远的提问。

# 无题往事

## 1

一凡临死前的那些日子，正值我中年得子。年近三十五岁才决定生个孩子，这其中的理由和原因真是一言难尽。但是不管怎么说，我最终成了一个男孩儿的母亲。我沉浸在做母亲的惶恐和困惑之中。

儿子满月的前几天，我到位于北京宽街的中医医院去看望一凡。那是夏天，病房里很热，单薄的白床单下，凸现出一凡那使陌生人感到尴尬的畸形躯体。一凡的头很大，前额巨宽，眼窝深而目光明亮。这颗沉重的头颅因为装满太多的记忆终于低垂下来。我告诉他儿子的体重，儿子的大名、小名以及他出生后让我失望的丑样子……以往在一凡面前，我总是这样芝麻西瓜一股脑儿都倒出来，如同倒进一个没底的篮子，不管多么琐碎和无聊从不觉得不好意思。而他总是一如既往地专注和微笑，然后或者劝说或者安慰或者鼓励，我则心安理得地接受下来。我已经习惯了霸道地占有一凡，却很少考虑到他是否能够承受。躺在病床上的一凡仍然听着我的倾诉，却没有了往日的微笑。即便如此，我仍然没意识到这已是我们的永别。我注定了是个没有悟性的人，对于死神光顾的征兆总是特别迟钝。

对于一凡死前我没能身前身后地照料，死后没能操持后事，我始终感到内疚，但我很有把握地知道他绝不会生我的气。我是一个被他宠惯了的女孩儿。在他眼里，不管我多大，只要他活着，我总可以被一个人当成女孩儿。他死了，我现在只能是女人，是母亲，永远不再有人把我当成女孩儿了。也许这正是他的死之于我的实质性损失和致命的伤痛所在。所以说，在儿子出生后第四十五天，拖着臃肿而虚弱的身子到八宝山与他的遗体告别时，我哭得那么伤心纯粹是为了自己。我愿意他活着，为我而活着，为世界上能有一个真正理解我、呵护我、容忍我的人而活着。我很清楚世上没有谁能仅仅为谁而活或者为谁而死——即使是一凡。我这样愿望着，不过说明在我们俩的关系中我的自私和霸道。

回顾走过的道路，对我生活有重大影响的人和事的出现，很难说是纯粹偶然造成的，更不是简单的猎奇所致。对于在少有精神浸润的环境中长大的女孩子来说，她随时都企盼着，等待着，准备着遵从内心中最强烈的冲动，响应来自心灵的召唤。与一凡，与后来成为我丈夫的周郿英，与那些有了他们的分担失败便不再显得可怕，没有他们的分享成功也变得黯然失色的朋友们的相识绝不是偶然的。

我不知道是不是每个人，每个女人，都能享有这样一份馈赠，或者是我得天独厚？无论如何，我感谢命运！

## 2

认识一凡，是因为我当年的男朋友总把这位与众不同的邻居挂在嘴边。使我好奇的不只因为他残疾，也不只因为他自学成才，而是因为他的古怪和独特。印象最深的是，朋友说，即使有人穿着鞋上一凡的床上去踩，他都不会恼火。我当然不信，朋友便给我讲了这样一个故事：为了说服一个固执的女孩儿，一凡写了一封十几页的信，女孩儿当面把信扔进火炉。一凡不气不恼，又写第二次，她还是不看，把信撕得粉碎。写第三第四次，直到她被说服为止。一凡认为，这时候的自尊心无异于虚荣。为了对方，他不在乎自己受伤害，或者说他根本没感觉到受了伤害。

如今，我已无法描述和一凡第一次见面时，是阳光灿烂，还是阴云满天。但我不会忘记，我是怎样因为一凡在一个陌生女孩子面前所表现出的腼腆而感到吃惊。他微笑着，涨红了脸，由于多年拄拐而特别大的双手神经质地摸索着桌上的东西，几乎有点儿不知所措的样子。后来我才知道，不仅是我，一凡在所有陌生人面前总是腼腆得像个孩子。

那时除了睡觉吃饭，一凡总在后院一间房子里工作和待客。那是一间老式的木地板房，一凡常年穿在脚上的高筒翻毛皮鞋踩在上面发出缓慢的吱吱响声。很快，我成了那间屋子的常客。一凡总是坐在窗下的写字台前，我坐在侧面一把专门为客人准备的椅子上。以后很多年，我和一凡常常这样坐着谈论生活，谈论书本，谈论人生，好像今生今世我们就是为了这样坐着谈话而出生而活着。从下午到黄昏，从傍晚到深夜，话题永远不会枯竭。

一凡的房子用书柜隔开，书柜后面整齐地码放着书刊报纸和用牛皮纸袋装着的资料。对我来说，那是一个神秘而又神圣的角落。以后熟了我才知道，那是他在"文革"中收集的小报、传单和他到各个大学亲手抄来的大字报底稿。他给我看过一些，其中有的传单印得不清楚，他都仔细辨认后描清楚，或重新抄写附在原件的后面。每个牛皮纸袋里的纸张都分别编了页码，外面有分类记号。据说，"文革"以后，《光明日报》要发表遇罗克的《出身论》，原文还是一凡提供的。那里还放着一台苏联生产的放像机和冲洗照片用的盘子罐子。为了冲洗照片，后窗常年挂着黑布窗帘，因此光线总是很暗。以后我从他那儿看到的几部手抄本小说，都是一凡用工整小字誊抄，然后在那个角落里翻拍洗印的。

我不知道一凡当年收集这些资料时有什么打算，但像他那样当时就懂得这些资料的价值并花费大量时间精力收集保存的人，恐怕绝无仅有。尤其难能可贵的是，一凡拄双拐行走，他的脊柱靠金属支撑着，一条腿在地上拖着几乎抬不起来。可以想象，在"文革"最热闹，也是北京最炎热的季节，来往于院校部委之间的一凡该是多么吃力、多么辛苦。除了一凡谁能有这样的执著和细心？

一凡死后，我从他家的保姆那里拿回一些遗物，其中包括几本笔记本、几张儿时的照片和一小部分信件。在我认识的人中，他是唯一保留信件底稿的人。不管写得多长，他总要打底稿，几十年如一日。不是因为他写信不流畅，而是他有保存东西特别是文稿的癖好。我没想到，在我整理这些信件时，发现了一凡写于一九七七年的一封遗书，其中提到：他死后，所有书报和文字资料由我来全权处理。这使我多少有点儿得意甚至骄傲。遗憾的是，一凡刚死，成吨的书报资料就被他家的保姆全部当废纸卖掉了。当我看到遗书时，那些纸片早已经不知被送到哪个废品站，正等待着被化为纸浆。

这对我无疑是一个打击。且不说这批资料的社会历史价值，更不必说我一生中唯一一次遗产继承成了水中捞月、纸上谈兵。最重要的是，它割断了我与一凡可能存在的联系。一凡不会起死回生，我永远无法在某一天的下午或晚上再见到他，永远无法听到他那有点古怪的声音。能够使我们永不中断联系的，唯有代表着他精神的毕生收藏，而我却无意中将它断送了，再无法凭借什么使一凡的生命在我的身上得到延续。我懊悔、恼火、心痛欲裂，甚至有一种出卖或者背叛了一凡的感觉，尽管当时我是未出满月的产妇这一事实，也不能使我得以自我安慰。

3

一凡借我看的第一本书是俄国作家车尔尼雪夫斯基的《怎么办——新人的故事》。主人公拉赫美托夫是当年青年理想主义者效仿的楷模，十二月党人则成为我心目中的偶像。

他们出身贵族，有遗产，有爵位，本可以享尽荣华富贵，却甘愿充当贫民的代言人，甘冒杀头流放的危险投身革命。我觉得他们才是真正的自觉革命者。罗普霍夫假装自杀成全其朋友与妻子的恋情的故事更让我佩服得五体投地。那故事诠释的不只是浪漫，不只是高尚，而是"合理的利己主义"理论：使别人快乐和幸福是为了自己的快乐和幸福。如果每个人都以他人之乐为乐、以己之乐为他人所乐，那无私和无畏岂不是来得更实在更可靠？

我想没有一个二十岁的人会读《牛虻》而不被亚瑟的魅力所迷醉的。我看《牛虻》时因为割扁桃体在家休假。那是夏天，院子非常安静，我靠在树上，从早晨一直读到合欢树收起那羽状的叶片，院子里渐渐喧闹起来。家里人叫我吃饭我不理睬，爸妈以为我不舒服，不断地问这问那，我实在忍不住，趴在床上开始哇哇大哭，哭得昏天黑地，而且一发而不可收，成年以后我从没这么放肆地哭过，把大家都吓坏了。第二天，单位领导来看我，发现我床头放着《牛虻》，告诫我以后应该读《欧阳海之歌》或者《金光大道》这类书。我笑着，但不置可否。从那时起我的正统形象改变了，我任教的学校有人提出我有小资产阶级情调，再加上我对黄帅造反表示了不同看法，入党申请一拖再拖地被搁置起来。

最让我如醉如痴的是《约翰·克里斯托夫》，奥里维和姐姐安多纳德的故事感动得我泪如泉涌。一九七八年重新开始出版外国文学作品时，第一批就有这本书，我当然买了一套，但却从来没有翻看过。我拿不准重读是否会使我失望，我不想让失望扭曲记忆，我不愿意相信，人一成熟就得否定单纯。读了《被侮辱与被损害的人》后，我在给一凡的信中写道："我们无缘享受陀思妥耶夫斯基笔下的'精神的苦刑'，这位残酷的天才把他笔下的主人公放在最残酷最卑劣的境地提炼崇高，要使我们的精神在最严格的意义上称得上崇高，必须经受这种磨难，以达到自我改造的目的。"

《红与黑》《红字》《复活》《安娜·卡列尼娜》中的爱情故事，似乎为我反叛的初恋增加了几分悲壮，对家庭的反对更有恃无恐，尽管实际上完全风马牛不相及。

除了外国经典小说，还有当时内部发行的灰皮书、黄皮书，《带星星的火车票》《麦田里的守望者》《铁托传》《新阶级》都是那时读的。虽然其中有许多我不能理解，我以为理解了的也未必都真的理解了，但我都读得兴味十足。

最让我好奇的是手抄本小说和诗，在一凡那里，这些全被翻拍成照片，像扑克牌一样装在盒子里。记得清楚的有《九级浪》《芙蓉花盛开的时节》。我把《相信未来》抄在笔记本上背诵：当蜘蛛网无情地查封了我的炉台，当灰烬的余烟叹息着贫困的悲哀，我依然固执地铺平失望的灰烬，用美丽的雪花写下：相信未来……

未来是什么？对我们来说，未来是人间大同的共产主义，我们无须描述她是什么样子，无须证明她是否完美是否能够实现。如果能在失望中找到安慰、鼓励，何必要去追究是否能实现呢？有一个能够让你相信的未来，又何必计较眼前的得失与利害呢？"相信未来"的呼唤，温暖着一代人的心。

地坛公园是我上班的必经之路。那时的地坛公园荒凉而安静，我常常很早起床，经过地坛公园时把自行车停在路边，坐在椅子上读一会儿书。其实要的是那么一股劲儿，我在读书，读文学书，读外国文学书，觉得自己很浪漫，很理想，甚至很贵族，很文化。总之，带着旧报纸包着的外国小说去上班的那些日子让人兴奋。就像每一个姑娘在初恋时都以为自己发现了一个任何人都没有发现过的世界一样，你觉得自己与众不同，也觉得世界和以前不一样。你变得格外活跃，也格外大胆。正是在那段时间，在那条路上，我认识了双腿已经瘫痪的史铁生。正像铁生在他那篇著名的散文《我与地坛》中所记述的，他正失魂落魄地在那古园里反反复复地想着关于死的事，而我对他感兴趣的是那残废了的双腿上摊开着的书，和他攀谈的勇气来自自行车后夹着的从一凡那里借来的外国小说。

当年那些公开出版和手抄的小说、诗歌都被视为禁书，谁也不敢公开读，更不敢传，一凡却以传阅这些书籍为使命。为了寻找这些书他下了很大工夫，有些书不是他的，他从别人那里借来，再以最快的频率传给尽可能多的人看。排队等着要书的人准能在最短的时间内到他家把书取走，并且限定最短的时间传给下一个人，有时在一个人手里只能停留二十四小时。从那时起我养成了晚上读书的习惯，二十多年来，夜读的习惯始终没改。后来坐牢，审讯时，预审员让我把所有看过的书都写出来，我很得意地写满了整整一黑板，然后又写满一地。虽然我是犯人，却有一种优越感。

　　我迷上了写信，一凡也鼓励我写。其实我们常常见面，有时一星期能见两次甚至更多，但还是不厌其烦地写，而且每封信都写得很长，常常是发出的信还没收到人已经先到了。写信成了一种精神享受，成了日常生活的功课。后来我之所以读了中文系，之所以总梦想着写点儿什么，究其原因，应该说归于当年我和一凡的通信。在一凡仅存的遗物中，保留着我写给他的全部信件的底稿。我自己也不可思议，当年这些信为什么全部写在白报纸上，而且不留天头也不留地脚地写得密密麻麻，有的还正反两面写。我给一凡的信中说："你对我来说，是挖掘灵魂深处的启蒙者，在你之前，我的精神生活不受任何人包括我自己的触动，甚至连窥视都没有，任何行为都是出于一种本能，而且也从没产生过自己不理解自己，自己解释不了自己的矛盾。现在我时常惊奇地发现许多我自己有，以前却没有意识到的思想和情感，它使我产生了许多烦恼……为此我曾经怨恨我结识了你，但我已上了'贼船'，只能这样，也许这总比麻木要好得多。"

　　我花了好几个晚上重读这些文字，那些已经被我遗忘了的感觉又在我的心中复活。二十多年来，我体验过刻骨铭心的爱情，感受过生死相依的友谊，年轻时的悲欢与许多年来我经历的世态人情、生离死别相比，实在是微不足道。如今我们也早已久违了浪漫和神圣，但我仍然怀念甚至迷恋那些岁月和时光。不只是对往事的回忆，年轻时被我忽略了的东西，也开始越来越清晰地在我的意识中浮现。我从遗憾和悔悟中感知时间、历史和人，感知生命、死亡和爱。

为此，我感谢一凡。

是他，使我走向人，走向自己。


# 4


一凡当年的那个圈子真可谓是怪杰荟萃的大本营。你只要研究那个年代的文学、艺术、思想，就不可能不注意到他们中的一些人。只可惜我进入时，那种沙龙活动已接近尾声。毫无疑问，他们中的大多数至今仍然是社会的佼佼者，恢复高考之后，有相当一批人上了大学，那些直接读研究生的，较早出国学习的，多是朱学勤先生在《思想史上的失踪者》那篇文章里所说的，"文革"中毕业于重点中学，上山下乡时开始读康德、别林斯基的所谓"六八年人"。如果说日后他们没有像当年那样独领风骚，在主流文化格局中占一席之地——没有名气，没有专著，没有社会地位，也并不说明他们全数退出了历史舞台，或者停止了思想。也许事实恰恰相反，沉默不也是一种表达方式吗？我相信，那些曾经照亮他们（我们）生活的思想光芒，是不会随着时间而黯淡的。可能会被遮盖被埋没，但不会消逝，不会黯淡。永远不会。

因此大可不必为他们惋惜至深。况且毕竟还有一些人始终保持着当年的狂态，他们的经历与共和国的历史密切相关，他们的经历世人皆知。

当然他们中也有一些人逐渐消沉并终于隐退了，对以往或者只剩下冷漠、伤感，或者走向极端的反面。我常常想，或许对此最该负责任的恰恰是一凡。他给那么多人描绘了那么多好梦，却无法承担好梦破灭的代价。曾经是这样，我把一凡当成上帝，我相信他的每一句话，并不在乎他把我带到哪里。事实是，他带我上哪儿我都会万死不辞。我的上帝甚至比宗教意义上的上帝还要好：他从不用原罪、赎罪什么的威胁我，吓唬我，他从不对和他的理想背离的人恼火。

回想起来，那段时间是最迷惘的，我不知道我所处的社会是什么样的；也不知道自己是什么样的；急于改变，又不知道该怎样改变，能不能改变，变成什么；充满了激情，却对前景没有明确的想法。不只是我，我想几乎所有的学生、知识分子都经历过类似的一段路程。大家彼此吸引，小道消息已经不足以使人激动，开始涉及那些大胆的离经叛道。尽管那时我们还没有怀疑"文革"、否定"文革"，但我们常常产生一种对人不公平的共同感觉。为一些人的命运而不平，又为另外一些人的悲剧而痛苦。殊不知，从那时起，从我开始关注人的命运和人的悲剧的时候起，我已无可逃脱地进入了悲剧，成为其中的一个角色。

一九七五年一月二十八日深夜，我被人从睡梦中叫醒，骗到楼下去接电话。我披上外衣，顾不得穿袜子拖着鞋跑到一楼，刚要拐进电话间，就被一个中年男人抓住推进了传达室。在我还来不及弄明白发生了什么事时，就被戴上了手铐。在那一刻表现的惊慌也许显得太幼稚了，我甚至没问问原因就在逮捕证上签了字。随后，我被押上一辆吉普车，被一顶油腻腻的破帽子蒙上眼睛送到了不知什么地方。后来我才知道，那是北京市第一监狱的看守所，我被关在"王八楼"，因为其中间是圆形大厅，四周有五个筒道而得名。一九七六年"四·五"天安门事件后，许多人被关在那里，使"王八楼"在北京名声大震。

两年以后，我带着"因参与反革命集团，犯有严重政治错误"的尾巴被释放出狱，一凡也以同样的结论先我五天回到家。使我们哭笑不得的是，通报全国、由当时的公安部部长亲自签发逮捕令，导致了几十人坐牢、上百人受牵连的一桩大案，其实是一个子虚乌有的故事。

本来我很想将那故事的情节和细节描绘出来，我甚至已经在那样做了。但就在我遣词造句试图讲清楚来龙去脉时，又改变了主意。讲给谁听？和我一同从那悲剧中走出来的人，对这一切——文字狱、株连、莫须有、欲加之罪……简直是太熟悉了，这样的案件在全国不会是绝无仅有的。和很多人相比，我们的经历可谓是小巫见大巫，没有任何新意。而对于那些没有亲身经历过的人，你的讲述越逼真，就会越发使人不相信，他们会当成可能是真实也可能是虚构的故事来听。

那么下一代呢？对于识字却缺乏阅读能力的孩子们，我如何向他们解释，好人有时候也会被投进监狱呢？我无法想象，假如我的儿子是仁爱而单纯的，知道与他相依为命的母亲曾经被戴上象征着罪恶的手铐，能够不生出困惑和仇恨；我更加无法想象，假如我的儿子是冷漠而世故的，知道生他养他的母亲被污辱被歧视，居然生不出困惑或仇恨。我无法估计当我的儿子有能力读这篇文章时，会对此做出什么样的反应。事实上无论如何都是我所不愿意承受和面对的。

总之，这成了我一个致命的情结。虽然儿子才八岁，但不管是写一凡，还是写我死去的丈夫，都无法逃避儿子审视的目光。我想象着他到了我初次认识一凡的年龄，读到这些文章以后的表情和感受。我甚至幻想着，他向他的朋友、恋人、儿女讲述他出生时死去的这位叔叔，以及这位叔叔和他母亲的故事。那故事应该是温馨的、柔美的、宁静的……所以，最终我把血腥和粗暴的细节删除了，也把荒诞和滑稽的故事删除了，唯独没有删除的是从那个故事中走出来的人，因为那其中虽然凄婉，却飘散着丝丝缕缕的温情。我愿意把这传达给我的儿子，传达给所有我的朋友，因为我深深地懂得，这对人有多么重要。

为了判断一凡是否和我同监坐牢，听到窗前有脚步声时，只要看守不注意，我就趴到窗前去看，但从没见过一凡。听号里的人说，这个大院里还有一处牢房叫"K字楼"。提审时常常穿过大院，我总是特别注意"K字楼"的动静。每次洗澡之前，"王八楼"的犯人都先在"K字楼"的放风场里等着，借两三个月洗一次澡的机会，我故意走到看守站的平台底下，用小石块在砖墙上并排写上我和一凡的名字。我多么希望一凡能碰巧看到我的名字，能知道在这高墙深院里有我和他在一起。

一凡在出狱后给我的第一封信中写道："回家后，我急于想见到你，好像是急于想弄清楚这件事情的来龙去脉，实际上是想看看你，想知道你有什么变化。当看到你除身体有些影响外，其他都变得更美好了，我是多么欣慰！两年中，特别是后一阶段，我好像在另一个世界似的，社会、家人、亲友全都淡忘了，但是我没忘记你，我经常惦念你，担心你的身体、情绪，想到万一他（作者的男友）……那你将如何承受这个打击。两年中，所有的亲友都和我隔绝了，只有你（如果还有别人那我并不知道）陪着我，在同一个大门内……这两年，你成了最近（不仅是距离上的）的亲人……"

也许因为刚出狱，我们有相同的话题相同的感受相同的处境，所以我们能够相互理解相互体谅相互支撑，我们彼此使对方感到一种……安慰，甚至产生了一种特殊的情感——我想那可以称之为爱怜。我无法给这种情感下定义，我不知道它是什么。它是友谊的延伸，还是爱情的准备？或者是友谊的深化，爱情的升华？我不知道。我们习惯于彼此依靠，有一种类似于相依为命的感觉。从我们相识起，他就热切地影响着我。我依赖他，他也从被依赖中得到力量。他需要以我的变化来证实他的存在、他的价值、他的影响力。他做到了，靠的不是说教，而是他自身。意识到这一点并没有改变我与一凡的关系，人与人之间本来就需要这样相互证明、相互依存。从某种意义上来说，我是一凡的一件作品。

一凡是见过世面的人，他经历过白色恐怖、残酷的战争和不治之症，他把坐牢看成是一种人生体验，是增加阅历的难得的机会。而我则不同。两年，是由许许多多忐忑揪心的日子组成的，它对人的改变也是意想不到的。出狱后所有的人都发现，我说话的速度变得特别缓慢，而我自己却一点儿没有感觉。第一次上街，我几乎有点儿害怕，站在商店门口，我踌躇着，那是我可以进去的地方吗？左右看看，发现并没有"队长"吼我，才怯怯地走进去。转了一圈儿什么也没敢买，回到家却发现，出门时妈妈给我的二十元钱不见了。我发现自由也和不自由一样需要你去适应。更重要的是现实处境，那年我二十二岁，拖着个"犯有严重政治错误"的尾巴，没有学上也不准许读书，男朋友和我吹了，以前要好的同学又都躲着我，除了被迫在街道和家庭妇女一起做童装，没有任何出路。我觉得生活没有意义。

我只能去找一凡，只有在他那里我没有心理障碍，没有语言障碍。我们相互讲述监狱生活，共同商量上访平反的事。为了让我有点儿事做，他鼓励我学英语，并跟着我一起学，虽然我根本学不进去，但为了不让一凡扫兴，我还是坚持着。

为了让我不那么孤单，一凡给我介绍了一些朋友。在一凡家认识的人似乎个个都不同凡响，他们遭遇不同、处境不同，但都生活得特别充实。从他们身上，我看到，生活的意义不是原本就有的，而是经过自己的努力被赋予的。渐渐地，我不再那样消沉。我开始忙起来，也快乐起来，张罗着为自己买衣料做衣服。我还为一凡织了一件深蓝色开身毛衣。一凡从来都只穿绒衣，没人给他织毛衣，我为他织的毛衣成了他仅有的毛衣。看到我情绪好起来，有了笑容，一凡特别高兴。他后来告诉我，当时被抓的人中我年龄最小，也最无辜，他最怕我一蹶不振。看到我终于长大了，成熟了，一凡比任何人都更高兴。

在一凡的精心呵护下，我度过了出狱后最难挨的日子，准确地说，迈过了人生中一个至关重要的坎儿。平反以后我上了大学，毕业后当了记者、编辑，在以后的生活中，遇到过许多意想不到的事。幸运的是，我已在一凡的启示下懂得了，人可以自救！人只能自救！在挫折甚至灾难面前，我也有过软弱，但却没有逃跑，没有倒下，起码没有背离自己。我不能让那些关心我爱护我的朋友，特别是一凡，因我而增加一分失望。以后，每当我遇到那种因社会的不公而遭遇挫折，变得消沉颓废、愤世嫉俗、玩世不恭，甚至自甘堕落、不可救药的人，我总在心里十分惋惜地想：在面临人生转折的时候，他们身边如果有一个一凡那样的朋友该多好！

多年以后，我逐渐懂得，人是不可能在完全的意义上被塑造和被拯救的。如果有谁背离了自己，也是命中注定的必然。可我还是宁愿认为，如果没有一凡，我将不可能从我的黑夜走向我的黎明。我从一凡身上懂得了抱怨没有用，并且学会了不抱怨，这使我一生获益匪浅——你端着的这碗水洒了，不管你怎样惋惜都收不回来了——这是任何一个家庭妇女都懂的道理，看起来再简单不过了。实际上它包含的是一个完整的生活哲学，是一个使你在生活中不绝望的人生哲学。

## 5

两年的监禁，使得本来就双腿残疾的一凡行动更加不便了。他不再去后院的房子,活动空间仅限于他家厨房兼饭厅的小屋。屋子的一角是他的床,床上堆满了书报杂志,只留一小块仅够他躺下的地方。白天他就坐在床沿,在全家人一日三餐用餐的方桌上看书写信接待朋友。他忙于推售已经出版和没有出版的天安门诗抄,忙于为在监狱里认识的难友写上访材料,忙于诗歌杂志的编辑和发行。为了生存,他还得为出版社看校样。他没完没了地写信,邮票总是一百张一百张地买,一天发十几封信,信末签署的时间往往是凌晨两三点钟。他照旧把字写得又小又密又整齐,照旧每封信都留底稿,并且把底稿写在废纸的反面。他在信中乐此不疲地讨论共同读过的书,评价朋友们的创作,推荐报章杂志上他认为好的文章和作品,甚至指出上一封信中的语病和错别字。最多的还是写信谈心。他会非常婉转地指出你的弱点,但又不让你感到自卑,无论你怎样沮丧,总能从他那里得到鼓舞和安慰。现在看来,那些信显得琐碎而平淡,不再能打动已经被磨得无比坚硬的心。可当年每个收到信的人都读得津津有味,没有收到信的还免不了嫉妒和抱怨。一凡是我的"专利",不管他多忙,我总能收到他的回信。

经过两年的奔波,我和一凡于一九七八年先后得到了彻底平反。

平反使一凡受到巨大的鼓舞,并不是他把个人的荣辱看得多么重要,而是他从自己的平反中为自己的信念增加了证明。他在给北京市公安局七处我们案件的预审员老马的信中说:"审讯时我曾自信地说,我将来一定要成为我党的一员。

出狱后我才逐渐了解到，我们党被林彪、'四人帮'糟蹋到了何等地步，以致党在很多人的心目中丧失了威信，导致一些人对共产主义丧失了信心。但我坚定地认为，我们党一定能重新恢复光荣传统，我一定要为祖国恢复和重建民主制度，为党的奋斗目标——实现四个现代化，并最终实现共产主义尽自己的一份力量。"同年，一凡在给我们同案一个难友的信中说："在争取四个现代化的长征中，我国人民将普遍提高科学文化水平，在逐步摆脱困苦的同时，人民也将同时摆脱愚昧，中国人将有史以来第一次实现人的解放，中国人将真正成为人。"

出狱之后，我看到他比我认识的任何一名共产党员都更加真诚地关注祖国的发展与变化。他多次给《人民日报》写信，指出报纸上出现的错别字、语病，他是这方面的专家，商务印书馆的许多辞书都曾由他终校。他始终是党报的忠实读者，刚十三岁时，他躺在大连的病床上，看到某工厂领导只注意抓产量，不注意工人健康，以致有些工人劳累过度工伤住院，就写信给旅大《人民日报》反映情况。当报社的人带着稿费到医院看望他时，才发现他原来只是一个孩子。三十多年来，他一如既往，经常给党报写信反映情况，大至批判武训，小至街头路灯无人管理浪费电等鸡毛蒜皮的小事，他觉得自己有资格更有责任维护党报在群众中的形象。

在狱中，他曾与后来被称为反"四人帮"英雄的青岛工人韩爱民同囚一室，出狱后，韩委托他帮忙为许多人上访，其中有四个人由于他的帮助而得以平反。他把这一切都看做是为党拨乱反正尽力。

如何理解一凡的反叛与归顺，对我始终是件困难甚至痛苦的事。

在此，我想摘引一凡的父亲一九七六年在一凡被捕后给文字改革委员会写的一份检查：

赵一凡在两三岁时，在上海因看管他的保姆不小心，从高桌子上倒栽葱摔了下来，脊骨受了伤，怕被辞退她没有告诉我们。骨科医生武断为骨痨，用睡石膏床的方法治疗。为了哄住他，在睡了六年之久的石膏床上，赵一凡不知看了多少识字块、小人书、连环画和小说。

他五六岁就能看加新式标点的《西游记》，我还曾把此事传为美谈，实则这是他第一次大受封资修教育的时期。

后来他病好了，到苏北解放区来找我，不久蒋匪进攻解放区，我带着他从苏北退到鲁南，退到胶东，那时我患病在大连治疗。不久我又带病到解放区工作，一凡则留在大连插入一所仿苏十年制小学的五年级，这是他第一次上学，也是唯一一次上学。几个月后，因参加学校抬木头劳动脊椎骨被压塌，下半身全瘫痪了，大小便都失去了知觉，从此他又睡石膏床达十年之久。这十年中他又不知看了多少中外小说，还学会了俄语。在他十二岁时，还写了一本《新少年的故事》，在大连兴华书局出版，我听到后还高兴呢。其实，这是他第二次更大规模地受封资修教育的时期。

赵一凡能用双拐走路了，我们才一起住在北京，我要他去北大文学系学习，他说已去人大文学班旁听，北大文学系的讲义他已都借来看过，不想进北大了。不久文改出版社成立缺人，我把他当临时工招进去，编了两三年注音儿童读物，他工作认真负责还加入了共青团。

文改出版社取消时，因为名额有限，我没把他像别的临时工那样转正，他就在街道做团支部书记。不久发生了"文化大革命"，我靠边站，关"牛棚"，去五七干校，所以就不能多管赵一凡了……

我之所以占用如此多的篇幅引用一位老人、一个父亲的"检查"，是因为我认为它要比任何文字都来得逼真而深刻。对中国社会和中国人缺乏认识的人，无法理解一凡父亲的这份检查从形式到内容蕴涵着的深刻幽默和复杂哲理。一凡的父亲是一九二六年入党，而后又被打成"托派"，并且在白色恐怖中坐过三次牢的老党员。他写这份检查时——如果它算是检查的话——七十多岁了，我无法知道，这位善良的老人，看着多灾多难的儿子拄着双拐被推进警车时，是否会联想到自己当年被捕的情景，是否会因为儿子的遭遇，对自己的一生加以反省。更加无法想象，而后他又是怀着怎样的心情写下这篇回顾父子两代人命运的文字。

把这一切都归咎于命运是最简单的，但是当我们用同样的方法来解释那些远没有他们善良，远没有他们宽厚，也远没有他们正直、正派，远比他们付出的少得到的多，却与他们截然相反的人的命运时，又觉得这其实是最不负责任的解释。如果说命运能解释一切，那么过失和丑行都应该被原谅，更不必问人格问人性；如果悲剧是必然是绝对的，那么反思和内省都多余，更不必问历史问社会。

我想，要了解一凡的正统，理解一凡的执著，懂得一凡的单纯，再没有比了解他的身世更为重要了。正如邵燕祥先生发表于一九八一年的文章《我死在一九五七》中所写的："年轻的后来者！你们也许惋惜、同情、怜悯我，你们也许讥诮、奚落、蔑视我，以为我是盲目、愚昧的白痴吧！你们这样做，是因为你们不理解像我和跟我有相似经历的同志，而我希望你们能理解：我们有值得你们嫉妒的炽热的爱，燃烧着对党和人民的信心，即使在我们的天真、幼稚、轻信和形而上学的错误里，也伴随着高于个人荣辱与毁誉的执著的追求。"我想，这就是当年一凡要对我做的解释。他终于没有明白地说出来，是因为他比我更分明地看到了我们之间的差异，并为这差异而痛惜。


## 6


平反时我正在北师大中文系读一年级。平反决定在全年级宣读时，我的平静使自己都觉得吃惊。被逮捕，被开除，这些惊心动魄的字眼，对我来讲已经算不上是刺激，平反与不平反，似乎对我都没多大意义了。就是不爱听别人说我是反"四人帮"的英雄。张志新的死是悲剧，可我的被捕是闹剧。我要真的是英雄，倒显得那些抓我的人不那么荒唐了。我还怕那些真心实意的赞扬。夸你坚强，说一个二十岁的女孩儿坐了两年牢还能保持身心健康很不简单。其实只有我自己最清楚，事实并不是这么回事。当生活把你抛进火坑，你不得不在里面时，根本谈不上什么坚强和勇敢。你有的不过是活下去的本能，别人所能承受的你也同样能承受。我觉得最不能接受的是关于是否出卖过朋友的委婉询问，我的回答一定让人很扫兴：我之所以没有出卖什么，是因为我实在是什么也不知道。我无法假设，如果我知道更多，会不会在几十个小时轮番审讯的疲劳战术中败下阵来。我不是一个遇罗克式的自觉革命者，我缺乏最起码的政治常识，我是一个完全名不副实的政治犯。

虽然两年监狱生活对于一个没有思想准备的女孩子来说，的确不那么容易对付，但已经挨过来了，我不耿耿于怀，也不心有余悸，更不感激涕零。但是在二十世纪七八十年代的中国，一个坐过牢的人和一个没坐过牢的人毕竟是不同的；一个坐过牢的女孩儿和一个没有坐过牢的女孩儿尤其是不同的。

当你被放在政治的社会的层面时，没有人会公然地因为你坐过牢而歧视你，相反更多的人会同情你甚至钦佩你，毫不虚伪地同情你和钦佩你。但当你被放在女人的层面时，你坐过牢这一事实就会在人的潜意识里被一再地强调和放大，这时候，一切原因就都被推到了次要的位置。人们只记住了一个无论如何也抹杀不了的事实——这是一个坐过牢的女人。在人的理智里这绝不是一个坏事实，但却是一个复杂的事实，而复杂在中国人的语汇里是极其微妙的。那么，强调和放大到底想记住或者忘掉什么呢？你的伤疤或者你的眼泪，你的坚强或者你的软弱，你受过的委屈或者你得到的尊严？都是，又都不是。总之，我从人们，包括正直善良的人们的神态中读到了"另眼相看"，这使我产生了一种良家妇女一时失足堕入风尘的感觉。也许是我把这种感觉夸大了，因为当年我和他们一样，没有意识到这种无恶意甚至是善意的"另眼相看"曾经怎样压迫着我，并不断地给着我被排除的暗示。从此我似乎真的被排除了。也就是说，我的被排除从坐牢的内容转而成了坐牢的形式。

也许就是从那时起，我不再是需要由一凡呵护的孩子。我非常不幸地、毫无例外地长大了，在一凡面前跃跃欲试，并且终于离开，终于走远，丢下一凡一个人……我在证明了一个人对一个人的绝对影响之后，又无可奈何地证明着每一个人的绝对选择。

我与一凡，谁对谁错？或者谁更对，谁更错？

在我的思绪流连在对一凡的回忆而久久不能平静的日子里，我好像才意识到，信仰和真理是不能等同的。真理是金，或许要靠几代人的牺牲才能显现出耀眼的光芒；而信仰－信念－理想，也许还有宗教，则是盐，是生活中须臾不可缺少的。一凡的信仰是真理，或者更接近真理吗？似乎都不重要。不能苛求每个人都真理在握，但愿每个人都信仰在心。

对于读着《钢铁是怎样炼成的》《青春之歌》长大，接受了五六十年代教育的人来说，面对为信仰而献身的理想主义并不陌生。然而，曾几何时，经受了时代的变迁之后，这种理想和情调对于许多人来说成了"过去时"。一凡的与众不同仅仅在于：他接受了一种信仰并义无反顾地为之奋斗终生。而另一些人则起了变化，虽然这变化的背后，是一部部血泪浇铸而成的家族史，是少男少女们踏着自己的童贞写成的心灵史，这小小的差异仍然无可争议地划分了人格的高下。这些真的那么不屑一顾不值一提了吗？

同龄的朋友们，请想一想，如今，当年轻时的伙伴聚会散场之后，不管你是从怎样豪华的酒店或怎样寒酸的饭馆走出来，走在喧嚣或沉寂的夜色中，你为什么会陡然地生出一点儿向往，禁不住感叹每天都悬在你头顶的夜空今天是如此的美好；而当你"咔嗒"一声打开房门，走进你那或者仍然简陋或者不再简陋的家时，又为什么会陡然地生出一丝失落，为你日复一日面临着的琐碎而烦恼？想一想吧，对于已过不惑之年的我们，那样的时刻意味着什么？

如今的年轻人到了中年将无从体验这种失落的痛苦，因为那个时代已经一去不复返了。我们所了解和生活过的那个时代已经不复存在了。即使他们仍然可以阅读我们读过的书，仍然可以像我们当年那样彻夜畅想，但是他们思维和感受的方式已经不同了。孙子无法理解祖辈，儿女无法理解父母，就像我无法完整地理解一凡。他们不了解，甚至也不愿意了解充满着神秘与眼泪的理想主义。这种理想主义已经逝去了。对我们这代人来说，那或许是一抹残阳，或许是一缕阴影，但对于今后的年轻人来说，那是一种无从想象的存在。在他们的身上，构成遗传的染色体已经变异了，无法理解不是他们的错误。

## 7

一九八三年以后，在一家小型誊印社的基础上，一凡创办了北京三月文化服务公司。现在看来，一凡是比较超前的，很多人几年以后才意识到的项目，一凡当时已经开始实施，在大多数公司都在做贸易的时候，他把注意力放在了文化事业上，而大批文化公司的出现是九十年代的事情。他幻想着公司发展，并转化为一家出版社，实现他不仅买书、读书，而且出版书的梦想。

他把自己的家无偿地贡献出来作为公司的办公室，他每天只能有两三个小时甚至更少的睡眠，再也没有时间看书和谈论文学。正如经历了这些年经济大潮的人们所能想象的那样，一凡不可能有志同道合者。别人看清了他是真正没有个人欲望、没有金钱期待的老板，更加心安理得地利用他，好像从他那里捞钱不是伤害他，而是成全他。我相信一凡不是不知道某些人身上存在着多么可怕的弱点，另一些人身上有令人厌恶的劣迹，认为一凡看不出这些是可笑的——他读过那么多书，见过那么多人。

几乎所有认识一凡的人都说："一凡之所以死，是因为他太好，好得无边，好得无主……"我不愿意回忆一凡那些年的境遇，它使我难过地懂得，在这个社会，谁爱得更多，谁就必不可免地成为弱者，受到伤害……问题还不止于此，甚至也不在他那像古老的寓言一样传奇的人生遭遇。要想弄清楚一凡的悲剧，请想想，三十年来，所有中国人中国知识分子的遭遇吧。

道之不存，殉道者的价值何在？

有人告诉我，一凡当公司经理的那几年，是他一生中最最光彩的几年。他把一个没本经营的小作坊，办成了有一定影响有一定实力的公司；他靠着一部电话指挥下属若干企业；他决策项目大至几百上千万元的房地产；他主管财务小至每一笔流水账。他的人格和魅力在其中得到了最完美的体现。

对此我曾经很不以为然。我痛恨那个把一凡置于死地的公司。同时，我也痛恨一凡的所谓朋友们，当然也包括我自己。当他被唯利是图之辈包围的时候，你们在哪里？但是冷静下来想，走出几十年来身处其中的理想主义王国，了解一下世俗世界，体验平常人、平常心，对一凡来说，未必是一件坏事。

这是分化的时代。我常想，即使一凡活着，他还能有当年的魅力吗？又有多少人能够被他凝聚呢？

　　常有人问我，一凡多大年龄？我很惭愧始终不知道他的确切年龄。不记得在他生前曾经询问过他或者他人，也许问过，但我不曾记住。他死后，我多次到他的陵前扫墓，甚至擦拭过他的墓碑，但我仍然没有认真地阅读并记住那上面刻着的出生年月。事实上，我从心底里拒绝正视他的年龄。价值只对心灵而存在。对于他的朋友们来说，不管他已经死去还是活着，他都像一座界碑。不管世事怎样纷乱，人怎样迷失，界碑永远矗立着，为我们守望精神的家园。

# 监狱中的日常生活

## 1

有些认识我但对我了解不多的人，听说我曾经坐过牢都很吃惊，他们说我不像——没人会认为坐过牢的人额头上都刻着红字，但起码应该很有些沧桑感，或者愤世嫉俗或者玩世不恭；另外一些听说我坐过牢但不认识我的人，见过我以后也会吃惊，他们也说我不像——没人会认为坐过牢的人都永远是一副苦大仇深的样子，但至少应该比较成熟，或者心有城府或者言行谨慎。

说我不像坐过牢是恭维还是批评暂且先可以不去管，但这起码说明没有坐过牢的人有一种成见，认为监狱生活是惊心动魄的，在人的经验中是刀刻斧凿的，它对人的改变要远远超过日常生活对人的改变。

其实，不同的人在不同的状况下有不同的日常生活。中学时代，我的日常生活主要是学毛选、做好事。放学时不回家，等同学们都走光了，从书包里拿出从家里带来的螺丝刀，把教室的椅子一个个翻过来拧紧一枚枚松动了的螺丝，这种事都是我一个人做，如果我现在不坦白没有任何人知道。那时候我每天都能找到自己在白天犯的错误，供我晚上夜深人静的时候在灯下写学毛选的心得笔记时自我批判用。后来我当了小学老师，我的日常生活主要是和学生打成一片，星期天我带他们去公园玩儿，还请他们到我家做客，和班里最捣蛋的学生谈心，用我每个月仅有的四元零用钱买礼物送给他，感化他实际上是讨好他。那时候我还积极争取入党，定期给党组织写思想汇报，没入上党我还哭过鼻子。再后来我坐牢，坐牢的日常生活和不坐牢的日常生活当然不同，但话说回来，同一个人不坐牢的时候和不坐牢的人不是也有各式各样千差万别的日常生活吗？此不同与彼不同的根本不同在哪里呢？

"文革"后二十年，有许多人记述了许多形形色色的狱中经历，这些记述因不同身份、不同体验，甚至因不同的写作时间和写作心境而不相同。回过头来想，如果是二十年前，我的记忆会筛选出完全不同的素材，我的心境会选择完全不同的词汇，我用笔而不是电脑的写作工具会使我结构出完全不同的句型。我可能写得很宏大、很悲壮，也可能写得很哀伤，但一定不会像现在写得这样从容和琐碎。最有可能的是，我会让读者和我一样声泪俱下，悲愤不已。那肯定是真实的，就像现在我所要写的仍然是真实的一样。

## 2

我被关押的地方理论上说不算监狱，而是看守所，看守所和监狱相比，最大的不同应该是，前者关押的是还没判过刑的，后者关押的是已经判过刑的。但那个年代不讲法律程序，就我所知，我所在的看守所里关押时间最长的已经超过十年，是民主党派人士屈武的夫人。

刘少奇的前妻谢飞被关了五年单身牢房，据说出狱后患了失语症，除了一个烧锅炉的工人以外叫不出任何人的名字。后来和我在同一个号里的苏联人莉达也在单身牢房里关了五年，精神几乎崩溃时才被调到了多人牢房。因为是在首都，又是市一级的看守所，而它正巧又在一个真正的而且是模范的监狱的隔壁，便被在里边和在外边的人都不约而同地看成是真正的监狱了。

"文革"中监狱的伙食标准是每月十三元五角，囚粮与军粮的标准一样，凭良心说，应该算很优厚的待遇了。狱里和狱外一样每日三餐，星期日是两餐，这也和十几二十年前许多机关和部队大院的规格一样。菜的品种一般冬天是心里美萝卜、大白菜，夏天是茄子、黄瓜、西红柿。当年市民饭桌上也无非是这样单调，就算萝卜常常是糠心的，白菜主要是帮子，茄子黄瓜都老得带籽，也不能说是对犯人的特别虐待。不同的是，伙房像是有意要把饭做得特别粗糙。比如萝卜，切得像碗口那么大，假如萝卜的直径恰好没有那么大，就竖着切，比横切面还要大，而我们每人发的两个塑料碗又很小，小到装不进一片萝卜，塑料勺又软，只好用手抓着吃。这时候你如果能往宽里想，想到有些插队知青常常一个季节都吃不上蔬菜，就会觉得那菜切得多大实在是一点儿也不重要。但是你千万别往深里想，往深里一想就会觉得有人故意让你领悟到，囚粮毕竟是囚粮，怎么可以让你享受和军人一样的标准，而不让你觉得你实际上不配呢？

女犯不管是因为什么而来，大多是操持过家务的，为了使日子过得有声有色，我们使出了所有的伎俩。监狱的重要规定之一是，不准同囚室的犯人相互见面。开饭时，值班的队长晃着一串钥匙走进筒道，哗啦哗啦地打开一扇门又关上一扇门，如果哪个号的人走慢了，队长会向你吼，所以都一溜小跑走得飞快。刚开始，同号都不让我去打饭，时间长了应我的要求她们也会同意让我出去走一次算是散心，虽然那距离不过十米八米，时间不过一两分钟，可我不明白她们为什么一律不准我去打早饭。后来才知道，原因是我抓咸菜的本领没有过关。在女号，早饭被视为一日三餐中最好的饭，因为有玉米面粥和北京辣菜，北京辣菜是从店里买来的，切得细而且还有芝麻，当年在北京人的饭桌上都是稀罕菜。为了抓得多又不让队长吼，窍门是把五个手指撮得紧紧的，下手时要尽量深而且快，放到碗里先不能撒手，直到走出队长的视线。哇，进了门一松手，几乎是满满一碗，当然比萝卜片菜帮子好吃。这个活儿是我进去几个月后才被允许干的。北京辣菜除了喝粥、就窝头以外，最大的功能是腌肥肉。狱中居然一周能吃到两次肉，也是切成大块，和不管什么菜熬在一起。赶上吃肉，每个号都希望最后一个打饭，道理很简单，瘦肉都沉到桶底了，赶上队长看谁顺眼，说一声"都倒上吧"，很可能端回来够我们吃好几顿的肉。当然这种情况并不多，我在狱中近两年，大概赶上过三四次。更多的时候是端回的菜里漂着一层猪油和几块肥肉，因为肉是熬的，没有咸味，肥得难以下咽，就拣出来埋在咸菜里，腌上一两天后夹窝头吃简直是太香了。

狱友们还发明了烤窝头片，拿一根线，一头用牙齿咬着，一头缠在手指上，把热窝头像切松花蛋一样切成薄片，然后放到暖气片上烤。监狱里最忌的是硬东西，连大小便用的桶都是塑料的，唯有暖气片一定得是金属的，只好躺倒了装在屋顶上。把所有人的被子摞在一起，站上去，先把预先留下的半张《人民日报》（这是狱中唯一让看的报纸，每天看完后收回）铺好，下面的人再一片一片递上去，还得有个人站在窗下听着队长的动静。这种特别危险的事我们不常干，要干也必须号里特别团结，否则让谁揭发了可不是好玩儿的。那种又酥又脆的零食我只吃过两次，记忆中那滋味比困难时期妈妈差我去买每月一家二两的芝麻酱，经受不起诱惑在路上用手指蘸着偷吃更带劲儿。

关于吃，我还能讲出许多，比如为了能吃到鸡蛋，假装拉肚子而要求吃回民菜，比如周末吃两顿饭，没有玉米面粥也没有北京辣菜，闲饥难忍时的精神会餐，比如逢年过节时端起白米饭时的联想。在很少有人知道巧克力是什么滋味的时候，我就知道了它的做法：十份牛奶一份糖，用小火慢慢熬，熬稠了就是现在卖二十多块钱一瓶的巧克力酱。这是莉达教的，很多年后我按照她教我的方法成功地做过草莓酱。我当然不是想把监狱生活美化得像小孩儿过家家那样有趣，我只是想说，就像那些在困难时期没有饿死人的家庭都有挨过饥饿的绝招一样，每个号的人都会在百无聊赖中寻找消磨时间和调剂生活的方法。


3

　　如果说，吃最能表现监狱的日常生活，那么其次就该轮到上厕所了。上厕所是最难过的一道关。每天早上和中午起床的第一件事是"放茅"，如果你不习惯在离床不足一米面积不足两平方米的地方解决，你就必须习惯在这两个时间用三分钟到五分钟的时间解决。有的队长习惯从前边开始，有的习惯从后边开始，一个筒道有十几个号，如果你恰好住在头或者尾，放茅的时间前后会相差一个多小时，你得在这一个多小时内调整你的肠子的生物钟。对我来说这是比吃饭要难适应得多的问题。然而就在这三五分钟，我还与队长玩起了智力游戏。

　　入狱后我进的第一个号有两个人，一个是被公公强奸后把公公杀死而坐牢的农村妇女，另一个是北大附中毕业的老三届学生。她姓宋，名字很像是个男孩儿，我当时的印象是她很漂亮。监规不允许互通案情，但进去不到两天我就知道了她被抓的原因。她是京西宾馆的服务员，那是中央首长进出的地方，能在那里当服务员的人出身一定好。据她说，她的男友不仅相貌出众，文才也出众，读书画画还写文章，但因为出身不好，整个家庭都属于被小脚侦缉队监控的对象。小宋出身红五类，和他谈恋爱遭到家庭反对是可想而知的，他们只能偷偷交往。没想到他们所在的街道发现了反动标语和传单，她男朋友成为怀疑对象，她也因此被单位审查，发动群众的结果是被揭发出很多对中央首长不敬的言论，比如她曾说王洪文专爱看外国电影，说首长抽的熊猫牌香烟特别贵等诸如此类的闲话，为了逼她交代男朋友的问题，宾馆抓住她这些问题不放，从写检查升级到隔离。看不出来文雅的小宋性格如此刚烈，为了表示抗议她开始绝食，七天没吃饭几乎饿死，最后还要求洗个澡好死得干干净净，单位只得让她弟弟和母亲强行把她送进了医院。刚刚恢复她就被拉出来批斗，没想到会后一副手铐把她带到了看守所。让她百思不得其解的是，她因男友而起事，听说男友却并没被抓，在她被单位隔离审查的日子，男友与她失去了联系。我问她反动标语和传单到底是不是她男友写的，小宋一脸茫然地说："我真的不知道！"她比我大，来得又比我早，很快我便把她当成了好朋友。

开始我每天提审，白天晚上连轴转，号里开饭早，我回来时她总是把给我留的饭菜用碗扣着，而我常常端起碗眼泪就落了下来。有时候我到深夜才能回到号里，她总睁着眼等我回来。其实我回来也不敢说话，隔窗有耳，队长可能正站在那半尺见方的小窗子下，掀起一小角帘子看着呢。但有她等着我，那间不足五平方米的牢房仿佛就像家一样有了一丝温暖。我们俩都是政治犯，队长看出了我们俩关系好，怕我们研究案情互相传授对抗政府的经验，我来了还不到一个月，还没顾上留下各自家里的地址，突然就被调到别的号去了。

那时候她对我来说就像是一根救命的稻草，她被调走使我万分失落。我开始利用放茅和她取得联系，先是早上放茅时在茅坑旁边放一个纸团，下午放茅时看纸团换了，我知道是她领会了，下次我就胆子更大地放了一张写着我家地址的纸条，她也如法炮制。以后我们又相互写一些鼓励的话，就这样来来去去，我们的游戏在队长的眼皮底下进行了大约有几个星期，最终以我的纸条没有人再拿走而告终。我不知道她是判了刑、回了家，还是调离了那个筒道，我不知道游戏因为什么而突然中止！

那时我们正值花样年华，脸上都长着雀斑，都梳两条辫子，我们都在恋爱，又都对恋爱的前景充满了怀疑和绝望……出狱以后我记得曾找到过她的线索，好像是在一个国营的工厂里当工人，我曾托人与她联络，但没有结果。我常常在心里自问：如今她是谁人妻谁人母？

她将那段往事摆放在心灵的哪个位置？是否还记得在监狱里相识的患难姐妹？

## 4

无聊，是我们不屑的；把无聊当有趣，更是我们不屑的。但是当你处在一个被无聊淹没了的环境中，无聊就不只是有趣而且是有益的了。

我们给每一个队长都起了外号，在背地里议论她们的短长，猜测她们是否结婚，为某队长是否怀孕而打赌。也许因为她们从来不笑，我们一致认为她们没一个人长得好看，只有一个除外，她的外号叫"墨绿"，因为总喜欢穿墨绿色的衣服而得名，也有的号叫她"大辫儿"，她的辫子长得直到腰际。听口音她不是北京人，黑黑的，有点儿胖，走路是外八字。但是她的声音好听，而且她会笑，笑起来还有两个酒窝。看来不能笑并不是狱警这个行业的行规，而是大多数人的自律。她后来被处分以至于脱离了那个行业，是不是从她那时能够对犯人笑就露出端倪了呢？

讲"墨绿"的故事有点儿麻烦，得从我进监狱的第一天讲起。

看朱正琳关于坐牢的文章——我们这代人正赶上冤狱的高峰，就像五六十年代的人赶上生育的高峰一样，我的朋友中有三分之一坐过牢——知道他被投入监狱是在一个晴朗的早上，在被连续审讯了三天之后，他的心情分外松弛，好像要被送往疗养地一样。而我刚好跟他相反。

我被投入监狱是在一个漆黑的夜晚。不仅黑而且冷。那是春节前北京最冷的日子。我是半夜里从被窝里被叫起来去接电话的，没想到戴上手铐被送到了监狱。我不像老朱去得明明白白，还来得及对监狱的高墙发出赞叹。我被人用一顶油腻腻的帽子蒙住了眼睛，什么也看不见。到现在我仍然百思不得其解，蒙上眼睛到底是为了什么？难道是怕我越狱不成，对我一个小姑娘，他们也太没自信了；或者他们本来想只关我一会儿或者只关我几天，怕我出去后再来找后账吗？殊不知我认路的本领几乎相当于弱智。黑暗和油腻味儿影响了我的思维，没有任何支点使我得以展开思想。

　　我肯定没有老朱那样老到，居然还敢说进监狱是松弛一下；也没有老朱那样天真，还敢把监狱和疗养院放在一起来联想。害怕是一定的，但又无从怕起，既不知道监狱是什么样子，又不知道抓起来以后会把你怎么办。当怕很抽象的时候，那怕就没有着落，没有着落的怕还能说是怕吗？也许只能说是因为紧张而出现了思维空白。大约是在被抓前半年，有人通风给我说"你被盯上了"，这话也让我害怕过，但我不知道"盯上了"的后果是戴手铐进监狱，我能想象的是曾经见过的听说过的事，比如写检查、办学习班。如果我知道后果是坐牢，会不会就逃跑？虽然跑是跑不掉的；或者会不会就去自首？那时候大多数人都相信"坦白从宽，抗拒从严"是可以兑现的。

　　我就是在那一天第一次见到了"墨绿"，那天我只披了一件棉外衣，没穿棉袄也没穿毛衣，拖着鞋还没穿袜子，更糟糕的是，那天我正需要大量卫生纸。我是凌晨进去的，刚到号里没几分钟就提审，一审就到了快天亮。回到号里时我的脚冻得几乎麻木，铁门一关我坐在木板床上，正想用那条单薄的囚被把脚包上，身后响起的说话声吓了我一跳，"快躺下！"后来我才知道，在牢房里，只要睡觉的铃声一响就得迅速地躺下，没有任何理由可以站着，坐着也不行。刚躺下，门就又响，这次进来的是"墨绿"，她把我带到筒道尽头的三角屋，问我从哪里来，为什么案子而来，然后给了我一双新袜子，还有许多卫生纸，搜身时她在场，她知道这两样东西是我的当务之急。不知道为什么我就哭了。面对吼叫你可能逆反，因为逆反而显得勇敢；也可能害怕，害怕得连哭都不敢。但是，你听不得用关切的语气说的哪怕一句毫无内容的话，经受不起用目光传递过来的同情或惋惜。

从一开始，"墨绿"对我就与其他队长不同。她值班时，会在放茅时最后一个开我们号的门，让我们负责冲洗厕所。这其中的好处是，可以从容地上一次厕所，还可以用肥皂洗洗脸和毛巾。有时候她会在饭后把我叫出去拖筒道的地，既可以出去逛一圈儿还可以锻炼身体。

在筒道里停留时间长了会得到好多新闻，比如队长们聊天时某人说她最喜欢吃什么，证实了谁已经是有一个男孩儿或者女孩儿的母亲。拖地带回号里的所有新闻都有价值，就像当零食吃一样，能够嚼上好几天。偶尔会碰上一个刚提审回来的犯人。监规规定，犯人与犯人是一定要回避的，听号里其他人说，一般队长遇到这种情况都会把拖地的人暂时关进厕所。可是"墨绿"对我从不。所以我更加盼望出去拖地，我盼望能够碰巧见到我的难友赵一凡，虽然经过分析已经断定那绝无可能，因为我们这幢楼男犯人都在二层，一凡挂双拐，二层楼他根本上不去。可人常常会毫无理由地寄希望于万一。

擦地时曾经见到过一个女孩儿，年纪很小，说不定比我还小。她穿着雪白的的确良短袖衬衫，一条褶压到底的深蓝色毛料短裙，两条辫子折起来齐肩。她的皮肤那么好，但苍白得没有一点儿血色。她不艳，但是标致而端庄，表情宁静得让人难以置信。这样一个美丽的女孩儿出现在幽深黑暗的监狱筒道里，巨大的反差让我战栗。她为什么会来到这里？这个问题莫名其妙地让我着迷，猜想和虚构她的故事成了我在监狱中的文学功课。我从来没设想过她是刑事犯，一个能够让人联想到少女时的冬妮娅、娜塔莎的姑娘，不可能与流氓、杀人这些字眼连在一起。也难以想象她是政治犯，她的穿着显然太资产阶级了，我们这些女孩子只有在"文革"以前穿过毛料裙子、府绸衬衣，她这样的女孩儿只能和客厅、沙发、钢琴连在一起，革命和反革命似乎都应该和她没有关系。有一段时间我住在厕所对面的号里，小窗上的布帘被风吹起，我恰好看见了她。那天她穿一条长裤、一件非常合体的碎花衬衣，就一个人，没有狱友，一手提着便桶，一手端着一个白色的小盆，表情还是那么宁静。这样子像是刻在了我的脑子里，至今还是那样清晰。二十多年过去了，这个谜对我仍充满了诱惑——在幽深黑暗的监狱筒道里，她的美丽至今让我震颤。

八十年代初，"墨绿"辗转找到了我，她已经改行当了个体裁缝，前店后家日子过得很红火。说到我们为她起的外号，她还是笑，只是比我在狱中见她时笑得更开朗更鲜明。她告诉我她被清理出无产阶级专政机器的原因，是因为犯了监规——犯人有犯人的监规，管犯人的人也有管犯人的人的监规，她为一个因为涉外间谍案而坐牢的人送了一封信。我们有过好几年的来往，她的行为是因为正义，还是因为幼稚，或者是因为某种诱惑，对我来说都是可以忽略的，我看重的是，她在我入狱的第一天主动给了我一双袜子和厚厚一摞卫生纸。况且，唯一向犯人露出笑脸的队长，本来就是没资格也没理由当狱警的。她是怎么找到我的呢？现在我已经回忆不起来了，似乎我也曾经给过她地址，不是我家的，而是我当时的男友家的。幸好她没有因为我而出事。八十年代她当个体户是因祸得福，过上比狱警富裕的生活，而七十年代中丢了工作她可怎么办？

## 5

我已经多次提到监狱里的那个窗，其实严格地说那根本不算是窗。第一，它不是开在墙上，而是开在门上；第二，它太小了，大约只有七八寸宽五六寸长；第三，窗外应该是天，可它透不出一点儿天，而是被一块旧得不知是什么颜色的布遮着。所以只能说它是门上的一个洞。那个洞像是牢房的眼睛，队长们通过它观察我们，狱中的专业用语叫"查号"。不同的队长有不同的查号风格。有的队长坦坦然然地走过来，手里一大串钥匙哗哗地响着，到了门口把帘子一掀，正好露出她的半个脸，她会与我们有目光的交流，一般是我们看见她就不再说话，低下头假装看报。其中有一个队长因此而得的外号叫"大脚"。如果我们要干什么违反监规的事情，都是等这样的队长刚查完号，估计短时间内不会再来才干，所以这样的队长总是能得到我们比较宽容的评价。有的却总是鬼鬼祟祟、蹑手蹑脚地一点儿声音都不出，帘子只掀起一个小角，露出的是半只眼睛，我们发现她时她基本是马上放下帘子，但我们根本无法判断她是不是已经走了。更多的时候可能我们根本就不知道她曾经来过，遇到我们正想干点儿什么，比如烤窝头片、做棉背心等诸如此类的事，就得小心翼翼地等着，这时候女犯人的嘴也就不会留什么情了。七十年代大家都穿布鞋，女队长们穿布鞋上班对形象并没什么影响。现在的队长如果因为这种职业要求而放弃穿皮鞋，因为不能穿皮鞋而放弃穿某种款式的衣服，那她们可是太冤了。

这个洞的功能是警方用来监视犯人的，但无聊得没有边际的犯人却是无孔不入的。放茅、开饭不都是关了一扇门再开一扇门吗？开门关门不是能煽起一点儿风吗？我们就利用这个空隙观察筒道里的犯人。哪个号少了一个人，哪个号换了一个人，哪个号只有一个人，我们都是一清二楚的。我从那儿看到了那个让我忘不掉的女孩儿，知道了苏联人莉达离开我们号后并没有出去，还看到了我的同案犯郑红丹。

红丹是一凡家的常客，我曾在一凡家见过她，据一凡说她是个恶作剧式的人物。我曾经在一篇写赵一凡的文章里提到，为了说服一个固执的女孩儿，一凡写了一封十几页的信，女孩儿当面把信扔进火炉，一凡又写第二次，她把信撕得粉碎，一凡便写第三次第四次……这个固执的女孩儿就是红丹。一凡之所以容忍红丹是因为她的姐姐郑晓丹。晓丹是遇罗克《出身论》一文的忠实保卫者，她和她的家人曾把《出身论》砌入火坑里，埋进泥土里，塞进墙壁里，但最终没逃过被十八次抄家的洗劫，最后由晓丹的弟弟从存放抄家物资的仓库里又偷了出来。遇罗克被捕后，晓丹受遇罗克精神的感召，回到学校北京地质学院附中，写大字报公开为《出身论》辩护，向中央文革小组挑战，在遇罗克被捕半年之后被迫害致死。晓丹生前曾经热恋过一凡，对于她的死，一凡痛惜万分后悔万分，所以特别善待红丹。

在筒道里见到红丹使我异常吃惊，我虽以"第四国际反革命集团"的罪名被抓进监狱，但我本人根本不知道有这样一个组织存在，更不知道这个组织都有哪些成员，红丹在筒道里出现，使我对自己的案情更加扑朔迷离。直到我和一凡出狱几年之后我们才大致明白，我和一凡被牵进去正是由于红丹的男朋友——所谓的"第四国际"，不过是他轻狂的夸夸其谈。

红丹的父亲郑新潮是一九三七年奔赴延安的老干部，一九四二年延安整风时被康生诬陷为特务，列入枪杀名单，纠偏时幸免于难。抗战胜利后，他辗转到了东北牡丹江创办军马场，在解放战争和抗美援朝战争中为前方输送了上万匹军马。一九五〇年周恩来在中南海怀仁堂接见他时赞扬他，熟悉生物学、物种学，为军马建设打下了有利的基础。一九五七年—又是一九五七年！这真是一个躲不过去的年份—他因不同意取消军马场而被划为右派，被赶回老家邢台，儿女们因此饱受歧视之苦、流离之苦。晓丹因此而对《出身论》有强烈共鸣，也因此而亡命黄泉。红丹出狱后回到了邢台，恢复高考后在当地上了大学，学了英文，又当了教师。后来听说她考了研究生，再后来听说她到了美国，这期间我们居然没有再见过面。

一九八九年我和丁东、徐友渔合编了《遇罗克遗作与回忆》一书，美国一家电台打来越洋电话采访我，交谈中才知道采访我的记者的丈夫是红丹的同班同学，通过她我和红丹才有了联系。次年她回国探亲，我们相约在复兴门肯德基店见面。自我从牢门上的洞里最后一次看见她的一九七六年算起，这中间已经相隔了二十多年。在这将近四分之一的世纪里，我们都经历了许多预想不到的事情，如今我们共同的朋友一凡已经离我们而去，时间、空间和心里的距离已经远远超过了那两年同案遭难、同监坐牢的共同点，本来打算见面要从她那里澄清的事情我已经没有心情再谈。这使我更加坚定地认为，没有哪一种经历是不可以逾越的，没有哪一种体验是不可以磨灭的，它会随着时间的流逝和境遇的变化而改变，并修改着你对所谓客观的记忆，你会随时为自己的变化而找出合理的解释，原谅自己纵容自己以至于浑然不觉。小时候我父亲的终生好友陈伯伯对我说过一句话我始终记在心里，他说：舌头是坏东西，因为它不长骨头。那么头脑呢？心灵呢？人将依傍什么支撑自己的精神？精神对人又到底意味着什么呢？本来我觉得自己已经曾经沧海身经百战，但这种时候我常常又会吃惊和苦恼于自己的迷惑和茫然。

## 6

除了牢门上的洞，牢房的后墙上还有一扇窗。不管天气多冷，我们都会把窗子打开，放一放好几个人吃喝拉撒的气味，也顺便看一看窗外的"景色"。那景色不是一片绿地，也不是一段山坡，那是来往于这座在京城很有名气的"王八楼"与看守所大院的必经之路。我从这条路上去提审，路上会经过住着我的难友赵一凡的"K字楼"。那座楼真大呀，里面有成百上千像我这样无辜的男犯人。每隔几个月我们从这条路上到大院另一头去洗澡，洗之前把每个号的人分别关进一个个放风场，那个放风场令我们王八楼的犯人羡慕，它大得足可以像电影《烈火中永生》里的华子良那样绕着圈儿跑步。我在每一个到过的放风场里都用石块并排刻上了我和一凡的名字，指望他能从中得到我的信息，我哪里知道一凡的残腿在狱中加重已经不可能出来放风了。冬天，我们把窝头搓碎了放在窗台上，一厢情愿地想引诱麻雀飞进我们的牢房，却从来没有一只麻雀自投罗网。

狱中生活的每一天都是活生生的。活生生的孤寂，活生生的缓慢，还有活生生的向往和企盼。阳光把窗楞的阴影投在墙壁上，我们靠这阴影的移动加季节的变换来判断时间。我们的听觉变得异常敏感，能从独轮车发出的吱呦声听得出是装水的木桶还是装饭的铁桶，能从脚步的轻重和节奏中听出是哪位队长值班。就像你走惯了回家的路上班的路一样，你会习惯很多你原来不习惯的事情。

牢房里的夜晚是真正的不夜天。那本来可以说是昏暗的长明灯，到了晚上刺眼地亮在你的头顶，让你没有美梦、没有幻想，让你感觉不到白天与黑夜的轮换。于是日子接着日子，现实连着现实，于是你无处可逃了，你能看到的只有那盏灯，还有小小的一块天。

为了投奔那一块天地，遇到好天气，我们会申请洗衣服，其实我们根本没什么衣服可洗。

在狱中的人都特别节省，有的是因为家里人根本不给送东西，有的是不让家里人给送东西。我属于后者。我不知道会在里面待五年还是十年，我不能在政治上让家里人受牵连，还在经济上拖累他们。监狱里本来就冷，不活动就更冷，家里给我送了一件新棉袄，紫红色的，里面絮的还是驼绒，比我进来后狱方从学校为我拿来的那件要暖和得多，但是我一直不舍得穿。号里的人看我穿得单薄，决定为我做一件棉背心。棉花是队长让我们拆洗工作大衣时偷偷撕下来的，针是把梳头用的竹篦子上的竹片在地上搓细了钻一个洞自制的，好在面子是一件洗得快花了的衬衫改的，准确地说不是缝起来的，而是粗针大线串起来的。

　　不仅衣服穿得节省，其他东西也用得极为精细。每个号每天都能得到一盆热水，这是供我们喝的。冬天我们会把水杯放进自制的棉套里，到了下午还可以喝上温水。余下的用来洗脚，洗完脚的水用来擦地，擦完地再把每个人的鞋底擦一遍。那块巴掌大的地被我们擦得油亮油亮的。每天我在那块地上散步，那是在号里唯一被允许的锻炼。号里除了木板通铺，空间的宽度只有两步，长度刚好可以走五步，我曾想，为什么不是七步呢？曹植七步成诗，如果是七步我说不定也成了大诗人。

　　两年中我只用了一块肥皂，卫生纸用得更加可怜，总是撕了又撕折了又折，反正我有的是时间。现在我用卫生纸接近于病态的浪费，我甚至告诉我的儿子，什么都应该节省，就是不要节约纸，可能正是出于对那段生活的抵触和逆反。因为节省，我洗衣服常常不用洗衣粉，但却不厌其烦地申请，只要一换队长我们就申请。在厕所洗完还可以走到院子里去晾，傍晚还可以再出去收一次，重要的是收回来的衣服里有一种难以形容的气味。当我把晒了一天的衣服捧着闻的时候，我惊奇地发现，阳光原来是有味儿的！阳光的气味太干净太新鲜了，特别是冬天，加上织物被晒得又干又松的手感，捧着闻简直就是享受。两年，那是足够使一个中年人在不知不觉中打发掉的时间，那是完全可以使一个老年人从生走向死的时间，那是绝对可以使一对年轻人孕育一份爱情同时也孕育一个生命的时间。对于一个二十岁的女人来说，那是从无聊的、无望的、无辜的时间中发现琐碎的诗意，体验矫情的浪漫的时间。

# 7

回想起来，那时的我的确是太年轻了，年轻得清高、傲慢，还有点儿无理。同是阶下囚，我却因为自己是政治犯而觉得比别人优越了许多。

小荣是因流氓罪而被抓进来的，所谓流氓罪无非是和男朋友拍了几张裸体照被揭发而出了事。她会唱很多歌，都是我从没听过的，《绿岛的夜》那首歌我是第一次听她唱的。在狱中她还是爱唱，有时唱着唱着，漂亮的大眼睛扑闪扑闪的，眼泪就一串串地掉下来了，她不去擦，歌唱完了又像没事人一样了。我一点儿都不同情她，讨厌她总是讲那些男男女女的故事，讨厌她说话时总带脏字，按我当时的认识水平，拍裸体照的女人无疑就是真正的流氓。我坐牢是冤枉，而她坐牢是活该。虽然她对我很友好，但我不愿意理会她，只要她一开始讲故事我就假装看书或者看报。现在想起来，如果她不善，不是看我小让着我，想气气我或者治治我，我哪里是她的对手，准得让我吃不了兜着走。我当时的假正经简直太可笑了，我是一个现行反革命，但却显得比谁都左，那面目一定和管教队长差不多。

另一个让我不知该怎样对她的是老黄，算起来她当时也就不到四十岁。说起来我们曾经还是邻居，她的女儿是我的校友或学长。她的家庭应该算是知识分子，父亲是画家，据说解放前他的漫画在某市还有点儿名气，母亲也出身于书香门第，但——我简直难以说出口，她的女儿的父亲同时也是她自己的父亲，或者说，她女儿既是父亲的女儿又是父亲的外孙女。而这一乱伦悲剧的始作俑者不是别人，正是她的母亲。她母亲爱上了她的叔叔，为了使丈夫能容忍这一关系，母亲设下了圈套，让丈夫与15岁的女儿同床共枕，然后亲手带大了由丈夫和女儿生下的孩子。"文革"初，上中学的女儿知道了自己的身世后精神彻底崩溃，成了一个生活完全不能自理的精神病人。天啊！按我当年的阅历，她的故事惊得我目瞪口呆，然而她讲得却很平淡，像是在讲别人的故事。说到她坐牢的理由也简单得让人不能相信：教邻居的孩子们学唱苏联歌曲，罪行是教唆犯。

说实在的，我没想到监狱是这种状况。在我全部关于监狱的知识里，除了从电影里看到的共产党员，就是像遇罗克那样的政治犯，杀人犯、流氓犯、贪污犯这些字眼，与我的生活常识相距太远，也没想到，堂堂的北京市公安局看守所，也是三教九流什么犯人都有。但是如今我和她们肩挨着肩地睡在同一张铺上，和她们同吃一个盆里的饭，一开始从内心里真是不能接受，遇上杀人犯我甚至还有点儿害怕。

我先后换过三个号，遇上过四个杀人犯。不知是不是巧合，她们一律都是三十多岁的农村妇女，像是商量好了似的一律都杀死了自己的公公。那是我进去后第二个年头的冬天，号里来了一个瘦高个儿的农村妇女，她把毒药拌在豆腐渣里毒死了因为财产纠纷而结了怨的公公，而且她成功地让村里所有人相信了公公属于正常死亡。但她万万没有想到，在尸体下葬三个月后，一个远房亲戚要求开棺验尸，她再没有能力阻止。

一个号一般住三个人，偶尔也会住四个，这种时候我们都会心烦，好像在监狱里睡觉挤带来的烦恼，远远超出了坐牢本身的烦恼。那天正是四个人挤着，刚好够铺下四条被子，我的位置靠墙，新来的杀人犯紧挨着我睡。半夜牢门突然哗啦啦地开了，我睡眼惺忪地转过脸，发现杀人犯正用一条红布腰带勒紧了自己的脖子，满脸憋得通红，她的眼睛长得本来就凸，这下更显得像是要暴出来。队长走进来用剪子把裤带剪断，就把她带走了。我们三人被吓得不敢再睡，为人能不能自己把自己勒死而争论不休。自杀在狱中是要受惩罚的，她回来时戴上了背铐，我们看着她爬上床铺，然后用脚一点儿一点儿把被子勾起来，再用牙齿咬着盖在身上。队长一直站在旁边看着，我们谁也不敢帮她一个手指头。从那天起大家都不得安生了，她白天黑夜地嚷疼，然后喊队长再被队长训，我们虽然烦她，但看着她提不上裤子吃不上饭还是得帮她。说来也奇，她的胳膊长，弄来弄去地从屁股底下钻到了前边，背铐成了前铐。到了打饭、放茅、放风的时候，她从下面一钻又成了背铐，队长一点儿看不出来。更离奇的是，这样一来二去的，铐子不知怎么竟然坏了，全然成了摆设。就这样像捉迷藏似的，过了一个多月才被发现。很快她就走了，不会是释放，很可能是去服刑，但她戴铐子的故事成了狱中的黑色幽默，应该说是一个荒诞派作品的好题材。

我还看过另一个长期戴背铐的。把我调进她的号是一九七六年一月八日，四十岁以上的中国人对这个日子应该比较敏感。那天早上气氛就很异常，队长们的脸比平时拉得更长绷得更紧。小荣说听到了远处传来的哀乐声，我们正议论这哀乐是为哪位大人物而奏，就听到队长在门外开锁的声音。我们以为议论被队长听见了，一个个吓得不敢出声。队长小声说："你，收拾东西出来。"一般筒道里有点儿声音，所有的犯人都会竖起耳朵听，因为队长说话的声音总是很小，而不准叫犯人的名字则是队长们的"监规"。我们没有代号，所有人都是第二人称"你"，如果没有手指的配合当然就分不清是哪个"你"。那天队长说的是"你"，分明指的是我。"收拾东西出来"这句话在狱中是最暧昧的语言，你别想从队长的语调和表情判断那句话的背后是手枪还是玫瑰。我是第二次听到对我说这句话，最后一次跨出牢门时我听到的也是同样的话，一个字都不多也一个字都不少。我紧张而又狼狈地把东西都堆在房门口，队长锁了这扇门去开另一扇门，这时候号里的人根据开门的声音肯定知道我并没有离开这个筒道，而我也明白了，这次"收拾东西出来"的背后，既没藏着手枪，也没藏着玫瑰。

　　东西搬进去后，队长把我叫到管教办公室去谈话。管教是队长们的队长，她的眼睛像是两颗五光十色的宝石，说不出是什么颜色，而且她总是眯着眼，好像不适应白天的光线，那简直就是一双真正的猫眼。这次谈话和上一次相比要和颜悦色得多，先是问我想不想家，家里是否给我送过东西，还说看我年轻给我一次立功赎罪的机会，让我相信政府，认真对待这次考验，争取早日出去与家人团聚。我听得一头雾水，但并不明白这些话的意思。

回到号里没多久，当天的《人民日报》就送来了，头版头条是周恩来逝世的消息。不一会儿别的牢房就传出了哭声，队长的眼睛个个也是红的，所以任由犯人们哭，借着这个机会，犯人们新仇旧恨自艾自怨，一时间哭声连成一片。我刚调进新号里的一位中年妇女看到报纸开始大骂周恩来。这时我才明白为什么调我来这个号，因为我的"反动"观点之一是反对江青利用批林批孔批周公，和她的政治观点正好相反。她个子小，头发盘在脑后，挺文雅的样子，即使说这些话时也是一副笑眯眯的表情。

我弄不明白，这样一个看起来很弱的女子，有什么理由在监狱里还敢这么放肆。中午打饭时，她趁队长不注意跑到楼道里喊，终于被拉走，开始了长达好几个月戴着背铐的生活。

出狱后我才知道悼念周恩来时全国空前的盛况，不久发生了"四·五"天安门事件，牢房里开始人满为患。我想，如果她不是在监狱里而是在大街上喊那些话，说不定早就让愤怒的群众用石头砸死了。很快我就断定她是个精神病人，她的丈夫是公安部的，言谈话语中她常提到谢富治，她受刺激的原因一定与政治有关，与线上的人物有关。断定她是精神病人的另一个理由是，她有常人没有的忍耐力。她的胳膊没有那个杀人犯那么长，不可能从屁股底下钻来钻去，她的运气也没有那个杀人犯那么好，手铐好着呢，看不出短期内能坏。不到一天，她的手就肿了，没几天，就肿得像馒头似的，并且又紫又黑，皮肤薄得像是一碰就破，接着胳膊也肿了，到最后，铁铐深深地嵌到肉里，一点儿活动的余地都没有了。但是她从来不说疼，也不像那个杀人犯只要见到队长就要求摘铐子。看着她吃饭时把窝头放在床沿上趴着啃，我开始给她喂饭，看她的头发乱成一团我开始帮她梳头，放茅时帮她穿裤子，有热水的时候还给她做热敷。有时候，我会劝她向队长认错，请求把铐子摘下来，否则，时间长了手臂很可能会残废，她却总是无所谓似地微笑着摇摇头，然后便像祥林嫂一般自言自语地说："让他死，太便宜他了……"

周恩来的死在队长们的心里引起的波澜终于归于平静，这才给她摘下了手铐。把她抓起来的人应该最清楚，她真正应该去的地方不是监狱而是精神病院，她和张志新毕竟不是一回事，用对她的惩罚来寄托哀思表达立场反而显得不那么名正言顺，我这个被调来和她做斗争的对手当然也就没有了用武之地，接受考验立功赎罪的希望也随之烟消云散。她给我的最大启示是，一个正常人的意志力再强，也远远不及一个精神病患者的无意识更有力量。意志是对恐惧而言，正常人对恐惧过于敏感，当你的思维能力足以判断你可能面对什么、失去什么，而那将要面对的正是你难以面对的，将要失去的正是你不忍割舍的，于是你有了真实的恐惧，你因此而需要意志力来克服这恐惧；而精神病患者之所以能够真正地无所畏惧，正是因为她根本不需要意志力。

## 8

　　和精神病患者在同一个号里的另一个狱友是个六十多岁的老人，是个一生未嫁的天主教徒，她是我在狱中见到的年龄最大的犯人。那一年北京的天主教徒可能成了点儿气候，前一个号里就住着一个她的同案，后来我才知道，她的同案何止一个，我所在的看守所里就有十几个。

　　从她的同案那里我已经大致知道了她的案情。那是一九七六年初，正是山雨欲来风满楼的形势。天主教徒们神奇地串联在一起，顶礼膜拜一个房山县来的二十八岁的女人，据说此人的文化程度是小学三年级，但成百上千的大学教授、医生、工程师都是她的信众。她自称是圣母的徽号，替圣母到中国来发出警告，因为中国人罪孽深重，圣母将在那一年的某月某日施行惩罚，将连续若干天不出太阳，连续若干天暴雨如注，全国上下将一片漆黑。总之，他们像滚雪球一样越滚越大，而且每个人都无比虔诚，老人曾讲述她为了保护圣母的徽号被革命群众用石块打、用唾沫吐的经历。

　　过了没多久，监狱里通过广播开了一个宽严大会，宣布了几个因为认罪态度好当场释放和因为拒不认罪而从重判处的典型。会开到一半，筒道里就传来大喊大叫的声音，老人告诉我，叫喊的也是她的同案，还是一个中学生，会上宣布认罪态度好当场释放的是她的母亲。

　　她骂的不是别人，正是自己的母亲。她骂母亲是叛徒，骂她不得好死。接着传来开牢门的声音，她被强行拖了出去。

我们都竖起耳朵听着她回来的动静，直到熄灯的铃声响了她仍然没有回来。深夜，哗啦哗啦的脚镣声把我惊醒，我相信，在这样静的夜里，每一个人都被那声音惊醒了，但是整座牢房除了那刺耳的脚镣声哗啦哗啦地由远而近，静得再没有一点儿声息。声音在我斜对面的房门口停止，然后是队长的开门声，她走进去了。一个女中学生，然而，她拖着脚镣走进了牢房，肯定还有手铐，说不定还是背铐。牢门关上了，牢房还是那么静，静得没有一点儿声息。我相信，那天晚上，牢房里每一个生命都像我一样，屏住呼吸睁着不眠的眼睛。

这是我到监狱后第一次那么逼真地听到脚镣的声音，它戴在一个女孩子的脚腕上。你尽可以想象，她以怎样的激情，激怒了试图让她像她母亲那样就范的干警；你也尽可以想象，她以怎样的执著守卫着她那也许是幼稚的信念；但是，你很难想象，一个年龄还没到可以成为公民的小姑娘，为什么会来到这座监狱，来到这间牢房，并且亲耳听到母亲对女儿的背叛——没有母亲的影响，她可能走上那条不知是通往天堂还是通往地狱的道路吗？

一直到离开那座监狱，我始终和老人在同一个号里。只要有可能，她就会给我讲《旧约》里的故事，讲基督的降临，讲迷途的羔羊，讲人应该为上帝献身，而不应该在世俗中沉沦。她是一个只有小学文化程度的退休工人，她的全部学问只是一部《圣经》，而宗教精神或许正是我在困境中所需要的，因此，我成了她唯一的听众，她对我成为上帝的臣民充满了信心。我们像一对忘年交相互交换了地址，她没有亲人会来给她送东西，我把准备留给她的衣服和日用品专门放在用一条长裤的裤腿缝制的手提包里，准备走的时候留给她用，但是最终这些东西还是被我带回了家，当队长开门指着我说"你，收拾东西出来"的时候，我还是不知道是给我调号还是让我回家。

大概过了两年多后，我收到了她写给我的信和寄给我的照片。她出狱后先是住在北京西城的一个天主教堂里，后又到了清河的一家福利院。我常去看她，但是对于她的说教再不像在监狱里时那样听得入神，她想说服我受洗，希望我一辈子单身。但这对我已经不可能了，我上了大学，并且正在恋爱，还是当年大学里竞选的活跃人物。世俗的生活使我目不暇接，革命的事业让我眼花缭乱，在我看来，我的使命感并不比她的使命感来得逊色。她把一生献给了宗教，而我在刚经历了一次牢狱之灾以后，又一次投身民办文学刊物。我像当年一样尊重她的信仰，祈祷她因为信奉上帝而获得内心的安宁，但是我已经不可能成为她的或者任何人的信徒了。也许这正是我坎坷人生的悲剧所在。如果我当年接受了她的教诲，这些年我会不会活得没有那么烦恼那么劳累？

我知道，当我这样问的时候我已经又错了。上帝不会那么实际，原罪是赎不完的，救赎之路无比漫长，也许一生还不够，还要加上来世。

两年以前，一个刚刚皈依了天主教的朋友像我的狱友二十多年前一样，苦苦地劝我皈依天主，我回答他：我还没有被上帝选中。如今我仍然像一只迷途的羔羊，在尘世里沉浮，还没有找到可以一劳永逸地帮助我摆脱痛苦的力量，更没有在生与死的混沌中看到通向上帝的道路。但是我坚信一点：上帝只救能够自救的孩子！如果现在老人尚在人世，她应该不会否定我的这一感悟，尽管这其中多少有点儿自恋、自嘲和自慰。

## 9

按照哲学性的表达，人是被上帝抛向这个世界的，虽然此间痛苦无绝期，但没有人因此而对上帝不满，相反还庆幸上帝给了自己生命。但却没有人会庆幸自己被什么人投入监狱，虽然那经历能让人体验到多数人不可能体验到的东西。"抛向"意味着你虽然不能选择是不是要来到这个世界，也意味着你有权利自由地选择你在这个世界的生存方式。这种自由被视为形而上意义的人生绝境。"投入"则完全不同，它不仅意味着你没有权利选择你去不去要把你投入到的那个地方，当然也意味着你没有任何权利决定你在那个地方怎样生活。这种没有自由被视为形而下意义的人生绝境。都是绝境，形不同而质同。

很多人都经历过插队生活、军队生活、学生生活等等，每一种生活有每一种生活中的惊心动魄，也有每一种生活中的家常便饭。在监狱里，提审对我来说是惊心动魄的，虽然没给我上过刑也没动过拳脚，但它关乎我的进出甚至死活。

但是很快就不再提审我了，盼望提审则成了我在狱中最最基本的最最常态的生活，就像平时盼望发工资、盼望放假一样。我不敢说盼望回家，当然更不可能盼望判刑，我只能盼望提审，从提审中猜度我还能再盼望什么。

死亡、恐惧、孤独，这些极端的感受不只是在特异的生活中才能体验，事实上，那是一颗敏感的心灵无法回避的。在梦中，在秋风吹落一片枯叶的瞬间，在爱情的背叛被你看到的时刻——这不是很多人都遭遇过的吗？就在我写作这篇文章的时候，就在我把回忆的笔触伸向二十五年前、试图还原那两年的生活时，我的感受似乎并不比当年更加缥缈更加肤浅。

生活在哪里？生活在组成抽象人生的每一天的具体的日子里。我所记录的正是这每一天中的两年，它们像所有的日子一样，给我提供滋养生命的血液和空气。我成长了，就像现在和未来终究还要成长一样。

## 幸存者的不幸

一九七八年，太原的朋友从狱中释放，先于一年出狱的我，本打算专程去看望他们，记不清是什么原因没有成行。后来上学、生病、结婚、生子，事情一件接一件，脚步越走越匆忙，竟年复一年地被搁置了。说不清为什么，隐忍了快二十年的心愿突然变得急切起来。总之，不能再拖了，发誓今年一定要还这个愿。

水灾、路断、火车停开，我乘坐的是慢车，一路上净是长长的隧道，心情也随着车厢的光线忽明忽暗。想着本该在青年时代去赴的约会，竟不折不扣地拖到了中年，看着兴奋不已的儿子，听着邻座三对像是情侣的年轻人的谈笑，感觉恍惚起来。窗外是已近黄昏的景色，眼前是毕竟不错的夕阳，想到的却是从摇篮到墓地的路，蜿蜒曲折都尽收心底。

同自己的青年时代相遇是痛苦的。我们曾经年轻，年轻得不管怎么不漂亮都不丑。前几年在街上碰到原来的邻居大妈，准是不好意思说我憔悴，便使劲儿地夸我当年有多水灵："脸蛋儿老是红扑扑的，像苹果似的放光。"说的正是我与山西的朋友们认识来往的年龄。那以后不久，我们便同陷囹圄。那时候，我梳两条辫子，在监狱里，每天梳头用我们仅能看到的报纸《人民日报》接着，把掉下来的发丝一根一根地捋齐，一撮一撮地夹在《红旗》杂志里，攒多了编成绳子。监狱里不让带绳子，连裤腰带都被没收，怕犯人自杀。也许看我不像是有勇气自杀的人，我用头发编绳子队长从来不管，还公然地拴起晾衣服。我曾把一根头发绳送给一个因为传教而坐牢的天主教信徒。她年龄大了，头发已经花白，羡慕我有那么多头发可掉，又感慨我实在还没有到大把大把掉头发的年龄。出狱时我带回了足有两丈长的头发绳，却剪掉了细得看不过去的辫子。

认识山西的朋友始于郭海。初识郭海是他从东海舰队复员回太原顺路到北京看望哥哥。郭海的哥哥是我的大姐夫。姐夫"文革"中毕业于北京工艺美术学院，分配到外贸部门当美工，经常出国办展览。当年那是一份让人羡慕的职业，家庭出身不好的人是根本望尘莫及的。郭海来我家做客正赶上姐姐的婚礼。他穿一身洗旧了的海军军装，对我的家人礼貌而亲切，虽然牙长得不好，可偏偏特别爱笑，全然没有一点儿做作。我们一起为他的哥哥我的姐姐操持婚筵，他干起活儿来又勤快又麻利，大家都觉得他是个实在而可靠的人。

那时我家住在东长安街建国门附近，街旁栽的是合欢树。

当年我只知道那树叫榕树，到了傍晚叶片收拢起来，绒球似的花更显得茂盛。我们沿街散步，向北拐直走到日坛公园。郭海一路上给我讲形势，中央的，部队的，山西的，提到的全是每天报纸头版头条出现的人物。

他的声音压得很低，再加上山西口音，有些让我听不清楚，我又兴奋又害怕，囫囵吞枣地听，但不敢多问。让我长了见识的是，部队也传播那些耸人听闻的小道消息，解放军也能有那么多离经叛道的"反动"思想。

那是一九七四年夏天，回想起来正是"文革"后期中国最黑暗的年代。红卫兵中的精英们在经历了革命的洗礼、插队的磨炼之后，有的在精神世界的郁闷和黑暗中沉沦，有的埋头于书本，开始从直觉向学理的层面过渡。在与"四人帮"的斗争为背景的"天安门事件"前后，思想活跃、行为激进的，大多是在"文革"初期卷入不深、家庭背景比较简单，但又不失"谁主沉浮"的激情和"匹夫有责"的使命感的青年，而郭海和他的同学与战友们正是这些人中走得比较远的。

不久，郭海介绍仍在东海舰队服役的战友安晓峰、杨建新来北京找我。他俩比郭海更加健谈，特别是建新，和我一样喜欢文学，平时写些诗、散文自娱。以后他给我写的每封信都是厚厚的，我总是把回信写得尽可能长，最终仍然为不能写得和他一样长而惭愧。山西的朱长胜、赵普光、赵凤岐出差到北京也到我家来做客，我把他们当成体面的朋友介绍给了北京的朋友赵一凡。

赵一凡是北京地下文学和读书圈子的活跃人物，对于来自民间的思想有着特殊的敏感。赵凤岐当时是太原市化肥厂武装部部长，据说他掌管着全厂上千个民兵和几十支枪，后来这成为他试图武装推翻政权的罪行之一。赵还是山西省革命委员会委员，按照推理，他应该是"文革"初期的造反派。这样两个人物的见面显得不同凡响。印象中他给一凡看了一份油印或者铅印的材料，其中提到，"批林批孔"的矛头是对准周总理，提到毛主席关于无产阶级专政下继续革命的理论。一凡看后神情庄重起来，也许是有意识让我回避，一凡给了我一本过路小说。审讯时这本小说成了我的挡箭牌，我对被公安局认为是反革命纲领的文字材料表示一无所知，并始终交代不出这次重要谈话的详细内容。坐过牢受过审的人也许都有体会，不知情交代不出，比知情不交代的滋味要好受得多，虽然免不了会吃些苦头，但你不用猜测对方是不是在诈你，也不用权衡会不会因抗拒而被从严处理，特别是在涉及别人时，你不用受出卖朋友的心理煎熬。

从审讯中，知道除了北京的几个人，连同山西和东海舰队的朋友都被"一网打尽"了。但我无论如何想象不到，就是这次见面，把北京的"第四国际反革命集团"和山西的"张（珉）赵（凤岐）反革命集团"连在了一起，我徒有虚名地被定为联络员，在狱中一关就是两年。

"四人帮"被打倒后不久，我和一凡等人很快被释放出狱，但是山西省却变本加厉地把"张赵反革命集团"的主犯判了"死缓"，恐怕这要算"四人帮"被打倒之后全国最大的冤案错案之一。直到一九七八年，拖着脚镣在死刑犯的牢房里关了近一年的张珉、赵凤岐以及还没有被判刑的郭海、朱长生等人才被释放。据说他们出狱时，欢迎的场面非常隆重。那时我和北京的赵一凡等人已经得到了彻底平反，得知他们出狱当然感到欣慰。但是，悲剧的谜底没有揭开，事情的来龙去脉还没有弄清，我和一凡都无法轻松和平静。

有这样一种说法：一凡的朋友Z和男朋友W，扬言要成立一个叫"第四国际"的组织，Z的好友某中学教师知道后，在单身宿舍无意中说给一个同事听，这位同事不知是由于阶级觉悟高还是由于天性单纯，汇报给了党组织，导致公安局立案侦查。一条线索从北京的Z到W到一凡到我；第二条线索从我到太原的郭海、朱长胜、赵普光，到东海舰队的安晓峰、杨建新、小顾；第三条线索从我到太原的赵凤岐到张珉到几百个我不认识的无辜者。当然我们最终无法证实这一说法的准确性。

长久以来，我的心情非常复杂，我希望事实并非如此。同时我又希望这是一个接近真实的解释。三条线连成一个网，一网打尽的不只是网内的我们，更多的是太原市在清查时牵连到的几百个人，以及所有这些人的父母兄弟姐妹爱人恋人和朋友。尽管事情显得过于复杂，也总算有个说法。

## 2

被捕后，我曾不止一次做着一个相同的噩梦。梦中我被一只大黄狗追逐，我跑呀跑呀，终于支持不住倒在地上，黄狗扑将过来，张大嘴咬住我的手，咬得我鲜血淋漓。惊醒之后，定格在我脑子里的是狗的那双令人恐怖的眼睛。

我把这个梦讲给同号一个有点儿残疾的农村妇女听。此人貌似柔弱，性格却极为刚烈，因为不懂法律，杀死了想占有她的公公，又因为不懂科学，杀人的办法极笨，是被称为"手段极为恶劣"的那种。在"号"里她很少说话，永远把脸埋在黑发和黑色的囚服中，可我的梦使她颇为兴奋了一阵。最分明的忠告是，一定有一个属狗的男人把我出卖了。我分不清东西南北，更不会算子丑寅卯，把年龄一一报给她听。她耐心掐算，只有郭海一个人属狗。圆梦的结果是我再也不相信梦可以被圆被释被解，我不相信这其中有出卖，如果我怀疑朋友，就等于我自己同样应该被怀疑。

如同现在全民经商一样，"文革"中是全民从政。所不同的是，没有选择的余地。那是一个无论你怎样躲，政治都要找到你头上来，都会把你卷进去的时代。

我回家以后，母亲曾经召集全家给我做工作，劝说我以后不要再惹事，在应该打扮自己、应该谈恋爱的年龄被关在黑牢里，苦自己也害别人。忘不了当时在工厂当工人的哥哥在饭桌上说了这样一句话：不能因为她是我们的亲人，我们就有权限制她。正因为她是我们的亲人，我们才有义务承担她做的一切，不管是好事还是坏事。我似乎从此才认识了从小和我用一根扁担抬水的哥哥，了解了从小没有我能说会道、没有我风头出得多的哥哥。当时正在外地上大学为我被抓急出一场大病险些被学校除名的二姐，怕我出狱后想不开，三天两头给我写信，每封信都抄好几条鲁迅语录，使我恍然明白了，被全家人视为"马大哈"的二姐，原本内秀而浪漫。我和郭海这不安分的小姨子、小叔子被捕之后，使大姐新婚不久的生活失去了安宁，本来姐夫正是事业的黄金季节，因为我们而入了另册，出国自然没有他的份儿，担惊受怕更是可想而知的。据说他们的家不止一次被秘密搜查，但他把这一肚子委屈都吞下去消化了。我从不认为他这样对待这件事仅仅因为他是我的姐夫，"文革"中亲人反目者不是大有人在嘛。所以，我更愿意把这看成是他为人的善良与宽厚。

亲属、朋友们对我同情还来不及，更不会追究我、责备我、怨恨我。和那些落井下石者相比，我完全可以心安理得。我也是受害者，而且以两年的铁窗生活为我的幼稚和轻率付出了代价。但这改变不了一个事实：不管我是有意还是无意，不管这关涉的是正义还是非正义，山西的朋友，以及朋友的朋友和亲属因我而遭遇了巨大的不幸。坐过牢的人政治上没有出路是不言而喻的，虽然这些具有反叛色彩的人并不把在体制内的地位看得有多重。最让我受不了的是，这段经历对于他们个人生活的影响，那不是平反可以改变的，也不是努力可以挽回的。

# 3

山西的难友出狱不久，便传来了郭海具有传奇色彩的消息——他要和"马百管"的遗孀结婚。"马百管"是郭海的同事，因爱为别人打抱不平而得名。郭海一干人被捕后，他不怕株连，仗义执言，还到狱中去送东西，因此被整，以致跳晋阳湖自杀，留下孤儿寡母艰难度日。

初听这一消息，我先是敬佩，佩服郭海的仗义，对于周围人的反对很不以为然。同时也多少有点儿为郭海惋惜，毕竟女方有两个年幼的孩子。郭海虽说已经平了反，但错过了高考的机会，不可能再上大学，政治上又不是清白人，复员军人、党员干部的身份不再起作用，未来的处境不可能太好，婚后郭海的负担是可想而知的。后来得知朋友们反对并不是出于世俗的偏见，而是因为对女方的性格和为人没有好感。朋友们来信让我力劝他不要意气用事。记得郭海回信的态度也很明朗：不能对不起死去的老马。

我了解郭海，什么不应该用同情代替爱情、没有感情的婚姻不道德等等，对他来说都等于废话，这原本就是一个超出婚姻标准爱情原则以外的问题。现在的年轻人肯定会认为这很荒谬，怎么可以同情殉爱情呢？但是，当怀着一种恨不得用自己的生命使死者起死回生的情感，当面对死者的两个孩子时，郭海根本是顾不了许多的。

不久，我怀着复杂的心情接待了这对来北京旅行的新婚夫妇。我无意赞赏郭海的做法，但是我理解他的两难、他的尴尬、他的委屈，因为我也被这种负债感所折磨。不同的是，我什么也没有放弃，而郭海所放弃的，是一个多情的男人对爱情的全部浪漫，还有一个雄心勃勃的男人事业成功的全部可能性。

五年以后，又传来了郭海准备离婚的消息。可想而知，讨债还债，报恩施舍，都不足以长久地支撑一个家庭，更不足以滋养一份爱情。好在，郭海始终像对待自己亲生的孩子一样对待老马的儿子，两个孩子已经长大许多，并且和郭海建立了深厚的感情，也许郭海可以心安理得地告慰死者的冤魂，可以对自己有个交代了。

如同我曾为他的结婚而难过一样，离婚的消息也同样使我不好受，对自己既失望又恼火。对这件事情的全过程，我都是既不赞赏又无谴责，简直就成了一个没有态度的人。我的自信和坦然始终被内疚的阴影笼罩着，觉得自己成了最没有发言权的人。

如果说，现在的年轻人对于当年我们为了探讨真理而坐牢的行为已无法理解的话，那么，从那个年代走过来的同代人是一定可以理解的。而郭海的行为，则是即使从那个年代走过来的绝大多数人也无法理解的。他是荒唐的，又是合理的。既令人钦佩又使人惋惜，既令人心痛又使人无奈。

我们曾经在理想主义的感召下汇合，命运又使我们沿着这个交叉点向不同的方向伸延。有的为了理想而接受现实并最终偏离甚至背离了理想；有的放弃了理想又不能接受现实；还有的以清醒的理性将理想深埋在心底。而郭海则是彻头彻尾的乌托邦。

我曾想，如果整个中国平庸到只剩下一个理想主义者，这个人一定是郭海！这个人只能是郭海！

### 4

其实何止是郭海，不止一个人因此案毁掉了自己的初恋，在道德和情感的两难中被逼迫做出违背自己的选择。

F坐牢两年，他的女朋友始终以未婚妻的身份照顾他的父母。出狱后他的女朋友初衷不改。按理说，他该感激不尽，爱她，娶她。可偏偏是F主动提出与对方分手。为此他曾遭到朋友们的误解和谴责，只有我对F的解释由衷地理解。

F的女朋友的父亲当时是某市计委主任，她的哥哥和嫂子是外交部驻外使馆工作人员，如果F和她结婚，他们的前途笃定要受到影响。如果她的家人像"文革"中很多人所表现的一样，阻止他们结合，也许他们反而会出于反叛不顾一切地结婚。可事实刚好相反，尤其是她的哥嫂，不但热情鼓励，而且做好了政治前途受到影响的准备。她本人可以不顾被F描述的未来处境的艰难和凄惨，但却会为可能给亲人造成的后果而长久地矛盾和不安。F说：我没有理由让她在爱人和亲人中做出选择，更没有理由让他的家人遭到本可以避免的不幸，使我们的婚姻一开始就罩上一层阴影。所以我只能快刀斩乱麻，斩断这恶性循环的链。和我分手她会一时痛苦，但是，将来她会有一个明朗而幸福的婚姻。

在当时的处境下，这是一个正直的忘我的人可能得出的唯一逻辑，在这个逻辑中，爱情被放逐到了只能被忽视的角落。至于那位善良的姑娘日后是否真的能有一个幸福而明朗的婚姻，这是F的想象力不可企及的。

F的决定是高尚的吗？但是他毁了一个姑娘的初恋，而初恋将影响一个女人一生的感情幸福。对于一个女人来说，还有什么比感情的幸福更加重要？我确切地知道，直到结婚，她还没有忘记初恋的爱人，还为没能献身于他而遗憾而惋惜而追悔莫及。F的决定是自私的吗？

可他作为一个理想主义者分明是为了别人的清白而割舍了自己最看重的爱情。F的做法是救了她还是毁了她？这是一个复杂而微妙的问题，任何逻辑和知识，在这样的问题面前，几乎都是无力和贫乏的。

我出狱后，和我分手的男友多年以后曾经问我："你当时为什么那样坚决，一定要让我马上做出非此即彼的回答？"我告诉他：因为我了解你的矛盾，了解你承受的压力，也了解你承受压力的能力；同时，我的敏感，我的自尊，我的现实处境，使我失去了一个普通女孩儿面对爱情的正常反应，以致无法以平常心从容地看待本来既可能成功，也可能失败的恋爱关系。

# 5

毫无疑问，我们无辜地受到侵害，其伤害之深重不只在于不能像一个正常人一样生存，更在于不能像一个正常人那样去思想、去感受、去爱或者去恨。这还不是罪孽的全部，全部的罪孽在于，你受到无辜的侵害，又无意识地侵害无辜的他人。

晓峰是军队干部子弟，是家中最受父亲宠爱的长子，在东海舰队也颇得领导的赏识。在我被捕前五天，他被送进了南京军区所属的军队监狱。可想而知，此事对于以戎马生涯为骄傲的父亲是致命的打击。正当严格的监规使狱中的儿子肌肉萎缩，几乎丧失了行走能力的同时，父亲在极度的精神压力下患了癌症。两年以后，晓峰以"开除党籍，保留军籍，敌我矛盾按人民内部矛盾处理"的结论，复员回到太原，见到了已经躺在病床上生命垂危的父亲。感人泪下的是，看着曾经寄予厚望如今被摘掉了领章帽徽的爱子，老军人什么都没问。是不敢问，还是不忍问？也许他觉得根本不必问。儿子多少次想对父亲说："爸爸，我不是一个坏孩子。"但看着父亲奄奄一息的样子，他觉得自己的表白太缺乏说服力。一个月后，父亲与世长辞，他为自己终于没有对父亲说点儿什么而懊悔万分。

悲剧并未到此为止。在晓峰未出狱之前，为了安慰和照顾母亲和奶奶，晓峰的弟弟从部队复员回到太原，在拖拉机履带厂当检验工。一次试车，发动机器挂上空挡后，他钻到车下去检查，新来的工人出于好奇爬到车上一踩油门，拖拉机从晓峰弟弟的身上着实地碾过，一个二十岁的小伙子死于非命。我没见过晓峰的弟弟，据晓峰讲，弟弟是家里四个孩子中排行最小长得最漂亮身材最高大身体最健壮气质最帅的一个，他的身边总有姑娘追逐的身影，而他死后的遗容却惨不忍睹。被捕坐牢都没掉过一滴眼泪，从来不会哭的晓峰，甩开朋友的阻拦，扑在弟弟的尸体上痛哭失声。十几年过去了，弟弟那穿着将校靴、将校呢裤子的身影总是在他的眼前晃动。他的牢狱之灾殃及全家，母亲接连承受了长子坐牢、丈夫病故、幼子惨死的不幸，心力交瘁。毫无疑问，晓峰不是不孝之子，他没做错任何事情，与大多数年轻人相比，他更加爱读书、爱思考，有更多的理想主义和使命感，但是他不可能无视铁一般的事实：父亲和弟弟的死都与他有直接的关系。面对家庭的惨剧，他无法稀释对亲人浓浓的内疚，无法化解对自己深深的自责。

不是每一个犯下错误的人都会产生内疚和歉意；不是所有内疚和歉意都是由错误而产生。

前些日子，听当年主办《中学文革报》的牟志京讲述了遇罗克之死。他说："遇罗克被判死刑后我哭了，我非常后悔，如果不办那张报纸，《出身论》的影响不会那样大，遇罗克也不会被杀死。"牟志京当然无法证实自己的逻辑而为自责找到确实的根据，谁也没有推翻牟志京的结论的根据。其实，谁都清楚，遇罗克之死不是某个人的责任，也不是那张报纸办与不办的问题。事实是，遇罗克在劫难逃，遇罗克必死无疑！这不是遇罗克一个人的命运，而是所有离经叛道者的命运，就如同林昭和张志新。况且，遇罗克正义的声音毕竟穿过黑暗，使我们蒙羞的历史有了一点儿炫耀的资本；遇罗克淋漓的鲜血已经使众多苟且者无地自容。但是，不管遇罗克多么英勇，不管时代怎样需要英雄，谁也不会把一个活生生的人推向枪口。我想，除了冷酷的政客、投机分子、阴谋家，即使是战场上最理智的将军，目睹士兵们在他的号令下冲锋、死亡，也不会无动于衷。而牟志京当年不过是一个和遇罗克一样充满了幻想的热血青年。他绝对没有想到，当万人大会批判了"资反路线"，当周恩来对于他因反对"老子英雄儿好汉，老子反动儿混蛋"的对联被迫害表示同情之后，《中学文革报》却因为发表了《出身论》，而出人意料地被宣布为反动报纸，遇罗克首当其冲地被推上了断头台，牟志京怎么能够推翻他的逻辑而放过自己呢。

读杨健的散文《怀念阿南》，曾使我潸然泪下。文章讲述了作者青年时代的挚友，"文革"时在军中因无法解脱精神的苦闷而自弃的思想历程。震动我的不只是阿南的死，还有作者无法弃绝的内疚之情。杨健的内疚正在于，阿南死后的结论中明白地写着：因受杨健成名成家思想的影响……

在这样的内疚和自责中，他们怎么能够保持内心的高傲和宁静？我怎样能够保持内心的高傲和宁静？

# 6

也许因为在"文革"中当过政治犯的人很多，十几岁就坐牢的人不少，因此，从那个年代走过来的人听说坐牢绝不会大惊小怪。倒是如今的年轻人，不管是出于对历史的关注还是好奇，常常对此表现出很大兴趣。当有的人让我讲述狱中生活时，我会告诉他们，监狱里的伙食比知青插队时的伙食好，早餐可以吃到很多家庭都买不起的北京辣菜、朝鲜辣菜和熬得稠糊糊的玉米面粥；我会告诉他们，犯人如何利用每个月发一次针的机会，巧妙地在磨薄了的竹片上捻出一个针眼，然后偷偷地在号里缝制棉裤棉背心；我还会告诉他们，同案犯能够在队长的眼皮底下利用"放茅"传递纸条"串供"。这些故事又新奇又好玩儿，使本来颇有同情心的听众的同情心着实地落了空。有时也会讲到我戴上手铐时的恐惧，讲到我在只能走五步的空间里散步时的孤独，讲到看着预审员听我讲外国小说时津津有味的样子时一个犯人的优越感，以至于讲到我决不承认自己是反革命时的所谓英勇。但是，我无法讲述我的负债和我的内疚。宽厚的人会为我解脱，他们原谅我，说那不是我的责任；洒脱的人会说我活得太累，有自虐倾向；说不定还会有刻薄的人觉得这是一种无病呻吟式的虚伪和做作。

这是一个解不开的情结。只有经历过这种内心折磨的人才知道，那就像是一种除不了根的慢性病，它不影响你吃，不影响你睡，也不影响你工作。你不会疼得呻吟，也不会弱得喘息，但是它存在着，若即若离地、时隐时现地存在着，让人不得安宁。

我的困惑在于：人，究竟能在怎样的意义和程度上对自己的行为负责；我，在这一事件中应该承担怎样的责任。

即使想明白了，我又能做什么呢？事实上，谁也无力偿付别人付出的代价，无法分担别人所承受的不幸。我唯一能做的是：不放弃内疚和自责，像牟志京，像杨健。

对给自己造成的后果负责任是一回事，对给别人造成的后果负责任是另一回事；对与错的判断是一回事，好与坏的判断是另一回事；在社会政治的层面上对别人有所交代是一回事，在情感和心理上对自己有所交代是另一回事。那么，我们选择的依据应该是前者还是后者呢？常常是，既不能放弃前者，又无法回避后者，为此我们只能处于两难。既然这不是是非问题，不是道德问题，不是尊卑问题，甚至不是素质或水平问题，那么如果谁肯于背负、能够背负的话，一定不会是荣辱与得失，剩下的仅仅只是一份心愿而已。

二十年过了，时至今日，我仍然没有为我的困惑寻找到答案，我仍然只能说，有这份心愿比没有这份心愿好。对于你所为之内疚为之自责为之追悔的人们，一份心愿固然没有特别的意义，但是对于当事者来说，其意义就要重要许多。至少，它可以叫你记住：一个人，并不能因为承受了足够多的苦难，就可以无视、蔑视别人的苦难；至少，它还可以让你记住：你没有资格把你的所谓苦难经历当成个人的人生资本，因为付代价的绝不只是你一个人，甚至不只是你的亲朋好友，还有许多完全与你无关的人。他们在这次劫难中受到的伤害有些被我了解，另一些可能我永远不会知道。但是，只要了解我们周围每一个人在其中受到的创伤，以及这创伤怎样使人在精神上一蹶不振，怎样使人在道德上自暴自弃就足够了。

我之所以坐牢，充其量只能说是受了正义的感召，因此我不可能事先想到后果。但是，我常常自问：如果再面临一次"文革"，我会不会有不同的表现？

遗憾或者幸运的是，历史不会一成不变地在同一个人身上重演。可以肯定地说，现在的我，不会再像二十年前的我那样单纯和幼稚，即使我仍没有学会圆通；但我可以肯定地说，仍然会有年轻的小姑娘、小伙子，像我当年一样单纯和幼稚，即使他们也许到了我这个年龄时会变得比我世故。总之，只要世上还存在强权、暴力、邪恶和野蛮，总会有人出于正义出于尊严站出来反抗，反抗者必然会受到迫害。不仅如此，它的复杂性在于，如同"文革"一样，不可能简单地一方是迫害者，另一方是被迫害者。当年有几个人不曾参与那场反文明的浩劫，如今又有几个人可以说自己是清白之人坦然之人呢？不要说那些落井下石者、投机钻营者，即使是像我这样被捕坐牢的被迫害者，又有几个人没有付出过违心屈从的代价，没有付出过连累亲朋好友的代价呢？那么，只要他有一双能够凝视自己内心的眼睛，有一颗能够感受良知的心灵，他就不可能保持内心的高傲和宁静。

用自己的血唤醒民众的人是英雄；试图用别人的血唤醒

民众的人是伪君子；使无辜者付出血的代价的幸存者是不幸的人——我们承受着被侵害与侵害的双重不幸。这不是一个造就英雄的时代，对于我们这个民族来说，也许真正的英雄并不是敢于抛头颅洒热血的勇士，而是能够忏悔和敢于承担责任的罪人。

有时候我想，这也许不只是中国人的命运，人与人像链条一样连接着，上帝总是借他人之手将幸运或者厄运传播，我们每个人都无可逃避地既是施者又是受者，每个人的心灵都既是天堂又是地狱，如同耶稣基督，承受人间所有荣辱，再把所有荣辱投向人间。

也许这正是人类真正的悲哀所在，但是人并不因此就没了悔没了愧没了悲悯。尽管看透了这一切最终不过是无用的精神游戏，我们还是不厌其烦地花样翻新地重复着同一个游戏，并且把这看成是人之所以为人的最后的证明。但愿这正是人类真正的希望所在。只有当我这样想的时候，才能感觉到尊严和骄傲又回到了我的身上，我才有勇气赴这二十年前的约会。

## 7

事情已经过去了很多年，我们相互很少联系。当年的通信从公安局的卷宗回到了我的书柜，只有在每次搬家的时候才翻拣一遍。写信在如今似乎已成为奢侈，通讯方式从电话、传真过渡到E-mail。我们生活在不同的城市，有不同的职业，每个人都面对着不同的生存境遇。况且，当天真的热情消退之后，似乎恍然明白了一个浅显的道理：

人生哪有不散的筵席？我因此而原谅自己的粗疏，并在这种不断的原谅下变得麻木不仁。

但是，就在这个夏季，当列车载着我驶向陌生的城市，驶向久违了的朋友，驶向我内心深藏的黑暗，我才发现，有些情感是可以随时间的推移而淡出的，而有些情感将纠缠终生。对于那些擦肩而过的人，浮光掠影的事，尚且能唤起些许温情，面对曾经与你患难与共的朋友，一个再冷酷的人也不可能真正麻木。

火车到站已是夜晚。我在昏暗的灯光下找到来接站的郭海和朱长胜。我没想到，太原市有像长安街似的笔直而宽阔的马路，只是因为前两天的洪水，路边到处可见堆积的泥沙折断的树枝。长胜一路上给我讲述想穿过马路急于回家的市民被洪水淹死的惨状，讲述洪水如何从城外废弃的小煤窑涌进市中心又因为排水堵塞而造成灾害，讲述省里如何说服中央新闻单位记者站不做灾情报道……看得出来，他仍然活跃并且入世，难怪在八十年代，便把全国第一个"刊授大学"办得有声有色。而郭海则像当年一样沉默着微笑着，我知道他只有在特定的氛围里才能够很好发挥，每讲一句话都认真得让你不忍心错过。

孩子们的成长提示着岁月的无情，长胜的儿子到了几乎我当年认识他的父亲时的年龄。但是他们依然叫我"小妹"。

郭海的儿子好奇地审视着我："原来你就是那个小妹呀！"我不知道，他的父亲和叔叔们，以怎样的方式使一个孩子熟悉了一个未曾谋面的阿姨；我不知道，他是否了解他的出生、现在这个不完整的家庭，以及两个同母异父的哥哥，与眼前这位"小妹阿姨"有着怎样的联系；我更不知道，等他长大成熟起来，是否还能像现在一样，给我一个友好而开朗的笑。

普光在机器隆隆的车间里接我的电话，他很遗憾不能很快赶过来见我，因为下班后他要赶到医院，老父亲成为植物人已经多年，他和哥哥轮流着隔天要到医院去守夜。他固执地不肯花钱请外人来护理，打定了主意要对曾经为了他的问题而从局长位置上下来的父亲尽全孝。因为同样的理由，二十年来，他坚持不离开原来的工厂，只是接替了车间老主任的位置，尽管那是一个常常发不出工资的国营大企业，他说能够同甘共苦、同舟共济的人际关系对他来说比什么都重要。

不可能再有二十年前的阵容。晓峰辞职到深圳当高级白领已经多年，偶尔打来长途聊聊，知道他在商海沉浮的艰难与孤独。回太原虽然是飞机来飞机去，却少有闲暇与老朋友相聚。当年，他是这伙人中哲学、马列的书读得最多、理论功底最深的，用现在的话来说，也是最能侃的。也许正因为如此，他能在深圳那样一个精英荟萃之地，成为一人之下众人之上的角色。这么多年来，没有见过面的只有建新，只知道他去海南挂职当过县长，后来又成为老板，有宽敞的房子住，有"蓝鸟"轿车开。记忆中的建新穿着浅灰色的海军军装，我当然没有理由独独要求哪怕仅仅希望如今西装革履的建新仍然是单纯的浪漫的，我非常非常想见到他的理由，不过是想知道他是不是仍然喜欢文学，但愿建新不会认为这是一个可笑的理由。

当郭海和长胜送我踏上归程时，我意外地被深深的遗憾所困扰，似乎想说的还没来得及说，该聊的还没尽兴地聊，没有期待中的彻夜长谈，没有想象中的无边畅想……

有不少人批评我的怀旧情绪太重，有人干脆直问我：你是不是希望人都应该像二十年前一样？我也干脆地回答说：不是！但是，这并不意味着人应该或能够割断精神与情感的历史。对于以往的经历，重要的是对于有价值的精神与情感的延续与占有。常听到不应活在过去的告诫，事实上没有人能够活在过去，就如同没有人能够重演历史一样。同样，也没有人能够哪怕一刻占有完全摒弃过去的现在。还有人和我讨论：理想主义是好还是不好？我认为，这是一个不成立的问题。人需要吃饭是好还是不好呢？饭吃得太多人会发胖，但不吃饭人会死。是的，人就是这样，在为追求理想所付出的代价而惋惜的同时，又为理想主义的失落而痛苦，这将是一个现代人永远的悖论。

我很想知道我们还能不能在一起讨论关于理想、怀旧和过去与现在，讨论英雄的忏悔与罪人的反思……我很想对他们说，如果能够，我一定重访太原，看望我的兄长，看望我多灾多难的朋友。

## 《今天》与我

### 1

一九七三年，我从一个朋友手中得到一本诗集，如果是一本铅印的书，可能不会引起我的兴趣，作家、诗人在我的心目中神圣得高不可攀，会因为离我太遥远反而被忽略。但那恰恰是一个手抄本，用的是当年文具店里仅有的那种六角钱一本的硬面横格本，字迹清秀，干净得没有一处涂改的痕迹。仅猜测那笔迹是出自男性还是女性之手，就足以使我好奇得一口气把它看完。记得其中第一首诗的标题是《金色的小号》，另一首六行诗《微笑·雪花·星星》我一下子就背了下来。那时，我虽已是小学教师，文化水平其实也只是小学程度，对诗的认识也停留在"文革"前在文化宫朗诵班表演的贺敬之《雷锋之歌》《三门峡——梳妆台》的水平上，手抄本中那些全新的诗句不可能不感染一个孤陋寡闻的十八岁的女孩儿。

因为这本诗集，我认识了它的持有者赵一凡。一凡与众多所谓地下文坛的青年来往，热衷于搜集民间诗文，从他那里我读到了许多手抄的诗和小说。他还以传抄传看禁书为己任,我看的《带星星的火车票》《麦田里的守望者》《新阶级》等书都来自一凡。他的家是个怪杰荟萃的大本营,像徐浩渊、王好立、章立凡等当年的活跃人物都曾在那里留下足迹。我在《无题往事》中这样表述一凡对我的影响:"我把他当做我的上帝,我相信他的每一句话,并不在乎他把我带到哪里,事实是,他带我到哪儿我都会万死不辞。"

一九七五年一月,我和一凡同时因为莫须有的罪名而被捕入狱,两年的监狱生活使我情绪极为消沉,为此一凡介绍我认识了一些朋友,其中一个就是赵振开。现在人们都叫他北岛,而我至今仍然习惯叫他振开,这在某种意义上说明我是一个极为守旧或者说惰性极强的人。直到那时,我才知道,振开就是我四年以前读到的手抄本诗集的作者。与此同时我也开始写诗,写完了拿给振开看,因为没能得到鼓励而终于放弃。我和一凡患难与共的友谊一直保持到一九八八年一凡去世。一凡去世时我刚刚生下儿子,虽然为自己没能在他重病期间更多地照料他而内疚,但对于失去他还没有特别的感受。随着时间的推移,随着我自己生活中一些重大的变故,一凡之于我的意义凸现出来,并且被逐渐放大。有许多次,夏日的雨后,秋日的黄昏,冬日的夜晚,我独自一人翻捡着留下来的书信和日记,一次又一次对自己确认他已不在人世的现实。那不是让人流泪的痛苦,那是比流泪更加深刻的痛苦。在同一篇散文中,我写道:"我愿意他活着,为我而活着,为世上有一个真正理解我、呵护我、容忍我的人而活着,尽管我很清楚世上没有谁能仅仅为谁而活或者为谁而死。"我已经不再是一个需要精神导师的女孩子，我有爱人，有知己，有忙不完的家务和工作，即使他活着，我们之间的友谊也会被琐碎的生活所淹没。但是，一凡是无法取代的——人生舞台中的每一个角色都是无法取代的。一凡的死以及六年之后我丈夫的死，使我体悟到，人与人，不管是友情还是爱情，很难单单用情感的、精神的或者事业的来界定，它更像是一个场，其引力和魅力是无法悉数的。除了这种极为个人化的感受，不能忽略的还有：一凡的行为对于文化的传承、一凡的人格对于精神的建构所具有的象征意义。是的，它仅仅是一个象征，因为中国像一凡这样的人实在是太少了。我不知道，是过多的灾难泯灭了人性的光辉，还是人性的黯淡导致了众多灾难产生，如同我不知道，灾难是上帝对我们民族的惩罚，还是褒奖。

应该感到幸运的是，《今天》有了一凡。他提供了很多诗人自己都没有保存的旧作，做了许多别人不愿意做的琐碎之事。很难说清，是《今天》凝聚了不止一个像一凡这样有人格魅力的人，还是这些具有魅力的人成就了《今天》。

一九七八年底一个周末的晚上，我到朝阳门前拐棒胡同去看望一凡。那时我在大学中文系读一年级，一周一次去一凡家就像是家庭作业，几乎从没落过。一凡家的胡同口是人民文学出版社，它可以被看成是中国的"皇家出版社"，建国以来最重要的文学作品几乎被它垄断。似乎是一种机缘，在一年中天黑得最早、也是北京最冷的日子里，我在出版社门口看到几个正在张贴油印宣传品的青年，其中一个就是赵振开。天色昏暗，看不清刊物的内容，但自办刊物这种形式本身就足以使我兴奋和激动。

## 2

此前一年的八月，党的第十一次代表大会宣布"文化大革命"结束，同年十一月，刘心武的小说《班主任》发表，标志着文艺界开始自我解冻。一年之后，卢新华的小说《伤痕》引起轰动，连同稍后出现的话剧《于无声处》、小说《神圣的使命》，被视为接踵而至的伤痕文学的发端。

然而，这些都不过是政治框架内的思想解放运动的涟漪。与此同时，保守与改革的争斗引发了关于"两个凡是"的讨论，北京出现了西单墙，一批民刊应运而生。

《今天》在创刊号的"致读者"中引用了马克思的话："没有色彩就是这种自由唯一的色彩，每一滴水在太阳的照耀下都闪耀着无穷无尽的色彩。但是，精神的太阳，无论它照耀着什么事物，却只准产生一种色彩，就是官方的色彩。"北岛在这篇发刊词中写道："在血泊中升起黎明的今天，我们需要的是五彩缤纷的花朵，需要的是真正属于大自然的花朵，需要的是真正开放在人们内心的花朵。"显然，《今天》所追求的是自由的人文精神，但由于当时中国独特的政治背景，它无可选择地只能和政治性极强的大字报、民刊贴在同一面墙壁上，便给了人殊途同归的感觉。它的作者们自我标榜从事纯文学创作，但这种所谓"纯文学"也只是相对于意识形态化文学而言。虽然《今天》的发起人在创意时曾经达成保持纯文学立场的共识，但事实上这是完全不可能的。由于振开和芒克的某些做法，被其他成员视为违背了不参政的初衷，导致最初七位编委中有五人退出，仅留下了他们俩。我相信，退出的绝不是因为胆怯，也许他们的本意是想在文化的沙漠中建起一座象牙塔，而不是在政治的泥潭中种一株荷花，殊不知这不过是一种幻想。走开的和留下的应该都有理由，因此，也应该受到同样的尊重。不久，黄锐又回到编辑部，并在其后成为"星星美展"的主要发起人。

在一凡家胡同口偶然相遇之后不久，我在振开家与一些朋友相识，他们都是《今天》的志愿者，其中有周郿英、王捷和李南、程玉、陈彬彬三位女性。

虽然李南的前夫当时是另一家刊物的成员，但她本人更感兴趣的是文学，这多半由于她出身艺术世家。她的母亲和姨都是中国最好的话剧团体北京人艺的演员，舅舅是中国第一代最负盛名的交响乐指挥家。李南在与振开第一次见面时，讲述了自己的故事：她的父亲曾是北京人民艺术剧院所属首都剧场的经理，被打成右派后放逐到外地劳改，二十多年来，歧视的目光、划清界限的教育早已使她遍体鳞伤。当人们纷纷祝贺他们合家团圆时，与父亲隔绝了二十多年的女儿内心充满了悲凉，团圆的结局是虚幻的，而父女间的陌生却是永远的。李南没有想到，死死缠绕着她的家庭团圆的故事，很快就被振开改写成小说《归来的陌生人》，发表在《今天》第二期，主人公那无以言说的情感在字里行间流淌。

程玉是原国民党高级将领程潜的小女儿，一九七七年因李冬民反革命集团案而被牵连入狱。我坐牢时近二十岁，本以为是年龄最小的政治犯，而小玉那时只有十七岁。除了同病相怜以外，我们两人之间的缘分还在于，虽然不是同案，但坐牢时被关在北京城南的同一座牢房里。一九八一年，小玉留学美国攻读教育学博士。似乎是一种命定的缘分，一九八九年五月底，我们在人山人海的天安门广场相遇，我们互相拥抱，激动得流了眼泪。小玉住在天安门附近的晨光街，稍后几天的一个清晨，我们又一次在她家门口巧遇并匆忙告别，她按计划乘当天的飞机返回美国。我们都没想到，怀着四个月大的胎儿，抱着仅一岁大的儿子，途中她因为受到非难，一周之后才抵达美国。

我认为，列举这些人的背景，记述他们的个人经历，对于了解、研究《今天》的生成和影响并非赘言。这些人都只是文学爱好者，但并不搞创作，他们聚集在一起都有文学以外的理由。这至少说明，在当时的中国，也许不仅仅在中国，纯粹的文学、学术是不存在的。不管《今天》的创办者是如何地试图纯文学，都无可奈何地与初衷相背离，而一旦介入其中，将不可避免地被逐出主流社会，其命运的坎坷也是可想而知的。时至今日，我的这段和《今天》有关的历史，仍然被不知情者认为是我热衷于政治的表现。对此，我从不辩解，自由的意志和精神总是与现实社会相悖，要么你放弃自己的权利，要么你就是这个现实社会的叛逆者。

《今天》创刊快二十年了，但我相信有一些人还能记得这个日子。当年，对于我这样一个经历了牢狱之灾的女孩子，《今天》就像是从深海里浮动出来的冰山，是落水者生命的桅杆，是流浪者的精神家园。我们从不同的方向走来，在一种精神的感召下汇合在一起，并必然地从这汇合点向不同的方向出发。对于历史来说，这是一个事件，一种现象，一场运动，可能在某种程度上能对历史产生影响，但不可能改变历史的进程；但对于个人来说，这就是命运。宇宙的规律告诉我们，星聚星散有着它神秘而不定的规律，人也逃不脱这一规律，任何人的意志都无法改变，只能是沿着各自命定的轨迹相聚与离散。

## 3

很快我便参与了《今天》的具体工作。第一期是手刻蜡版油印，字迹很难辨认，从第二期起改为打字油印。我们分头通过私人关系寻找打字员，让他们用公家的打字机偷着利用业余时间打，以每版一元五角的价格付费。我找的打字员是我们大学印刷厂一个工人的女儿，她在某民主党派办公室工作，我经常中午到她家去交接稿子，有时候，她用单位的蜡纸为我们打字会使我高兴得不得了，因为我们的钱的确少得可怜。最初都是一张一张在油印机上推出来的，然后折页、配页、装订，大家轮流着没日没夜地干。别人可能想象不到，第三期（诗歌专刊）中的十余幅由钟阿城画的线条画是制成锌版后像盖图章一样一页一页盖上去的。当时，我在大学担任学生会工作，我主编的刊物《初航》在校印刷厂用手摇机印刷，这正好是一个偷梁换柱的机会。我把《今天》第三期的蜡纸拿去顶着《初航》的名义让校印刷厂印，既省了力气又省了纸。流传开的《今天》是铅印的天蓝色封面，当时的民办刊物没有一本是铅印封面，我们可算是出了风头。尽管如此，它的质量与现在书摊上摆放着的任何一种杂志都无法相比，但是我们的读者来信说："我闻着那油墨的芳香，心里是多么欣慰……"

铅印的难度是极大的，原因是没有一个工厂敢接没有介绍信的活儿。按规定必须有行政部门开具的介绍信，介绍信是我以学生会的职务之便开出来的，我从家里拿了父亲舍不得喝的汾酒和包装精美的巧克力糖贿赂印刷厂厂长，他居然当做学生会的刊物给印了。印好的封面是芒克和刘念春用肩膀扛回来的，后来大量的封面是通过一凡联系外地一家杂志的主编帮助印的。以后我又两次以学生会的名义把音响设备弄到手，供我们在公园开朗诵会使用。

因为住校，我只能在周末到编辑部去。编辑部在北京东城一个普通的四合院里，院内到处是临时搭建的厨房、矮棚，我们占用的东厢房是刘氏兄弟的家。按理说，他们不可能不知道什么是可行的，什么是不可行的，所以我更愿意把他们的行为看做是一种姿态。也就是说，他们的出发点不是可行与不可行，而是应该与不应该。当人的正当权利被剥夺，自由的意志受到挑战的时候，是非与价值，只能在另一个层面定义。

我们都是从一条道路走出来的，在共同的追求中孕育了英雄主义精神，在一次次碰壁之后，我们懂得了什么是能做的，什么是不能做的，学会了逃避许多我们该做的事情。但是我常常告诫自己，要避免学会以非难或指责别人来解脱自己。在很多时候，慎重和苟且、拘谨和猥琐、小心和怯懦是很难划清界限的。很多人对刘氏兄弟的行为不解甚至不以为然，认为他们做的事没有意义，没有价值。我觉得对这种想法没有什么可以指责的，谁都有权决定自己的生活方式，决定做什么和不做什么，谁都有弱点和局限性。应该允许一个人崇尚某种行为、某种境界，也应该允许一个人在现实中和他所崇尚的东西有距离。很多人崇尚耶稣是事实，没有人能成为耶稣也是事实，这是两个必须同时接受的事实。软弱，大多是可以被原谅的，但用个别人的行为为自己的软弱开脱、辩护，则是不可以被原谅的；改变信念，是应该被理解的，但因为自己的改变而对别人的坚守表示不屑，则是不厚道的。对于那些自我标榜并想从自我标榜中获得功利的人，公众和舆论就有权用他所标榜的东西去要求他。如果他为此付出了代价，那也是他必须承受的，即使没有得到预期的结果，也并不值得特别同情。

如今我已无法从刘氏兄弟那里知道，他们当初何以把家贡献出来，使之成为民办刊物的大本营。但是我仍记得那张破旧的八仙桌，记得旧得看不出颜色和式样的碗柜，柜子里常常是空荡荡的，没有任何食物储备；记得那张铺板搭成的床，我们蜷缩着腿坐在床上开编委会，芒克和他的妻子在那张床上度过了热恋的浪漫时光；记得不知是谁用手绘制的窗帘，红、黄、白组成的抽象图案，有各式各样的几何图形。不记得是谁告诉我，三角形代表女人，我曾把这意象写进一篇题为《带星星的睡袍》的短篇小说里，发表在《今天》文学研究会内部交流资料上；还记得振开从家里拿来像砖头一样大小的录音机，现在想起来，那音质实在是极差的，但是在七十年代末的中国，无疑是一件奢侈品，听着音乐干活成了我们最奢侈的享受。

七十六号人来人往，川流不息，很多素不相识的人来这里义务劳动。不记得是哪期，我把散页拿到家住附近的一个大学同学家里装订，他们工作到深夜，然后又从自己腰包里掏出本来就少得可怜的助学金订阅杂志。还有很多文学青年来这里朝圣，一个外地青年写来一封像散文诗似的信："沐着五月的阳光，迎着燥热的风，我踏上了北京的街道。今天我来，只是为了《今天》。活动一下搭车时坐麻的双脚，沿着长安街向公共汽车站走去。不是去会情人，也不是去王府井采购新鲜的商品，可是心却为等待将临的那一刻而紧张地跳动……"

# 4

提起诗人，人们往往首先想到的是标新立异的披肩长发，是喜怒无常的神经质，是让人不能不接受的狂妄。然而这些不属于振开。他高而瘦而白，留那种最普通的学生头，穿一件洗旧了的蓝色棉布大衣，戴一顶浅色毛皮帽子，性格抑郁不善言谈。在我的印象中，他好像不会高声说话，也没有激烈的言辞，他的执著深藏在不苟言笑的矜持中。

我们相识时，正是他心情最不好的时候。他唯一的妹妹珊珊因为抢救落水儿童刚刚牺牲不久，他在给友人史保嘉的信中说："如果死是可以代替的，我宁愿去死，毫不犹豫，挽回我那可爱的妹妹，可是时势的不可逆转竟是如此残酷，没有任何选择的余地。有时我真想迎着什么去死，只要多少有点价值和目的。"以后他把长篇小说《波动》题献给了珊珊。

与文弱的外表和内向的性格形成反差的，是振开一贯鲜明的立场和勇气。当年李南、桂桂和程玉第一次为《今天》工作时，振开颇像政工干部与下属谈话时那么郑重其事地说："如果有人找你们麻烦，你们什么也别承认，都推到我和芒克头上。"这话虽然激怒了这几位女志愿者，她们当即表示，都是成年人了，自己做的事当然应该自己承担，但他严肃的表态，无疑使她们建立了信任关系。

《今天》发表的作品很快被一些开明的官方刊物所接纳。《安徽文学》很快以专号的形式转发了民刊的作品，《诗刊》也率先发表了振开、舒婷、芒克等人的诗，一时间说《今天》

要被招安的大有人在。对此，振开规定，凡在官方刊物转载《今天》上发表的作品，必须使用原来的笔名。

在圈子里，他的外号叫"老木头"，套用帕斯卡尔"有思想的芦苇"的名句，我说振开是"有思想的木头"。他的敏锐深藏在木讷的外表下面。是的，人是有思想的动物，但人并非在所有的情况下都能保持思考的能力，只有极少数人能够抵御无孔不入的宣传，并使自己最终不成为机器的一个零件。而振开正是那极少数人之一。他在给中学同学金波的一封信中，对其信仰表示赞赏的同时，也提出了质疑："你忽略了一点，没有细看一下你脚下的这块信仰的基石是什么石头，它的特性和它的结实程度。这样就使你失去了一个不断进取的人所必需的支点——怀疑精神，造成不可避免的致命伤。接踵而至的'无限乐趣'、'无限愉快和幸福'不过是几百年前每一个苦行僧和清教徒曾经体验过的感情。"这封信写于一九七二年二月，那时林彪事件刚发生不久，有人开始对"四人帮"、对"文革"提出质疑，但是很少有人对于我们的所谓信仰，以及构成这信仰的思想意识提出质疑。

正是这种怀疑精神，使他在写这封信的第二年写下了著名的《回答》。他的怀疑已得出结论："告诉你吧，世界/我－不－相－信/纵使你脚下有一千名挑战者/那就把我算作第一千零一名。"北京曾有一个"文革"诗歌研究者向我询问《回答》的写作时间，想要证实此诗不是写于一九七三年而是写于一九七八年。我想，此人的目的是想证明谁是诗坛的"霸主"，对此我无法提供确凿的证据，也毫无兴趣。

但我相信不管诗写于何时，诗所表达的思想却是由来已久的。他在同一封信中说："我相信，有一天我也不免会有信仰，不过在站上去之前，我要像考古学家那样叩叩敲敲，把它研究个透彻。"

与振开毕业于同一所名牌中学，曾经主办《中学文革报》，为遇罗克发表《出身论》的牟志京，在信仰破灭之后移居美国。而到了美国之后，他又对美国的民主产生怀疑并试图参加美国共产党，只是因为怕不好找工作才放弃。美国梦的破灭，使他又回归了对马克思主义、资本主义的认识。那时他在一所大学当教授，算是个知识分子，听说后来他辞职经商，不知道生意是否成功。我相信，如果他轻而易举地挣到了百万千万家产，对于资本以及资本主义，又会来一次回归的回归。也就是说，至今他仍然是一个精神的漂泊者。他的思想经历在很大的程度上说明了我们这代人的精神历程。我们的怀疑，是在不怀疑中生长出来的，即使要否定什么，也一定要先肯定什么。而年青一代怀疑论者则不同，他们怀疑并且推翻，只是为了怀疑和推翻，不在乎是不是虚无，或许虚无正是他们所追求的境界。

二十多年过去了，振开已出国多年，我们只有很少的联系，我知道他的善良依旧，对朋友的友情依旧，而且不管是在什么场合，他从没试图改变过自己的立场。在我的心目中，他仍然是那个木讷的、不苟言笑的、固执的，甚至有点儿古板的赵振开。我不了解走在蓝天下、碧海边、金沙滩上的北岛和他的创作。一九九四年底，听说他要回国，朋友们都盼着，我更想见到他了解他，想知道，如今，他也还是精神的漂泊者吗？是否还在叩叩敲敲？在以往的怀疑有了结论以后，他的怀疑指向何处？

## 5

我是先读到并欣赏振开的诗，充满了神秘的猜想和崇拜，先入为主地以一种仰视的态度与之交往的。对芒克则不同。我在认识他的同时，读到"太阳升起来，把这天空/染成血淋淋的盾牌"，读到"黄昏，姑娘们浴后的毛巾/水波，戏弄着姑娘们的羞怯/夜，在疯狂地和女人纠缠着"，也读到"我有一块土地/我有一块被晒得黝黑的脊背/我有太阳能落进去的胸膛/我有会发出温暖的心脏"这样的诗句。我热爱这些诗句，也热爱这个叫芒克的浪漫主义诗人——他的本名叫姜世伟，我从来没有使用过这个名字。当时他二十七岁，是造纸厂的工人。他是一个极富感情色彩，又很外露的人。和他接触时，你很容易摆脱拘束，当你忘掉他是诗人时，他会毫不掩饰得意地提醒你：你以为我是谁呢？我是一个诗人！他会很认真地把事情做错，也会很真诚地向你道歉，而你也会不折不扣地原谅他。很多人愿意把早生的白发染黑，或者藏在帽子里，而他却以自己的一头白发自豪，五岁的女儿叫他"老杂毛"，他朝女儿嘻嘻地笑，全然一个老顽童。英俊的外表和浪漫的气质，使他在吸引姑娘时很占优势，因此他的生活充满了许多戏剧性的事件，以至于我把他四年以前出版的《野事》总是当做自传而不能当做小说来阅读。

外部环境的恶劣很难对芒克形成真正的威胁。从创办《今天》起，他就失去了正式工作。对一般人来说，没有固定职业的生活是不可想象的，但对芒克来说，有固定职业的生活才是不可想象的。每月几十元生活费的穷日子他可以过得很踏实；喝洋酒、吸洋烟、穿几百元一件的名牌服装像花花公子一样的日子他也能过得心安理得。和很多诗人相比，芒克有一个非常难得的特点，很少听说他与谁闹翻。诗坛上诗人互相攻讦的事情常有发生，可我几乎从没听到过对他的非难。他的情场逸事也总是从浪漫开始，由浪漫结束。不是因为他比别人更加世故更加圆滑，正相反，而是因为他更加坦率更加自然。大家都喜欢他，因为和他在一起总是快乐的，他的无忧无虑很容易感染周围的人，由不得你不和他一起神聊，一起畅饮，以至于醉倒在他家的地毯上、沙发上。

我曾和几个朋友一起去他当年插队的白洋淀，我们一行七八个人分别住在老乡家里，老乡划着船陪我们到淀里去玩儿，打来活鱼给我们吃，使我亲身感受到了他与当地渔民那种家人般亲密的关系。有个叫福生的残疾人，行动不方便，很难把这样一个农民和著名的现代派诗人联系在一起，可事实是，福生每次到北京都吃住在芒克家里，他们的关系就像亲兄弟一样。福生的母亲去世，芒克带着几千元钱到白洋淀奔丧，据说他哭得比亲生儿子还伤心。

人们常常把粗犷与豪爽这两个词搭配起来描述一个人的性格，芒克是一个例外。他是豪爽的，又是细腻的。和他交往很多年后我才知道，无拘无束的芒克，在日常生活中居然是一个近乎于有洁癖的人，他的穿着总是那么整洁，他收拾厨房比任何主妇都仔细，哪怕有一个排的人在他家狂吃暴饮，他都要亲自清洗餐具、整理房间。

芒克的诗和他的人一样，魅力在于自然天成。杨健在《"文化大革命"中的地下文学》一书中写道："他诗中的我是从不穿衣服的，赤裸躯体散发出泥土和湖水的气味。"书中记载，芒克一九七〇年开始写诗，一九七三年起与多多开始建立诗歌友谊，相约每年年底像决斗时交换手枪一样交换一册诗集。也许是为了应付"决斗"，这一年多多抄下芒克最初的诗句："忽然，希望变成泪水掉在地上／又怎能料想明天没有悲伤。"有人戏言，芒克除了《北京晚报》不看任何读物。这虽然不是事实，但可以部分地说明他写诗不是源于形而上的思想。他不是思想者，也不是文人。他不像大部分文人那么脆弱，也不像小部分文人那么虚伪。他是一个真正意义上的诗人。打架、喝酒、流浪、恋爱的生活场景构成了他浪漫人生的早期背景，他插队的河北农村白洋淀水乡是他成为诗人的摇篮。我不知道这样说是否准确，是否能被本人所接受：如果说振开写诗是在思想，那么芒克写诗则是在呼吸。

# 6

在《今天》的朋友中，当时与我私交较多的当属万之。

至今仍然不能忘记，龚巧明从四川来北京，我们仨一同去爬香山的鬼见愁，记得中午在山上吃饭，巧明一粒一粒往嘴里送，半碗饭吃了一个多小时，让我觉得不可思议。万之则说，"我都看惯了，她从小就这样。"原来他是比巧明大一辈的亲戚。

还不能忘记，他到我家做客，知道他有点儿"洋派"，在这伙人里，他是唯一可以用英文与老外交谈的人。可那时没有速溶咖啡，更没有咖啡壶，我用小奶锅煮几毛钱一两的咖啡粉，喝起来尽是渣子，实在是附庸风雅得可以。

万之本名陈迈平，是上海赴内蒙插队的知青。他一九七七年考入北京师范学院中文系，毕业后又考入中央戏剧学院攻读外国戏剧，获硕士学位。也许因为他出生在一个学者家庭，父亲是上海复旦大学经济学教授，他成为《今天》作者里学历最高书卷气最浓的学者型作家。他是杂志的主要小说作者，从第二期开始，几乎每期都有他的小说发表。在这本靠诗歌起家的杂志里，他的小说得到了意想不到的成功。

迈平的小说具有很明显的现代主义色彩，在历来以社会性来衡量创作水准的中国文学中，在以控诉为基调的伤痕文学盛行时，他超前地把他的关怀倾注于人与世界的关系，即使是在这本高水平的纯文学杂志中，他在人本层面上对人性的揭示也是深刻而独到的，其中《自鸣钟下》《雪雨交加的夜晚》《开阔地》等篇章，今天读来仍然不失光彩，其技巧也仍不陈旧。相比之下，北岛的《归来的陌生人》、铁冰的《墙》，倒显出更强的社会性。

记得我曾因迈平关于"人最爱的是自己"的表达而倍感吃惊。他说，不管在什么情况下，每个人都是爱自己胜过爱他人，包括他本人亦如此。我在当天的日记中写道："我知道这是为了表达他对'自我'的认识，表明人与世界的真实关系，并不是他的人生哲学。他也许只想说明，这是人生在恶世赖以保护自己、拯救自己的一种逻辑。幸亏在这个世界上他还爱自己，否则，他的忧郁、敏感、内向甚至孤僻，在这样的现实生活中将多么不堪一击。"我想，不会有人因此而把他误解为一个自私的个人主义。迈平一九八六年出国，先是在挪威，以后又到了瑞典，现在斯德哥尔摩大学任教。十几年未曾谋面，但我却觉得对他的了解比原先加深了许多。

我很少把他和日常生活联系起来，或者说我不愿意把他和日常生活联系起来。对我来说，他不仅仅是作家，虽然我承认并欣赏他的才华；他不仅仅是男人，虽然一个优秀的男人该具备的魅力他都具备；他不仅仅是倾诉对象，虽然我从来都对他非常坦率。我们的友谊，以及他与我丈夫生前的友谊，不是可以物化和量化的，甚至不是可以用语言表达的。正如他在得知我丈夫去世时来信所说："死者无言，生者亦无言，我想用无言的方式继续和老周的对话。"这是我一生中很少有的一份保持远距离的亲密友谊，它弥漫在我的精神世界里，浸润着我常常几近枯竭的生命，使我将唯美的人际理想保持至今。因此，我无比珍爱这份友情。

近年来，他在海外仍然不是以中国人惯常的使命感和责任感，而是以一个人的良知，参与与文学有关和无关的活动。但是，在通信和通话时，我却丝毫感受不到他的昂扬和满足，反而时有情绪低落的表露。对于我所熟悉的迈平，这应该说是必然的。和国内相比，国外的政治氛围固然自由宽松，人际关系固然简单，但他天生做不来轻松的人。不管他对西方文化是否认同，不管瑞典实际上多么祥和，只要这个世界上还不能把人的价值视为唯一的价值，只要地球村中臭氧层的破坏对于西方东方富人穷人具有同等影响，一个真正意义上的知识分子就不可能真正地轻松。况且，具有现代主义理念的迈平，迷恋卡夫卡、加缪的迈平，不可能既认同对西方文明的批判，同时又认同西方文明；既对人性和人的价值持有深刻的怀疑，又对人生充满乐观的态度。可以想象，迈平活得何等尴尬和吃力。

## 7

在我的理解中，写作状态和写作是两个概念，沉浸在回忆中，面对自己，不停止追问，便是进入了本质意义上的写作状态，而写作不过是把这一状态形式化、公开化的过程。一个写文章、写书的人必然要进入工作状态，却未必能进入写作状态。《今天》的作者，在国内仍然保持写作状态的寥寥无几，在屈指可数的人中当属田晓青和刘自立。

田晓青是以一个文学青年的形象进入《今天》创作群体的，他曾以读者身份给编辑部写信，很快便开始在《今天》发表诗作。但他的辉煌不在《今天》时期，一九八八年，他的系列长诗《闲暇》在圈内引起反响。"梦中动荡的省份！当一阵凉风刮过，所有征伐之事，都在一部手抄的私家论文集上发出枯叶般恼人的喧嚣……"很少有能把自己放逐于文学之外的诗人，而晓青则表现出了这种特性。在《闲暇》中，诗人像一个在历史长河中流亡的智者，洞穿人世浮云，在广阔的背景下关照历史、概括历史。至于晓青的诗是否像有的人所说，是八十年代汉语写作中的顶尖之作，对我来说并不重要，那是文学评论家和文学史家的事，因为我与晓青的关系绝不仅仅是文学的关系。

与晓青交往始于《今天》停刊之后，那时他辞掉了北京电视设备厂的工作，周郿英把他介绍到一家公司。振开、江河、赵南都经历过丢掉铁饭碗的处境，对于他们来说，那是困难的事，有时候还是滑稽的事。我曾见振开跑到迈平家一本正经地讨论一笔贩卖带鱼的生意，赵南则实实在在地倒卖过一次香蕉，据说一车香蕉运到北京后，由于天气冷成了黑色的，搞得赵南焦头烂额，那年春节被戏称为"赵南的香蕉年"。晓青从那时起再没谋求过正式职业，他搞过印刷，做过皮货生意，到过广告公司，编过书，办过刊物。总之，他一直支撑着，挑着养家糊口的担子。到夜深人静的时候，他打开电脑，对着屏幕写下三五百七八百字。这时候，日常生活不存在了，物质世界不存在了，他进入回忆，在回忆中为自己再造一个人以及与之有关的世界。

写作对于我，是现实生活向理想生活的逃避，我指望通过写作梳理自己，表达自己，提升自己，而晓青远没有我这样功利，他渴求的仅仅是一种状态。他之所以十几年如一日，平和冷静地面对琐碎，就因为他能够保持这样一种状态。这不是他为写作设计的，而是他为自己的生命设计的。这是他自己和自己做的一笔交易。用他自己的话来说，写作是他的压仓物，他因而不会像顾城那样翻船。晓青一定从中领略到了别人所无从领略的境界，所以，他知足常乐，他的这种别无所求常常使我感动。

我与刘自立的关系有几分戏剧性。"文革"中他是北京二十四中老初三的学生，一九六八年我小学毕业就近入学成为他的校友。自立的父亲是原《大公报》的人，后来负责中宣部国际处，参加过"九评"的写作，陈毅出访十四国、参加日内瓦会议他都随行，"文革"开始，他的处境自然不妙，遂跳楼自杀。自立成了黑五类，但骨子里还有着干部子弟的狂妄。上中学时我是学校的笔杆子，常写大批判稿。自立因张贴大字报对血统论提出质疑而被打成反革命，在批斗他的全校大会上，我曾站在台上慷慨激昂地发言。那时的风气是，台上发言的人一喊打倒，红卫兵就扯着被斗人的头发使之扬起脸来示众。自立被带上台时身上穿着囚徒的棉衣，脚上戴着镣铐，剃了光头，没有头发可以扯，便被抠着眼窝。当年充满了阶级义愤的我并没有在意这个细节，可是当我们在

《今天》真正相识时，我首先忆起的就是这个场面。

自立是一个使人难以读懂的诗人，难以理解的小说家，难以亲近的人。他在骨子里，而不是表面上是个现代主义者。他在《今天》发表的小说《圆号》《仇恨》（署名伊恕）已经表现出明显的实验色彩，近些年则走得更远。如果一篇小说可以分而知之的话，我愿意承认他的实验性小说我只能读懂五分之一，如果不能，我只好承认百分之百不懂。他写作的效率之高让我望尘莫及。在报社喧闹的办公室里，他能够做到视而不见，听而不闻，一个工作日下来，便可以完成一篇小说，而且都是一挥而就、一气呵成。

不管他的试验是否成功，我都这样认为：在《今天》的作者里，他是在绝对意义上从事文学，而不是在理想的、信仰的抑或社会的意义上从事文学。在他看来，中国现代诗与中国古典诗词相比是一种倒退。他为中国的诗人和作家，包括评论家，不能从文字本身进行革命性的试验而感到焦虑和无奈。尽管如此，他一如既往地思考、读书和写作，而国内却很少有人能认同并欣赏他的作品，因而他的作品很少有机会发表。他像一只蜗牛，幽闭在一个硬壳里，全身心地营造个人写作状态，与众多大陆作家毫无共同之处，并且安于这种毫不相干的现状。

# 8

我在《今天》见识了许多对我来说几乎是不可想象的人物。一些不明来历的外地画家是编辑部的常客，他们不修边幅，嗓音嘶哑而又滔滔不绝。四川的薛明德瘦小而活跃，看到他，我会不由自主地想到跳来跳去的小松鼠，总也摆脱不掉滑稽的感觉。他们都是最初在京城闯荡的流浪艺术家，他们把自己的现代派作品挂在西单墙上，引来无数好奇但不解的目光。我这个循规蹈矩的人从此知道了世界上还有这样一种人，可以过这样一种生活——没有稳定的经济来源，没有固定的住所，在简陋的房子里，喝最廉价的酒，做自己认为是天下第一重要的事。

也许所有搞艺术的人都喜欢为自己设计一种独特而古怪的形象，就像顾城总戴一顶用牛仔裤的裤腿剪成的帽子一样，马德升则总穿黑色的裤子，草绿色的军装，戴草绿色的军帽，背军用挎包。这身打扮成了马氏时尚品牌，在八十年代的中国颇有后现代的意味。他拄双拐，靠一条腿走路，速度却快得我这个正常人几乎跟不上。据说，冬天，他常常在结冰的路上滑倒。除了画画，他也写小说，第一期上的短篇小说《瘦弱的人》（署名迪星）就出自他的手笔。除此之外，他还是一个极具煽动性的演说家，"星星美展"游行时，他走在队伍的最前面，挥舞着因拄了几十年双拐而硕大无比的手，边走边发表演说，吸引了众多围观的群众。马德升的情绪似乎永远是亢奋的，不管是高兴还是气愤，总爱使用最极端的言词、最夸张的表情，苍白的脸上深陷的眼睛又黑又大，专注地注视着谈话对手，他的神经质使人觉得他简直就是一只惊弓之鸟。因为艺术，我想还因为残疾，使他过于敏感而脆弱。一次，在圆明园聚会，他喝了过量的酒，任性地出口伤人，扔掉拐杖，甚至把搀扶他的人咬伤。当时我并不在场，是事后听我弟弟徐勇讲的。深夜，徐勇骑两个小时自行车把他从圆明园一直带到市中心，否则，醉酒而又行动不便的马德升，在郊外不知怎样度过那个夜晚。八十年代中期，他到了法国、美国，在一次车祸中，他的女朋友当场毙命，他本人也几乎丧生，这使他原本不寻常的经历更增加了传奇色彩。

很难想象，这样一个马德升曾经是单位的团支部书记，是行业内的先进工作者。超出常规的行为都应该能找到变化的动因。比如我，上中学时，我是写大批判稿的能手，是活学活用毛主席著作的积极分子，当小学教师时，曾经因为没发展我入党而委屈得直哭。如果不是两年无辜的牢狱之灾，可能如今我会是一个模范的小学教师，当然，这不等于说现在我就不可能成为一个好教师，事实上，这是我少年时代的职业理想。但我不知道，现在还允许不允许让我当一个好教师。我不了解马德升的早期经历，也没和他深谈过，不知道他的变化、他的反叛是由政治始，还是由艺术始；是由思想始，还是由性格始。想起他，我便会不由自主地问：使马德升超出常规的动因是什么呢？他在何时何处偏离了原来的轨迹，而从北京柴棒胡同一个极其普通的小院里的一间兄弟三人合住的拥挤的平房里走出来，走向七十六号，走向西单墙，以至走向美国、法国，从拄着双拐到坐上轮椅？

与马德升的躁动与疯狂形成反差的，是钟阿城一向的不愠不火。我在《今天》认识的艺术家中，阿城可以被称为智者，不只因为他的画好，更因为他人活得明白。他曾经说"我这个人好色"，还没等我从尴尬中醒过味儿来，他又忙解释："色不光指女人，应该指一切好东西，比如好的音响，好的照相机镜头……"他是追求完美的，日常生活就是他的审美对象。在德胜门内那间破得屋顶几乎要塌下来的平房里，穿着中式小褂儿、面带菜色、弱不禁风的阿城，喝二锅头酒，抽劣质烟草，吃炸酱面，画画和摄影，还悄悄地写小说。八十年代中，阿城爆出冷门，小说《棋王》引起轰动，他因此被评论界称为"寻根派"的代表人物。"琼瑶热"在大陆方兴未艾的时候，"阿城热"在台湾风起云涌，阿城一夜之间成为公众人物。他在小说首页的作者简历中这样写："大家怎么活过，我就怎么活过。大家怎么活着，我也怎么活着。有一点不同的是，我写些字，投到能铅印出来的地方，换些钱贴补家用，但这与一个外出打零工的木匠一样，也是手艺人。"这是典型的阿城式表达。一个不自信的人是不敢在公众面前这样讲话的，别人崇拜你，如果把自己太当回事，会被认为是狂妄，如果把自己太不当回事，会被认为是对别人的蔑视。只有阿城能这样说，他有实力这样说。

## 9

没有北岛、芒克、黄锐等人就没有《今天》，这是事实；没有北岛的《回答》，没有芒克的《天空》，没有郭路生的《相信未来》，没有江河的《纪念碑》，就没有《今天》在中国现代诗历史中的地位，这也是事实。他们和他们的作品已经被足够多的人评说并记住。他们被接纳被认可，首先是因为他们所达到的高度，在国内他们当之无愧地成为一代青年崇拜的偶像，在国际受到盛情欢迎。他们的作品被译成多种文字，据说北岛不止一次被提名为诺贝尔文学奖候选人，芒克的作品也在世界许多国家出版。作为诗人，他们虽然有长于常人的想象力，但是，当他们穿着破旧的大衣，顶着凛冽的寒风，提着糨糊桶在北京的街头张贴《今天》时；当他们面对父母亲友的劝说和叮咛时；当他们放弃每个中国人赖以安身立命的职业时，绝对想象不到日后的功名和与之相随的困境。即使是像振开、芒克被戴上了诗人的冠冕，也是个荆冠，谁也没有看到他们被荆棘刺破的伤口和他们流血的内心。所以，相对于文学成就来说，更应该张扬的，首先是《今天》所代表的精神。而要真正理解所谓《今天》精神，就不能不了解它的追随者们。

使用"追随者"这一词也许并不准确，因为对于《今天》来说，他们绝不是可有可无的角色，这些幕后者所做的努力和贡献是怎样估计也不会过高的。作为文学同仁刊物，北岛、芒克、万之等撰稿人是非凡的，唯一的，不可替代的，是很多人想做而做不来的。而鄂复明、周郿英、王捷、李南、桂桂、小英……他们的可贵和可爱之处正在于，他们所做的，是很多人都能做而没有做，想做而不敢做的。如果说，一些人经受的磨难已被他们的文学成就抵消了，而那些根本没有文学梦想的，动力何在呢？

比如桂桂，严格地说，她甚至算不上一个文学爱好者，她的职业是护士。当年，她手持一本天蓝色的《今天》与振开在大街上接头，被领进一间毫无浪漫色彩的破房子，以她那纤弱的手臂印刷、装订没有她署名的杂志。至今她仍然是一名普通的护士，与文学无涉，但因为那段历史却少有了普通人的安宁。

我在以上提到的振开家的聚会中与周郿英邂逅。郿英在西单墙看到《今天》的当晚，像每天一样，在他那间临街的办公室里向朋友们发布了这条要闻，并评论说："如果这个刊物能坚持下去，其影响将意义深远。"当时郿英找遍了整个刊物没有发现通信地址，只有刊物的末尾留有一张空白页，便把姓名和电话写在上面。第二天，李南和王捷紧随其后，也留下了自己的姓名。那张白纸向他们昭示了某种莫名的希望，使他们身不由己地卷入其中。我想这绝不是偶然的，他，也包括李南、王捷等人，始终是这个社会的边缘人物，所以，与其说吸引他们的是那些诗句，不如说是那杂志所象征的创造精神和叛逆精神。老周以其年长，以其稳健，以其善解人意在编辑部备受尊重，成为全体同仁亲敬可赖的兄长。一九九四年他死于疾病，振开以杂志社的名义发来唁电："作为编委，以多病之身日夜操劳，做了大量默默无闻的工作，特别是在手工作坊式的出版与印刷过程中，他倾注了大量的心血。大家敬重他，他是《今天》的老大哥。老周，你的一生简朴、自重、宽宏、始终如一，你在提醒一个道德沦丧的年代的到来。"朋友们在悼词中这样写道："在世界各地的你的朋友，都因失去你，心存一块难以弥补的空缺，又因你的精神永在而感恩于命运慷慨的馈赠。"

提起《今天》，就不能不提鄂复明，大家都习惯地叫他"老鄂"，而那时他也只是一个二十几岁的小伙子。他在内蒙牧区插队多年，一九七九年初回北京的第三天就被李南拉着来到了编辑部，从此与之结下了不解之缘。可能许多人难以把一根手指永远嵌着黑色机油的汽车修理工和一份纯文学刊物联系在一起，而事实上，他却是《今天》存亡的真正的亲历者和见证人。

如果说《今天》是一个大家庭，他就是管家；如果说《今天》是一个机关，他就是后勤部兼财务部部长；如果说《今天》是一个杂志社，他就是总编室、办公室主任兼会计、编务、校对。他操持对内对外的每一件事，他关心男男女女每一个人。有了他的勤奋，杂志始终和几百个读者保持通畅的联络，几乎每一封来信他都亲笔回复。田晓青感慨地说，当年他收到的回信是他有生以来最让人激动的文字。他记录每一笔开支和收入，小至五毛钱一本卖出的杂志收入，大至购买三百多元一台的手摇油印机的支出。有了他的细致，使得《今天》

在经费奇缺的情况下得以坚持和发展。芒克被工厂除名之后，编辑部每月发给他三十元，老鄂怕他没计划，每月分成两次发；编辑部所有信件、稿件、订单、账目他都细致分类后妥善保存着。可能除了他，很少有人至今还保存着一套完整的《今天》。现在，不管是谁，都要在他的监护下阅读，毫不夸张地说，比他个人的财产更加宝贵。

我无法列举他做的一切，因为那实在是太琐碎太细微了，对于一份将被载入史册的杂志，那也许是不值一提的，但对于一个在极其困难的条件下生存下来的民办刊物，那实在又是不能忽略的。

日后这些人都承受了种种来自家庭的，来自舆论的，善意的和非善意的压力，但没有谁被压垮，他们从不发牢骚、泄私愤，一如既往地生活着，承担着为人妻、为人夫、为人父、为人母的责任，在琐碎的日常生活中，在接人待物的每一个细节中，一以贯之地坚守着自己的人格信念，绝不在精神的层面上降低生活的标准。像初来《今天》时一样，他们远离文学创作，远离政治，远离《今天》的光环，唯独无法远离的，是特定的档案给他们带来的麻烦。

一九九〇年以后，振开在欧洲恢复《今天》，以后又迁到美国，曾有人对此表示不平，好像《今天》是一棵结满了鲜桃的果树，所有浇过水、铲过土、剪过枝的人都应该平分秋色。有趣的是，这种议论在局外人中搞得沸沸扬扬，《今天》国内的人却顺理成章地接受了这一事实。躺在病床上的周郿英对李南说："《今天》的事，芒克和老鄂不说话，别人谁还有资格说话？"事后，李南对刘迪转述此话，刘迪说："老周都认为除了芒克和老鄂，别人没资格，谁还能再说什么？"我是想说，《今天》的名声，对于这些人来说，没有多大意义。他们不会因自己曾是《今天》的一员而骄傲，但是《今天》完全有理由因为有了他们而骄傲。我相信，因《今天》脱颖而出的人们，谁都不会遗忘他们。

所以我说，他们是一些真正的精神贵族，真正的理想主义者。他们的理想主义不是创造神话，而是身体力行地试图将神话变为现实。如果谁有幸感受这样的生活状态，有幸在这样的氛围中被熏陶，有幸在这种群体中被点燃，他可能仍然是平凡的、贫穷的，但他不会庸俗。

从某种意义上来说，《今天》展示的是一种境界、一种姿态、一种生存方式、一种人文精神，所以可以穿过昨天而历久弥坚。

## 10

历史往往无公正可言，有些人注定是永远的发言人，另一些人则注定是永远的听众，注定要被埋没。但是作为亲历者和见证人，有权选择是站在历史一边还是相反，有权选择叙述历史的角度和方式。我想告诉对当年的情况一无所知的人们，同时也提醒得益于《今天》的人，不该忘记那些曾经以献身精神"陷入"《今天》，却因此而荒芜了的人。

用"荒芜"这种字眼来表述一个人的生存状态是残酷的，然而事实也许比我所能够通过文字表述传达出来的更为残酷。

《今天》创刊时，崔德英是个二十刚刚出头的小姑娘，我不知道她是通过别人介绍，还是自己找上门来而走进这个圈子的。小英热情、谦和而柔弱，用一手整齐的字为杂志刻写蜡版，后来她也开始写作，但作品没能引起大的反响。那时她是北京一家国营纺织厂的女工，为了杂志的事她常常请假甚至旷工。后来她与黑大春一起遭遇不测，也从此丢了饭碗。如果她从此脱离这个圈子，成为一个普通人，一定早已成了人妻，成了人母，也多半成了生活清贫的下岗女工。然而她没有。或许是因为富有挑战和冒险的生活对她充满了诱惑，或许她看清了凭自己的遭遇已经不可能被正统接纳，总之她越走越远，辞了职，有一段时间她在一凡的公司工作，后来患了精神分裂症，不止一次住进精神病院。

一九九四年夏天一个炎热的中午，她突然打来电话，说要来看望我。电话里我觉得她很正常，见面之后她告诉我，她已经皈依佛门，并且打算领养一个被遗弃的女婴。我一本正经地劝说她领养孩子对她不合适时，她又改变话题说要做古玩生意，我这才意识到她仍然处于病态。有一段时间她常来我家，有时住一两天。她仍然热情、谦和而柔弱，只是喋喋不休，并且开始吃全素念佛。近来听不到她的消息了，向别人打听才知道，她又住进了精神病院。

我无法形容对小英这种状态的感受，是同情，是惋惜，还是怜悯？我不知道应该责怪谁，是她本人，还是看着她一步一步出离了生活的每个人?

诚实地说,我很少想到她。每次想到她,心的深处会隐隐地疼,但那只是一瞬间。事实上,这么多年来我一次都没有去看望过她,从来没有给过她任何帮助,而我却不止一次地到北京郊区去看望住在福利院的郭路生,张罗过资助郭路生的捐款基金。在我的意识里,没有以成败论英雄的观念,也深知,每个人的人生道路都是自己选择的,谁也无力为别人承担后果,但小英在我的记忆中常常被遗忘却是事实。

小英只是一个极端的例子,在不同程度和不同意义上被放逐而无法返回生活的其实不止小英一个。所以,我觉得必须要谈谈小英,同时也谈谈我自己的心态。

当年办《今天》时,"文革"刚刚结束不久,我们也还太单纯,为浩劫后的幸免于难而庆幸,对我们的奋斗和抗争充满了幻想。然而幻想很快就破灭了,之后,中国发生了更多没有料到的事情。震惊之余,不能不自问:我们还需为我们的幼稚和肤浅付出怎样惨痛的代价?毫无疑问,如果每个中国人不能像德国人记忆奥斯维辛的苦难和耻辱一样,记忆"文革"和与之一脉相承的灾难,我们的民族必将长久地在漫漫自由之路上徘徊。我们的子孙会给我们以同情,但未必会为我们而骄傲。任何漠视灾难的成功,漠视牺牲的辉煌都没有意义。

# 11

《今天》仍然在海外继续发行，但是，对于我来说，这个《今天》已经不再是那个《今天》了。不仅因为我不再参与其中，也不意味着我不喜欢现在的这本同名杂志，而是因为它在我的生活中已经不具有原来的意义。

事实上，即使像世界大战这种重大事件，对于个人来说，其意义也只能是纯粹的主观感受，正如"文革"的记忆对每个中国人都具有不同的意味一样。

我清楚地记得，一九八五年冬天，我踩着积雪到北京大学参加学生会主办的艺术节，北岛、芒克、多多、顾城被邀请在阶梯教室里讲演。当学生们对现代派问题、朦胧诗的概念纠缠不清时，北岛开始回忆《今天》。我不知道坐在讲台上的《今天》元老和主人们当时有怎样的感受，大学生对这一话题的茫然和冷淡深深地刺痛了坐在观众席上的我，我觉得受了伤害，并且为无从责怪的学生们感到悲哀。我甚至想走上讲台，讲述我们当年承担的使命和风险，我们所怀的希望和冲动……那时离《今天》停刊只有五年，毫无疑问，如果现在处在同样的情境中，我不会再有如此过度的反应。不是因为我不再年轻，被岁月磨钝了感觉，被时间筛选了记忆，而是因为当人生走过了足以使你回头遥望后来者的路程之后，你已经懂得，每一代人都有不同的使命，每一个人的每一个阶段都有不同的使命。《今天》之于我，不是一段文学经历，也不是生活中的一个偶然事件，而是生活本身。所以，我记忆和记录的，不是历史意义上的《今天》，而是我的《今天》，我命运中的《今天》。

在"文革"刚结束的极左年代，《今天》曾以反叛者的姿态，进入中国文化的格局，成为反主流的主流，因此她的影响力和意义是不容忽视的。曾对西方社会的价值观念给予认同、如今处于其社会边缘状态的《今天》，不可能成为西方社会的主流，也不可能成为西方社会反主流的主流，她的面貌和意义必然会产生重大的变化。所有曾经和仍然热爱、关心《今天》的人们，都注意到了这种变化，感叹甚至惋惜者大有人在。但是，既然每一代人有每一代人不同的使命，每一个人的每一阶段有不同的使命，那么每一个时期的《今天》也必然会有不同的使命。可以肯定的是，只要她不失去其独立的姿态和反叛的锋芒，不管有怎样的变化，都不会使曾经对其倾注了心血的人们失望。

回顾这十多年来走过的道路，我惭愧地发现，除了几篇不成熟的小说和散文，我没有留下任何值得夸耀的东西。虽然我从没有停止过行走，也许因为脚步太匆忙，倒显出了印迹的肤浅。但我的确非常珍视那些年，因为我认识了一些对我一生极为重要的朋友，他们改变了我的人生道路，使我获得了生命的底蕴。在这里，我写到了一些人，这种取舍完全不是技术性的，而是极为个人化的，讲述他们实际是在讲述我自己。还有一些没有特别写到的人，并不是因为他们对于《今天》，对于我个人不重要或不值得写，正相反，有些人是在这样的篇幅和结构中无法容纳的，比如铁生，比如力雄，他们在一段历史中的位置和在我生活中的位置是完全不同的。我不知道被我写到的和没有写到的人会有什么样的反应，也不知道局外的读者是否会像一九八五年时的北大学生一样无动于衷？无论如何，那是我顾虑而又不及的。也许，将来，我或者别人，会写一部《今天》的历史，叙述史实的真相，揭示人性的真实，那需要智慧，更需要勇气。

三年以前的这个季节，后来成为我丈夫的周郿英离我而去。我之所以写下以上的文字，大多是因为我们的儿子周易然，当年他还没有出生，如今也只有九岁，一个没有父亲的儿子，只有靠母亲为他留下一点儿父辈的踪迹。我希望将来他能从这些文字中了解并感知自己的父亲和母亲。在我来说，这是写作的理由，也是活着的理由。

# 我的朋友史铁生

　　我们相识是在一九七四年夏天。那时的中国，一切都发生着令人难以预料和不可思议的变化，唯独人类的声音——信任、友爱、希望似乎猝然中断了。我相信，许许多多的人都不会忘记，在那阳光照不到的岁月里，我们这一代人是多么孤独！那时候，我常常徘徊在地坛公园，不知道消磨了多少清晨和傍晚的时光。

　　也许因为他坐在轮椅上，我认定残疾人绝不会是时代的宠儿；也许因为我总是夹着旧报纸包着的外国名著，而他总捧着厚厚的英文字典；也许因为他有着吸引姑娘们的宽肩膀、黑皮肤和厚嘴唇……总之，时间长了，没有第三者介绍，我们认识了。除了明摆着的一双残废的腿和他自己所说与白卷英雄张铁生一样的名字以外，他对我完全是陌生人。然而，一种神差鬼使般的直觉使我自信：他是个好人。尽管这种自信不仅是荒唐的而且是危险的。我向他传播了不少"小道消息"，讲了许多在那个年代来说要杀头、要坐牢的话。他听，也谈，然后吓唬我说："你知道我是什么人吗？不怕我告发你？"我也吓唬他："这里没证人，如果你告发，我就全推到你头上。"

我们的友谊就这样开始了。这样的一种友谊，在那个亲友间也只能用手握得紧一点儿来表示心照不宣的年代，几乎不可想象，只有在充斥着苍凉、伤感的自然气息的地坛公园才是可能的。那年我二十岁，二十岁的女孩儿，有着怎样一种寻觅知己、倾吐心声的渴望！为此，我付出了巨大的代价。半年以后，受朋友牵连我身陷囹圄，我们的交往被迫中断了两年。

一九七七年初，一个寒冷的夜晚，我又一次敲响了他的房门。还是那张铁床，还是那盏台灯，还是那真而纯的目光，但是，从他脸上的表情，我清晰地感觉到了时间给我带来了怎样的变化。他不相信生病住院的解释是我突然失踪的理由，许多不可能发生的事情都发生了，人们已经习惯于接受现实。

从那以后，我们的交往多起来。我知道他放弃了英文，开始写作。我想，他之所以选择写作，并非因为这条道路更加轻松，而是由于命运的坎坷使他倍感人生的忧郁和孤独。人在快乐的时候，往往愿意同别人接近，同亲人们以至路人分享自己的快乐。人在忧伤的时候，也需要与人交流，只不过用的是完全不同的方式，陌生的耳朵是无法懂得忧伤者的语言的。正因如此，他的作品总带有一丝伤感的情调。这种伤感，不是那种使人落泪的伤感，而是令人无可逃避、无可奈何的伤感。一九七九年，西北大学中文系的刊物发表了他的短篇小说《爱情的命运》，那是我第一次看到他的作品印成铅字。过了没多久，他写了又一个短篇《兄弟》。当时，我和一些朋友正在编辑文学刊物《今天》，他看了以后很感兴趣，也很钦佩那些在《今天》上发表作品的作者，我准备把《兄弟》拿到《今天》去发表时，他似乎并不那么自信，结果却受到了极高的评价。很快《花城》便转载，并引起了极大的注意。他创作初期最有代表性的作品《没有太阳的角落》最初也发表在《今天》，《青年文学》杂志转载时，将题目改为《就是这个角落》。

十几年过去了，他从一个街道厂的临时工成为一个著名的作家，然而在我们彼此的心目中，仍然是普通的、又是不可缺少的朋友。他把爱和理解带进我的生活，他帮助我摆脱了许多烦恼和怨恨，他帮助我希望、热爱、生活。他知道，我需要；我也给他同样的回报，我知道，他也需要。在经历了够多的人生的悲欢之后，我们越来越感到，这是多么难得，因而又是多么珍贵。许多次，我梦见他像健康人那样迎面走来，高大、健壮……是的，我多么希望他能重新站起来，行走、奔跑……但梦醒之后，我又想，如果他不病，我们便不可能相识，在这匆忙而又短暂的人生中，我将失去这份珍贵的友情。不，不仅仅是自私，我是想说，也许上帝终归是公正的，把他放在火上烤，同时也使他有了涅槃的可能。他没有腿，但他会比许多健全的却是平庸的人走得远，他经历了常人经历过的一切，还遭遇着常人不可能遭遇，甚至无法想象的一切，从这个意义上来说，失去双腿，确实是命运对他的恩宠。

我们刚认识的时候，他住在前永康胡同一个大杂院的最里边，从院门到屋门，手摇车得走过小几十米坑洼不平的土路，他的小屋只有六七平方米，屋里除了床和写字台，剩下的空间仅够他的轮椅转个小弯儿。最初是奶奶照顾他。看过《奶奶的星星》那篇小说的人都可以想象，他的瘫痪对于奶奶和奶奶的死对于他意味着什么。当时，他父亲下放到云南的林学院还没迁回北京，妈妈只好请了事假照顾他。在我的记忆里，她显得非常年轻，戴一副白边眼镜，不像我们许多同学的妈妈已经是老太太了。现在挂在他书柜上的一块白底深蓝色图案的花布是他当年的窗帘，那块布给我留下了深刻的印象，因为在那近乎于寒碜的小屋里，唯有那块优雅而又朴素的花布，流露出母亲的趣味和素养。看见这块布，我便想起那位文静的中年知识妇女的形象。她病得突然，死得更突然。那篇每每使我泪下的散文《秋天的怀念》，没有写在妈妈病危的日子里，他怎样摇着车到药店和一个又一个熟人的家里去寻找可能使人起死回生的"牛黄安宫丸"。一位四十九岁的母亲，能够承受为儿子治病欠下的几千元债务的重负，能够承受后半生服侍一个病人的磨难，却怎么也承受不了生龙活虎的儿子失去双腿的打击。她走了，留下残废的他和十三岁的妹妹。由于生活拮据，他不得不摇着车到街道工厂去上班，日复一日地在鸭蛋上画仕女，每月挣十几元钱贴补家用。大约有两年，他每星期奔波于民政局、知青办、房管局，终于得到了政策明文规定的伤残补贴和面积增加了一倍的房子。一九七九年，由于下肢麻痹、肾功能受到严重破坏，尿毒症威胁着他的生命，不得不造漏排尿。紧接着，由于肌肉萎缩，血液循环受阻，再加上每天长时间地坐压，褥疮发作，前景是败血症。一九八六年，前列腺引起的疼痛，使他不得不停止写作整天卧床……冬天，他那毫无知觉的腿，经不起寒冷，如果冻了，就有坏死的可能；夏天，全身的热量只能从上身排出，额头的痱子从来不断……

提起这样的境遇，人们往往会想到忧郁、凄凉、孤独这些字眼，想到一个夹着纸烟，闷闷不乐、敏感而又古怪的形象。但是，这种形象不属于他，他代表的是无论怎样冷酷的境遇都具有的积极的一面。只要见过他笑的人，就绝不会认为我的话有丝毫的夸张——他笑起来十分热情，小眼睛眯成一条缝，有时还透着几分孩子般的狡猾，像是对某个恶作剧彼此心照不宣似的——你绝不可能在他那个年龄的其他作家的脸上看到那么单纯而又灿烂的笑。

遗憾的是，我没有能力描绘一个尽善尽美的形象，就如同对他的作品——我爱他的作品，但我说不清楚，是他作品本身的魅力呢？还是因为它们生动地反映了他写作时的心境和生活？我没法退回到一个对他一无所知的读者的地位，把那些作品仅仅看成是一篇小说；同样，我也无法像一个崇拜者那样，把他仅仅看成一个才华横溢的作家或一个身残志坚的英雄，我所能介绍的，是另外一个史铁生，是一个具体的、实在的、在北京一个大杂院中一间普普通通的平房里活动着的史铁生。

如果说他有什么特别的话，最突出的要算是嘴馋并且胃口好。他爱吃肉，又正好属虎，所以朋友们都叫他"食肉动物"。他喜欢所有好的和好吃的东西，对文学的迷恋都远不如对吃的迷恋。患尿毒症住院，高烧连日不退，大有活不下去的危险，他躺在病床上，想的全是吃，把生平能想到的东西像过电影似的过了一遍，可惜筛选出最想吃的是猪蹄。好在，他并不特别挑剔，对于那些杂七杂八的红白下水、蹄子、脑子，不管是猪的、牛的、羊的总是一视同仁。有的人馋，但苦于吃不下，他可总是来者不拒。煮好的茶鸡蛋放在桌上，他一会儿吃一个，压抑了又压抑，还是能连续吃六个而不觉得满足；买来的豆腐丝，还没等做成菜，他就一撮一撮全抓着吃了。无奈，怕他吃坏了，他父亲只好像防猫或防老鼠一样把吃的东西紧着收起来。在他的嗜好中，尤以北京风味小吃为甚。因为地坛庙会有小吃，开张第一天我们就去了，吃了爆肚、炒肝、茶汤、豌豆黄还不算，又买了灌肠、白水羊头带回家接着吃，边吃还边给来做客的法国朋友讲各样小吃的来历和吃法。他常给我这个不正宗的北京人讲街头挑担、夜晚叫卖的旧景，还每每感叹北京小吃的今不如昔。当然，如果你问他烤鸭或炒肝哪个更好吃，他肯定会说是前者，但是他总也脱不掉"土"劲儿。如果让他选择，他宁愿每天吃炒肝而不愿每天吃烤鸭。看到他托着碗吃炒肝时的那个香劲儿，那种有滋有味的模样，很容易使人联想到一个精于品味北京小吃的美食家的形象。

　　谈这些似乎不太雅，但这确是他生活的一部分，就像他作为一个孝子要为父亲操持生日家宴，作为一个兄长要为妹妹准备结婚的陪嫁一样。他接受他所看到的现实世界，作为这个世界的一部分，他的身上充满着矛盾和变化。

刚得病的那几年，有人嘲笑他的腿，他说他恨得想抱着炸药包冲过去，和那些人同归于尽；现在有人嘲笑他的腿，他有的不再是恨，而是怜悯。一次，我们骑车推着他的轮椅去紫竹院公园，路上一个警察硬说我们是扶肩并行，要扣我们的自行车，还要让我们去派出所缴罚款。他怎么容忍得了这种欺侮！便和警察吵了起来。那是我第一次看到他发火，气愤得直发抖，大有要拼命的意思。几年之后，他看到一个警察训斥一位骑车带孩子的妇女，等耀武扬威的警察罚了对方钱把妇女打发走了以后，他把车摇过去，心平气和地对警察说：如果你自己的妻子每天必须要带着你的孩子送幼儿园的话，你又会怎么想？大家活着都不容易，应该心怀善意。

他变了，变得平和了，变得洒脱了，变得宽容了。丁玲曾经邀请他和几个青年作家到家里座谈，由于对名人的敬，也由于对名人的畏，他拒绝了。后来，丁玲的秘书张凤珠同志又一次去邀请，他才答应去。过了没多久，丁玲去世了，他用一张白纸写了挽词来表示自己对这位文坛前辈的悼念。他对我说：年龄可以是一堵墙，但墙可以有门和窗。一个人，不管有什么样的政治见解和文学主张，只要是真诚的，是自己的，她（他）的死都是一座纪念碑。

以前，有人为什么事征求他的意见，他总是竭力用自己的观点去说服别人。比如对爱情的看法。他认为爱情的标准应该是或者一百分，或者零分，对于除此以外的其他恋爱观念他总是很不以为然。现在，他的思想方法改变了，他认为任何观念都无所谓好，也无所谓坏，重要的是要符合双方的意志，强加是最最错误的。所以现在有人征求他的意见，他总是引导别人弄清楚双方的意愿。似乎这很现代，可他自己却仍然传统。强烈的怀旧情绪、浪漫的理想主义色彩很难使人和他的经历联系起来。小学校的一棵白杨树，一个扎着翘翘辫总是和他争第一的小姑娘，使童年的回忆罩上了一圈儿玫瑰色的光环。为此，他常常摇着车到他母校的门口去转转；吹糖人的小贩使他对奶奶的怀念变得那么真切、那么温暖。为此，他追上去买两个，像是完成了一个宿愿；除夕夜，从"小板凳、摆一排"唱到"让我们荡起双桨"，从《三套车》唱到《走西口》，唱出了他三十多年歪歪斜斜的脚印和颠簸的车辙……在这往昔的回味中，他舔干净自己的伤口，丢下了许多委屈和怨恨，但却不曾忘记如何去同情、如何去爱。

一九八五年十月三日，一清早他就到了我家，神情显得特别沉重，他只说了两个字"噩耗"，然后拿出刚刚收到的西藏青年女作家龚巧明遇难身亡的讣告。我们都被这意外的消息惊呆了，谁也说不出一句话。长时间的沉默。他说："错了，全错了！死的应该是我，而不是她！"龚巧明是我有生以来最尊敬的女性，一九七九年我们认识时，她还是四川大学的学生，已经有了个五岁的女儿。她的小说《思念你，桦林》表现了一位女性作家的细腻、柔美，就像她的人一样，晶莹、洁白、高贵，她执著追求的人生哲学深深地影响着我，她待人热情、善良、真诚的态度极大地改变了我。时至今日，我仍然感到，如果我在生活中忽略了这些影响，我将无颜面对亡友的在天之灵。也许，这就是人之所以需要朋友的真正意义吧？巧明和铁生认识是在她去了西藏以后，她送给他一把漂亮的藏刀，现在还端放在他的书柜里。就在那年初春，她来北京出差，还请郑义、铁生、我和我爱人在东兴楼吃饭，半年以后，却无端地死于车祸。据她的姐姐说，她的遗体葬在拉萨的公墓，她上小学的女儿小妮子在葬礼上焚烧了一封长长的信……现在，当我写这些事情的时候，我觉得就像发生在昨天，她仍然穿着那件橘红色的滑雪衫，站在西藏晶莹的雪地里，高原的太阳照着她，她微笑着通过山口向人们走来……我没想到，巧明的死会如此震撼铁生，他和我们一起，摇到团结湖通知北岛，又摇到戏剧学院通知万之。他嘱咐我，一定要尽快发一封唁电，嘱咐我一定要尽快把这个消息告诉郑万隆和李陀。一直到分手他仍然一遍又一遍地说："她有爱人有女儿，死的不应该是她，而应该是我。"我相信，不是他要这样说，而是他想不到可以不这样说。如果他的死能使巧明起死回生的话，他是绝不会犹豫的。

如果你不光是读过他的作品，不光是仅仅见过他一面，而是同他交谈、交往，那么他给你留下的这些交叉、矛盾、模糊的印象，就会被他具有的吸引力糅合在一起。不只是他的喜怒哀乐，就连他不管春夏秋冬总是喝凉开水的习惯，都是他个性中不可分割的部分——他是一个人，而不是一个人的假象。

小伙子们到他那儿谈球赛、谈长跑；姑娘们到他那儿去谈失恋的痛苦、谈对爱情的渴望；母校清华附中的女生去向他讨教人生、北京四中的男生去向他学习写作；老同学生了孩子让他给取名字、年轻朋友找了对象请他给当参谋；王安忆给他寄来了手织毛衣；内蒙皮鞋厂为他特制了棉靴……

是怕他孤独吗？是。也不是。更多的时候是感到孤独的时候都愿意到他那里去聊聊。这些年，每当我有什么烦恼时，已经习惯于先去找他一吐为快。并不是他能提供解除烦恼的妙方，而是你不用为自己的软弱或尴尬的处境而难为情，他绝不因自己的不幸而蔑视别人的不幸。他给予别人的，不是枯燥的说教，说几句迎合口味的话更不是他所擅长的，他给予的——至少，给予我的，总是他最宝贵的财富——对人生的苦苦思索。这是他能够写，而且写得好的依据。然而，他不像许多人那样，把自己的发现埋在心里，不告诉别人，生怕别人"偷"去。情感——欢乐也好，痛苦也罢，是任何旁人所无法取代的，分享或分担都极其有限，充其量是到他那里去说、去哭、去笑。这就够了。我们常说，人生充满爱，然而当我们扪心自问，你有多少时候、给过别人多少爱的时候，你才会懂得，能够耐心地倾听，陪着你哭陪着你笑的朋友具有怎样的意义。

也许有人认为，他活着，而且快乐，是因为写作，因为写作的成功。我认为这话只对了一半。的确，他一直在写，用心血而不是用墨水在写。他希望自己写得尽量好，但并不奢求百发百中。在他看来，对于一个艺术家来说，是允许发而不中的，否则就成了神枪手而不是艺术家。事实上，有些作品，他自己和读者都并非满意。他写作的速度很慢，一个短篇有时得写几个月，一个句子不满意，他能翻来覆去修改一天，写了上万字的稿子，只要不满意，撕了他也不觉得可惜。他坐在轮椅上、躺在床上欣赏聚在他周围的人的怪癖，观察人们情绪的起落，从别人无意识的谈话中搜集素材，他的许多构思都是想了几年而不是听任一时的灵感。

我从未看到过一个知名作家面对崇拜者，尤其是面对真诚的赞扬，会显得那么不知所措；也从未听说过一个在文坛上被承认的青年面对新闻界会显得那么踌躇不安。一九八五年初，《我的遥远的清平湾》获奖，全国数十家报刊、电视台的记者、编辑蜂拥到他家，把他"围困"起来。他是又怕、又烦、又愁。我们在一起商量"突围"的办法。我建议他白天到朋友家去躲躲，但都因为房门太窄手摇车进不去、房间太小轮椅转不了弯儿或楼梯太高上下不方便而告吹。无奈，在冬天最冷的日子里，他只好全副武装，到地坛公园去"逃难"。好像是故意捉弄他，他躲了，倒没有一个人来访，他一在家，来访者又连续不断。在那段时间里，我甚至都恨起了我的同行。

他院子的门上贴着"敬告来宾"的字条，内容大意是：史铁生愿与各界新老朋友交往，但精力有限，不按规定时间来访者，恕不开门。他的房门上贴着"来客须知"的字条，内容是这样的："史铁生不接受任何记者、报告文学作者的采访；史铁生一听有人管他叫老师就睡觉；史铁生目前健康状况极糟，谈话时间一长就气短，一气短就发烧、失眠，一发烧、失眠就离死不远；史铁生还想多活几年，看看共产主义的好日子。"有一段时间，他的轮椅上、写字台上、书柜上贴满了这类字条。

这是一个知名者的故作姿态、故弄玄虚、以奇取胜吗？其实，他只有在人后写条贴条的勇气，在现实生活中，他常常因为不会说"不"字而痛苦。对于健康人来说，换个环境，一走了之是再容易不过了，可对于他却有许多解释不清的困难：常人无法理解，他无处也无法逃避，因而无权选择来访者，个人意志受到侵害时的沮丧；常人无法理解，当他把极为有限的精力投入创作时，陌生人却要无端地夺去他的时间——他的生命时的恼怒。他说，有时候听见敲门他就害怕，看见来人他就想哭。这是怎样一种让人无可奈何的局面！他怕记者采访，因为他相信盖棺定论，一个人活着让别人对他评头品足，是非常令人难堪的；他怕编辑组稿，因为他不愿使写作成为"还债"。去年（一九八七年）夏天的酷暑使他彻夜难眠，让向他约稿的编辑部租间有空调的房子躲几天，并非不可能，但是他说，我不能为几天的舒服把自己卖了，我宁愿热，宁愿热得写不了，也绝不受那份罪。

有一次聚会是难忘的。聚会的理由我已记不清楚了，只记得相邀的有力雄、潘婧、陈志伟和他怀着身孕的妻子。那是八五年初春，为了能把这些人装进我家的小屋，前一天还特意拆了炉子。大家聚在一起各自谈了许多趣闻逸事。当然，

席间最中心的话题是谈吃。羊肉片的价格蹿着往上涨，使这
几个酷爱吃涮羊肉的大为惊慌。对于涨价，铁生的哲学是，
如果不打算"戒"掉，最好抓紧吃，否则明年还涨。然而抓
紧吃需要钱，大家七嘴八舌不知是谁提出要搞点儿"涮羊肉
文学"，也就是不费脑子、又容易来钱，来了钱不干别的，专
门吃涮羊肉的那种通俗小说、电视剧本什么的。我们谈得很
细，不光谈了怎么写，还谈了怎么"卖"，然后是怎么吃。如
果把那天说的写出来，可能会是一篇不错的黑色幽默，可惜
那点儿素材都让大伙儿当下酒菜吃了。酒喝了不少，饺子也
吃了许多，午餐结束了，大家仍然谈兴未减，话题转到写
作、往事、社会，最后谈到人生。尽管我仍然记得那一次谈
话的调子，但具体内容却忘掉了不少，可有一点我却记得非
常清楚，因为铁生爱吃爆肚，我家又离北京最有名的"爆肚
王"很近，他便把他的观点命名为"爆肚主义"。他说，只
要是喜欢，吃爆肚和登珠穆朗玛峰给予人的享受是一样的，
尽管在别人看来登山很苦很危险，就像不喜欢吃爆肚的人认
为那很膻很脏一样，对于本人却是一种享受。之所以说登山
并不比吃爆肚更为高尚，是因为二者的目的都是为了某种满
足——英雄欲和食欲的满足，这种满足使人愉快，这种愉快
正是人类所共同追求的自我实现。运用什么方式达到自我满
足的目的固然有审美趣味、价值观念的差别，但这种差别只
有在特定的社会范畴里才具有道德的意义，而就人的意义来
讲，任何选择都应该受到尊重，因为事实上它们是同等的。

　　我不知道我的记忆力和理解力是否可靠，这样来表述他

的观点是否准确，但我总也忘不了他的形象。为了寻找合适的措词，他会突然把谈话的对方甩在一边，不是仰头看着天花板，就是低头在轮椅的胶皮轱辘上蹭那半支熄灭了的香烟，眼里充满了紧张、急切的神情，等他考虑成熟寻找到了合适的词句，足以击败对方时，马上变得兴致勃勃，就像一个顽皮的男孩儿找到了自己心爱的玩具手枪，得意地玩味着自己的发现。天已经黑了，大家争论的声音很大，我直怕骚扰同院的邻居，一再要求他们把声音放低，却全然无效，直到每人端上一碗热气腾腾的小豆粥，才把大家那口干舌燥的嘴堵上。我之所以描述那次聚会，是因为那次谈话给我留下了极深的印象。至少，它使我进一步了解了他对人生的看法。他本人不是一个"爆肚主义者"，也不是一个登山的英雄主义者，写作才是他得以自我满足的手段。但他的自我满足不是成功的喜悦，而是寻找的喜悦，用他的话来说，写作是为活着寻找理由。重要的是"找"，而不在乎是否找得到或找到的是什么。事实上，对于他来说，成功的喜悦和付出的艰辛相比，前者是那么微不足道，以至于当成功的现实摆在面前时，竟无暇去品味其中的快乐，更多的是为它带来的干扰而烦恼。

所以，确切地说，他活着，而且快乐，是因为他在写，而不是因为他写得成功。就像他在爱、在恨、在悲伤、在欢乐一样，他在用笔完成生命的过程。

也许有人说，他活着，而且坚强，是因为他悟出了佛性、禅性。

一九七二年，他从延安回北京治病，走着住进友谊医院，一年后被抬着回到家里，一个刚二十一岁的小伙子，从此永远失去了行走的自由。"我为什么活着？"他一次又一次问自己。然而，一个人在那样悲怆、迷惘的情况下，是无论如何也无法对这样一个简单而又深奥的问题做出解释的。对于一般人来说，使人觉得值得活下去的理由是极其有限的，对于他来说就更加微乎其微了。夜深人静的时候，他一次又一次想到死，想到解脱。《人间》那篇散文写了亲人和朋友的爱如何温暖了他，把他挽留在人间。但人毕竟不是为他人而活，别人可以安慰你，帮助你，但没人可以替你忍受任何一点儿心灵和肉体的折磨。他必须为自己寻找到能够说服自己活下去的理由。

那么，他找到了吗？我说不好。我不知道是否有人能够找出合理而又永恒的答案。我只知道，他从来没敢放弃，也没敢放松过寻找的努力。

一九八五年夏季的一天，正是吃晚饭的时候，他来到我家，丈夫背他进屋坐在专为他准备的躺椅里，一贯食欲极佳的他不吃不喝，连西瓜都难以下咽。我家那窄小而昏暗的小屋，以往盛得下他那么多欢笑，那么多诙谐，那么多神奇幻想，那么多连珠妙语，那天却盛不下他那么沉重而又深刻的痛苦和悲哀；我自以为得意的烹调手艺，常使他一饱口福、尽兴而归，这次却无法弥补他对人生无限遗憾和茫然于一隅。见他不说话，丈夫只好陪他出去走走。我丈夫是个内向的人，他们之间除了情趣相投以处，更主要的是那种尽在不言中的理解。在故宫墙外的筒子河边，他没有诉苦，他也没有询问。

面对暗绿色的河水，他对铁生说："你是条汉子，活着应该痛痛快快，活不下去，我推你一把，也没什么了不起。能不能闯过来，全看你自己的了。"

男人自有男人理解和安慰的方式。然而，他能够体验的，是一个男人、一条汉子的痛苦，却无法体验一个伤残的男人、伤残了却仍是一条汉子的男人的痛苦。我想，这之间的不同是无法用概念来加以说明的。"伤残人受了伤害还没地方去说理！"这该是怎样的悲哀呵！在那些日子里，铁生不能正常起居、进食、写作，他甚至要求我，为他保存一些有用的东西。除了默默地流泪，我无话可说，我有什么资格去劝慰一个从死亡线上挣扎过来仍然想死的人呢？面对无数怯懦地苟活着的人，我又能用什么理由去阻止他呢？对于他来说，重要的不是活着或者死去，而是怎么活和为什么死。如果活着对他已成为一种痛苦的忍受，让他为别人，特别是为朋友而继续忍受下去不是太残酷了吗？不久，他躲到北影厂招待所去修改电影剧本《死神与少女》，我们带了菜去看他时，他已经基本恢复过来。关于那次经历，他仍然只字未提。没有人知道事情的真相。我相信，他不是羞于启齿，也不是怯于启齿，而是要把那痛苦深深地埋在心里。很久以后，他对我说："别怕绝境，人只有在绝境中才能找到出路。"我不知道他有多少次面临这种绝境，但我知道，他的变化、他的心的升华——成为他作品的意境、人生的哲学和悟性，是在无数次与绝境的搏斗中完成着。

他的坚强不表现在他没有软弱，而表现在顽强地与软弱斗争，把超越连续的痛苦看成是跨栏比赛，就像希腊神话中西西弗斯推石头，坠而复推，推而复坠，永无止息。

有些人关心他的创作，希望他能写出更精彩的短篇、中篇以至长篇；有些人关心他的腿，希望医学上出现奇迹，让他能重新站起来。我和朋友们关心的，则是他在超越连续痛苦的跨栏比赛中能否百战百胜。否则，他便不可能写出什么精彩的作品。否则，即使他的腿真的治好了，也可能会是又一次灾难！

## 有一个人的存在让我不安

　　李南是我的朋友中最让人操心的一个。这话听起来有点儿滑稽，儿女操心父母、父母操心儿女都是天经地义的，何以为朋友操心？如果只我一个为她操心也就罢了，本来我就是一个爱操心的人，但是如果连老鄂、刘迪这种不爱操心的人也为她操心，则足以说明李南真的不是一盏省油的灯。

　　李南是特别的人，所以她与别人的关系也特别。我知道，"特别"这个词意思有点儿含混，不像特好特坏特强特弱那么提纲挈领，但是我想不出一个更合适李南的说法。

　　这个冬天李南让大伙儿操心的是房子。简而言之，她要把一套房子卖了再买另一套房子，这中间的曲折暂且忽略不表，总之我们都认为这不是明智的决定。于是和老鄂、刘迪商量阻止她的对策，其中包括侧面说服房主不卖给她，背后警告朋友不要借钱给她。当然我们还掰开了揉碎了对她动之以情晓之以理，也正面和她争论甚至吵嘴，直至最终把这件事儿搅黄。

　　本来这是私事，对任何人来说如此蛮横的干预都是不可思议的冒犯，但这个规则唯独对李南无效。记得八十年代她婚变时朋友们专门开会讨论她离婚中的是是非非，到场的每个人都觉得自己对她负有责任，她也有义务听取大家的意见，像是法院的听证会似的。虽然以后的实践证明，她是她，他还是他，别人也还是别人。这种共产主义式的人际关系现在几乎消失了，只有在李南那里还行得通。也许她会固执己见，但朋友不会保持沉默，她也不会抗议朋友侵权。在我们这个圈子里，李南是"公共"的，她可以在朋友家轮流住，如果不指望吃她做的饭，你也可以随时住在她家。我曾经开玩笑说，李南只需要一张月票，就能在城市里生活。有她在，我们就好像是一个大家庭。在我与人交往的历史中，和李南相处的方式是独一无二的，我们可以相互拒绝对方，甚至不用考虑表达方式。如果她不喜欢谁，不是千方百计掩饰，而是千方百计让对方知道。同样，喜欢一个人她也会毫无保留，替你包办一切，包括替你得罪人。她曾经给一个朋友的公司当出纳，月底发完工资，一个员工找到老板，说老板没兑现工资，老板坚持说不可能，查了工资表发现的确少给了，问李南为什么，她理直气壮地说，"我觉得这个人不值这么多，想给你省点儿钱。"让你简直哭笑不得。世故对李南来说是生疏的，我说过，她是个特别的人，以特别的方式赢得信任和保护，赢得尊重和爱。

　　七十年代末，李南刚从内蒙回到北京，她的前夫卷进了西单墙一个政治性刊物，但她的趣味却与号称纯文学的《今天》更加投合，听说周郿英在刊物的空白页上留了姓名地址，她也跑去留了名字，地址写的是"北京人艺宿舍"。第二天北岛按图索骥找到周郿英，两人聊得投机，说到发愁一个叫李南的不知住在北京人艺的哪个宿舍，周郿英笑了，抄起电话当即叫通了李南，约好下午和北岛见面。北岛真是不虚此行，不仅为杂志发展了一个工作人员，而且还得到了小说素材，《归来的陌生人》就是那天下午李南讲述的亲身经历。真是人以群分、物以类聚，在空白页上第三个留名的是北京大学国际政治系的王捷，他也是周郿英的朋友，也不约而同地投奔了《今天》。

　　我和李南一九七八年冬天在北岛三不老胡同的家里第一次见面，印象深刻的是她那一头浓密并天然卷曲的黑发和一双又大又亮的眼睛。因为从不忌口，很多年后我才知道她居然是回族，难怪她的眼睛那么清澈。那天同时认识的还有程玉和当时与她形影不离的陈彬彬，我们四人一度被大家称为"四人帮"。程玉后来去了美国，陈彬彬也渐渐淡出，我与李南远远近近磕磕绊绊地，一直交往了快三十年。

　　三十年基本就是一个女人的一生了。眼看着李南嫁给一个野心勃勃的男人，又眼看着这个男人扯上了一个蒸蒸日上的著名女作家的裙带，整个过程看起来简单，从发生到结束只有几个月时间，但实际上对李南的影响何止是三十年。我还眼看着她一头油黑的头发变得花白，尤其是牙齿，满嘴牙齿被牙周炎毁坏后，一个庸医答应给她植牙，她交了全款，可做到一半那庸医却没了踪影，留下满嘴的金属桩，欲做不成，欲拔不忍。李南爱笑，笑起来常常开怀，金属桩自然是藏不住的，我们已经看习惯了，没见过的准会被那一嘴发着光的"钢牙"吓着。朋友们都劝她去做手术，说这样不但影响她自己的形象，也影响她的健康，还影响大家的视觉环境。她总是笑着搪塞过去，有时你说多了她还会跟你耍赖，说那正是她喜欢的样子。

说李南不食人间烟火不是比喻，也不是夸张，是贴贴切切的写实。比如她不爱做饭，不管住在哪儿，她可以把房间收拾得一尘不染，最爱干的活儿是收拾书橱，把书细细地重新分类，调理电器也是她有耐心干的，但就是坚决不下厨房做饭。有一段时间她住在我家，我出门一天回到家，她躺在沙发上优哉游哉地看书，居然大喊大叫地诉苦说，一天没吃饭，快要饿死了！我只好急匆匆地钻进厨房，为她做一顿"钢牙"消受得了的饭菜。这几年她真正开始一个人过日子，除了买干粮，就是下面条，不管白菜还是萝卜，一股脑丢进锅里煮，还是从不炒菜。她至今穿的还是二十多年前的衣服，七十年代别人都把的确良当好东西时，她穿棉布的，如今棉布成为时尚，她却穿上了的确良，大有衣不惊人死不休的后现代味道。别人淘汰的东西，好一点儿的她认为应该送给小保姆，估计小保姆不要的留下她自己用。我敢说，在城市里她的生活花费之少，也许可以和农民工相比。

千万不要认为李南是穷苦人出身的命，她出身于让很多人望尘莫及的艺术世家。她的父亲是北京屈指可数的专业剧院"首都剧场"五十年代的经理，被打成右派，先后在兴凯湖、团河、茶淀、五姓湖劳改农场待了二十多年，直到一九七九年才回到北京。李南的母亲和姨都是于是之那一代北京人艺的老演员，中国最著名的交响乐指挥家李德伦的妹妹黎频和李滨。在电影《龙须沟》里她母亲黎频扮演王大妈，九十年代她还拍了不少电视剧，印象深刻的是由濮存昕担任主角的《小墩子》。八十年代老太太七十多岁，一头白发，穿一件水红色毛衣，倚着门框看着我们这些三十岁的老青年发笑，她说，"我们年轻时也好玩儿，但我们那时只顾自己玩儿，不像你们出来玩儿还带着孩子。"我问，那孩子怎么办？她说，当然是让孩子在家里自己玩儿。可见，在人艺大家庭中长大的李南，虽然不是能歌善舞，在个性上却颇受熏染。

　李南在大事上也是出手不凡。知道自己出身不好上不了大学，"文革"前她自作主张放弃高中进了技校。那时技校的学生多来自平民家庭，因为有生活费可以减轻家庭负担。并非因为生活困难进入技校的李南一点没有艺术世家出身的孩子的孤傲，经常接济同班同学。本来技校的学生是不用上山下乡的，但因为得罪了军宣队、工宣队，李南被逼着到吉林白城插队，于是，不如索性逃亡，到内蒙牧区投靠了先期到那里插队的弟弟。那是李南最美好的年代，不仅因为她年轻漂亮，更主要的是，蒙古大草原与她浪漫奔放不拘一格的气质正好相得益彰，她在吉普赛人似的游牧生活中如鱼得水。穿着蒙古袍骑着快马的李南，吸引着情窦初开的小伙子们的视线。一位曾经和她一起插过队的男生曾经很认真地对我说，他的婚姻之所以不幸福，全怪当年李南没有接受他的初恋。

　一九七八年李南回到北京，她热衷于办民刊，热衷于为正在读研究生的前夫当秘书。八十年代中，她曾经在栗宪庭主办的《中国美术报》工作，那是一份鼓吹先锋艺术的报纸，从形式到内容都让人耳目一新，"波普艺术"、"包豪斯"这些概念都来自那份报纸，后来崛起《北京青年报》的标题化版块化设计很得美术报的真传。反精神污染一来，美术报停刊，李南又成了个无业人员。好在曾经为商务印书馆做过校对的一凡教会了她做校对，还介绍她到北京出版社抄稿子。凭她的能力和责任心，加上有不少新闻出版界的朋友帮忙，如果她能巴巴结结地干，应该早就有了稳定的工作和收入。但是，李南是从来不按规矩出牌的。她会因为不喜欢某个知名的作家而拒绝抄写其书稿，也会因为太喜欢一个不知名的作者而校对书稿不要钱。比如，我曾请她为《遇罗克遗作与回忆》做校对，其中当然有遇罗锦的文章，李南不喜欢遇罗锦，觉得她不够资格写遇罗克，于是拒绝为这本书做校对。李南没钱纯粹是"自找"。

没钱的李南常常出手阔绰。一九九六年，她把自己仅有的钱全部借给了一个朋友，那人随后出了国，眼看她的全部家底要打水漂了，朋友们都替她打抱不平，她自己倒是不慌不忙。我去美国时，发誓非替她把那钱要回来不可。那次居然让我得逞了，我带回了美元，还带回了一个让大家笑翻了的故事。可气的是，还没等我们脸上的笑容退去，本可以用来治牙的美元早进了别人的账户。更可气的是，当你一脸严肃地责怪她太轻率时，她会像孩子似的给你一个鬼脸，或者瞪着大眼睛来一个无辜状，干脆不做任何解释。她帮朋友，找了麻烦朋友再帮她。李南就是这么闹。

　　二十世纪七八十年代，如果评论一个人"很实际"，谁都认为那带有贬义，等于是批评你太俗，太势利，太急功近利。那时候我们还不知道世上有个著名的海德格尔，更不知道海德格尔有"人，诗意地栖居"这样一句经典，但那时的我们的确比现在活得更有诗意。我们心安理得地骑着自行车上下班穿四块钱一件的衬衫买两毛钱一斤的青菜，却总是无忧无虑。那时的李南没有一点儿烟火气，我们也透着清高；那时的李南不讲究衣装打扮，我们也一样不习惯逛商店；那时的李南不在乎职业收入，我们也羞于谈论金钱。所以，那时的李南在人堆儿里并不扎眼。

　　不知不觉间，"很实际"的评价，已经从贬义上升为中性，而"诗意地栖居"成了小资生活的装饰。我们中的不少人习惯了花几百元吃一餐有名堂的饭买一件上档次的衣服染一次花白了的头发甚至洗一次脚，却开始为生计担忧。那时，文人中有为女人大打出手的，却少有人为争名利而闹翻。如今则刚好相反，分分合合倒不会再有大的波澜，反目成仇却大多与名利扯不清楚。所以，现在的李南像是出土文物，在人堆儿里变得越来越突兀了。

　　李南突兀得有时候让人不舒服。比如我，看她穿着我二十年前穿过的衣服，我不好意思说出我新买的衣服花了多少钱，与消费水平几乎等于零的苦行尼相比，不管多么节俭都是奢侈。我可以拉她跟我去干任何事，就是从不拉她去商场买东西，虽然我知道她绝对不会受刺激。我总想说服她稍微跟一跟潮流，只要她愿意，别说是我的衣柜，连我的钱包对她都是敞开的。我更愿意在她面前诉苦，说我上有老下有小开销多么大，挣钱又多么不容易，好像这样更能缩小我们之间的差距，也更能博得她对我的理解，维持她对我的尊重。看起来什么都比李南好的我，在她面前却显得那么没有自信。

李南突兀得有时候让人不安。她从不怕与陌生人打交道，不管你是如雷贯耳还是名不见经传，在她眼里都一视同仁，可是往往却难为了对方。她既不像下岗女工可怜兮兮，又不像知识分子满口道德文章，既不像精英分子慷慨激昂，又不像白领女性潇洒时尚。在这个社会，连另类都成了准主流，该把李南这么个色的人归到哪一类，实在是一个难题。

李南是上过天堂入过地狱的人，看破了红尘却从不消沉。她走路总是高昂着头，目光明亮，身板也挺拔。她既不围着有名有钱的人，也不刻意躲着有名有钱的人，更不用为见什么人说什么话而犯踌躇，那份坦然和从容是绝对装不出来的，没有底蕴学也是学不来的。没有工作的李南整天都很忙，像一个救火队员被呼来唤去，一会儿帮别人带孩子，一会儿义务帮助搞环保展览，一会儿跑到北京郊区为别人看房子，一会儿又为捐助活动做义工。在一切都可以用金钱购买的年代，遇到张不开嘴求人帮忙的事，只能去找李南。她还在遇难的人周围忙来忙去，自己却不立言，不标榜。你问她在忙什么，"我玩儿呀，玩儿得可开心了！"不经意间，自己先就颠覆了道德优越感。

这几年她反反复复把一个插队时的故事写了好几遍，故事的主角是个女知青，因为左调唱得高而在知青中不得人心，李南虽然和她是同屋，但绝不原谅她总以一贯正确的面貌打压别人。然而，出人意料的是，这个正统的女知青在众目睽睽之下隐瞒了十个月的身孕，在一个风雪交加的早晨生下了一个不知父亲是谁的女婴，女知青自己在结了冰的房子里剪断了胎儿的脐带，用报纸擦干净血迹，并试图把婴儿冻死。这个惊心动魄的故事李南早就给我讲过，但文章中李南把更多的笔墨用在了对自我的反省。三十年后，李南质问自己：是什么力量使得政治上的正确压倒了人道主义的同情？我们在生活的污泥浊水中自我消耗的时候，李南也没闲着，她在心灵的荆棘中自我救赎。

长久以来，李南的存在让我困惑。是她落伍了，还是我们随波逐流？什么才是完满的生活？物质与精神，是鱼与熊掌可以兼得，还是非此即彼？

身边很多下海经商的人都曾信誓旦旦地发过誓，只要挣够了活命钱一定金盆洗手。记得八十年代中期，我的目标是挣两万元，有这样的目标，在当年应该算是个大野心家了。当年两万元的银行年利息是二千元左右，那时我的年薪才不到七百元。我曾经无数次地幻想，有了这样一笔钱后的生活该是多么自由自在。遗憾的是，二十多年过去了，我的野心早已经实现，但是自由自在的生活却并没有到来。挣了钱的与没挣钱的，挣了小钱的与挣了大钱的，都没有挣脱被物欲驱赶的命运。撇开那些利欲熏心的不说，只说那些怀着"用钱买自由"的美梦的人吧，不只在商场上历尽艰辛，在精神上也同样是伤痕累累。富并痛苦着的人越来越多，富并快乐着的并不多见。于是，一些人膨胀了物欲而收缩了精神，不是原本不聪明，而是非要由聪明变糊涂；另一些人热衷于推理、辩证，试图在安贫乐道与追名逐利之间寻找平衡。

泛泛地说，人人都对"极端"持否定态度，"妥协"作为一种处世态度被越来越多的人所接受，似乎不懂妥协就不是现代人了。"底线"这个词使用频率也颇高。其实底线也是分高低的，不同的人会设置不同的底线。不杀人是底线，不害人是底线，不说谎是底线，说真话也是底线。如果没有界定，就等于没有底线。同样，自由也有不同的质量，钱可以买到时间的自由、享受的自由、堕落的自由，却难以买到心灵的自由。所以，有些人为渡出苦海，煞有介事地吃斋念佛，但是仍然静不下来，放不下来。这与真诚无关，或许也与信念无关，正所谓"曾经沧海难为水"，即使从生理上来说，退也比进要难许多。就像吸毒，底线不是吸多吸少，而是连沾都不能沾。

李南一开始就看穿了禅机，不用身体力行，就看清楚了追求物欲无止境，她用不着"看山是山"、"看山不是山"，就一步到位地达到了"看山还是山"的境界。她原地不动，而我们走了二万五千里，集体绕了一大圈儿却又回到了原地。这时我们才发现，不入套的，唯有李南！她说勤奋就勤奋，说偷懒就偷懒，想忙就忙，想闲就闲，快乐得让人嫉妒。李南的超脱与其说是悟性，不如说是天分，与其说靠修炼，不如说靠直觉。难怪她像个巫师，看着我们忙我们累我们愤怒我们焦虑，只站在一边幸灾乐祸地笑。

　　李南是自成一体的，不可以与什么人比较，也不需要与什么人比较。很难想象，身为主妇的李南怎样操持日常生活？身为母亲的李南怎样教育子女？我是尘世中人，对于这样的人只有景慕，没法步她的后尘。对于几种类型化的人，我也许能了解更深，描述得更清晰，对于李南，我却不能。所以我实在无法回答，如今无牵无挂的男人女人大有人在，为什么如此超脱的只有李南一个？

## 穿越世界的旅行

　　十月刚过，田晓青打来电话，告诉我刘羽因为肺癌住在复兴医院。这消息让我半天没反应过来。我说，不会吧，去年年底他还好好的，说好回波兰把餐馆卖了就回来，回来就再也不走了。那时我正在装修新买的房子，我们约好，有了大房子把老朋友都叫上好好聚。晓青说，是真的。六月在波兰查出肺癌，当即就做了手术，八月回到北京开始化疗，其实那时肿瘤已经转移到了腹部。刘羽是要强的人，他不愿意在医院病恹恹地见朋友，或者说，他不相信自己会从此爬不起来。十月，检查出肿瘤转移到了脑部，他意识到自己随时有可能失去意识，再不与朋友们见个面可能真的晚了。

　　我到病房时，护士正在和刘羽讨论一种止疼药的药效，那是一种进口的贴剂，每贴八十元，据说二十四小时内有效。护士认为刘羽虽是自费病人，但他从国外回来，一定用得起进口药。后来听他家里人说，在医院每天的费用超过五千元。记得刘羽说过，他的目标是攒够十万美元就彻底回国，我不知道他是不是真的攒够了那个数，即使真的够了，也仅够他花几个月。十几年的积蓄最后都扔给医院，真是为刘羽喊冤。

　　我给他带去了白色的百合花，找来饮料瓶插上放在他的床头，而且从始至终握着他的手。我不在乎病友们狐疑的目光，我握着刘羽的手，希望一只健康的手一只女人的手能传递给他一点儿温热。因为瘦得脱了形的刘羽让我想起丈夫临终前的样子。那时候我常常这样握着他的手，我知道他需要，不仅因为我是他的妻子，更因为他肉体的疼痛和对死亡的恐惧。刘羽说，振开的妈妈来看过他，还给他带了些钱，振开也从美国打了许多次电话，过不了多久就可以在北京见面。我知道振开对他很重要，这么多年来，不管他多么失意与落魄，振开始终和他走得很近，况且，振开还有"北岛"这样一个著名的笔名，这是他引以为骄傲的。我不知道振开对此有什么感受，但如果我是振开，会很情愿让刘羽这样的朋友享用一下自己的名字。人活着谁没一点儿虚荣？活在俗世里怎能没有一点儿世俗？

　　说实话，我愿意把更多的宽容给予刘羽，不是因为人之已死，实在是因为刘羽一生追求的太多得到的却太少。我不知道他的确切年龄，但他肯定比老三届年长，"文革"开始的时候，他已经在一个厂里做工。他家住在小西天北影演员剧团宿舍。那是一个著名的院子，院子里住着许多著名的人，而他的父亲只是一个工人。后来成为著名导演的陈凯歌、田壮壮等人都是在那个著名的院子里长大的，所不同的是，他们还出生在一个个著名的家庭。在这种环境下长大，好处是见多识广，可以让你生出美好的向往，但同时也会让你经受残酷的失落。比如，老一辈摄影家钱江是他家的邻居，钱江的儿子钱涛涛与他同龄。在那个年代，钱涛涛开始玩摄影——那是一个被说成是撕票子的爱好。刘羽当然没有那个条件，他一生中唯一一次与摄影沾边，就是八十年代与香港中新社到西藏去拍纪录片，他请了假和摄制组一起进藏，担任的职务是场记。让人心酸的是，刘羽临死前念叨说，他一辈子就想有一架好相机。对于少年刘羽来说，这是一个美丽的向往，也是一个太奢侈的向往，它像一粒种子撒在心里，他用一辈子浇灌它，但却无法预料它开出的是罂粟还是玫瑰。

刘羽的过人之处在于，他居然赢得了院子里书香门第名门之后的尊敬，他性格谦和，为人厚道，勤奋进取。他读了许多书，据说专攻文学理论。大家给他取外号"刘公"，有少年老成之意。操持遗体告别会的，正是当年院子里的发小，如今有的是名校的教授，有的是公司的老板。

刘羽是北京地下文学圈子里资格最老的人。七十年代初他就与芒克、彭刚相识——这两位是北京最早的"先锋派"，已然是地下文学历史的正本。而对于这段历史刘羽无疑是见证人。当年大家戏称他是"先锋派的联络副官"，芒克与北岛相识也是通过刘羽的介绍。在《瞧，这些人》一书中，芒克专章写到北岛，写到彭刚，却几乎没有提到刘羽。只有一处，在写陈凯歌的那一篇里，芒克写道："至于什么……刘羽……等人物，在我的记忆里就太遥远了。"

的确，刘羽实在没有值得书写的历史，没有诗，没有画，没有小说，没有电影，他的名字很少见诸于报刊和荧屏，被忘记是很自然的。刘羽死后不久，在一个朋友的婚礼上，我告诉芒克："刘羽死了。"他说："是吗。"他再无话，我也再无话。

刘羽在北京先锋派文学青年里游走，却没能成为先锋派人物，还一不小心陷入了政治的泥潭。一九七三年，他在工厂无意间说到毛泽东；"人都会犯错误，毛主席也是人，毛主席也会犯错误。"这是一个典型的三段式逻辑推理，就如同说"人都会死，毛主席也是人，毛主席也会死"一样，说的是最简单的常识，或说是最精辟的真理，大约都不会错。可是，这在当年是连想都不应该想的。不知道刘羽那时是真的看出了什么，还是想卖弄一下他懂点儿逻辑学，总之，他为此进了监狱，一蹲就是三年。也巧，竟与聂绀弩关在了一起。从章诒和的文章得知，聂绀弩当年关押在山西临汾，我不清楚刘羽当年案情的具体细节，也许是判了刑，否则何以就关在了山西。

聂绀弩是诗文俱佳的作家，又是一个有血性的老人，胡风集团、反右、"文革"，每次运动都没把他落下。所以不管是他的文学成就，还是他的人格风骨，在文化界都算是说得上的人物。七十年代末，因为与聂老的交往，刘羽又进入了文化老人的圈子。我认识他时，他家里总是高朋满座，嘴边尽说出些如雷贯耳的名字，让我觉得他神通广大。到了八十年代，和他一块玩儿了十几年的北岛、芒克这样一群另类的边缘人物，像是商量好了似的，没跟他打招呼就冒将出来。与他一样在北影宿舍长大的陈凯歌、田壮壮、钟阿城们也在一夜之间突然崛起，而且一个个都身怀绝技、身手不凡，着实填补了浩劫之后中国文化界的真空。刘羽身边像是流星环绕，一些由远而近，另一些由近而远。流星的光晕笼罩着他，他始终想飞，却停在了原地。

知道他来日不多，想着该多去看望他几次，连着两次打电话，病友都说他到北京医院去化疗了。第三次病友告诉我，前一天夜里，刘羽肠穿孔进了ICU病房，这离我去看他不过才一个多星期。我马上约了晓青去医院，他已经上了呼吸机。我拉着他的手对他耳语，想必是听出了我的声音，他烦躁地扭动身体，嘴巴一张一合的，像是要说什么。我用毛巾擦去他眼角的泪滴。

第二天，他的妻子打电话说，刚下手术台时他出现幻觉，狂躁地大喊："警察来了，不要抓我！"喊声从半夜持续到黎明。

这一场景潮湿了我的眼睛，也震惊了我的心灵。人在弥留之际流露的是真实的内心。至此，我好像为他之所以出国找到了一个合理的注释。

刘羽出国时已经过了四十五岁，先是去匈牙利，然后到波兰，惨淡经营一家餐馆，又当老板又当伙计。那份孤苦不说也罢，任你怎么想象都不会过分。振开的散文《波兰来客》里那个穿着八十年代的旧外衣的"老刘"正是刘羽。他骨子里的气质像是一个旧式文人，赚钱享受不是他的理想，也不至于幼稚到想到国外去出人头地。他一九九〇年出国，不是更早也不是更晚。

　　遗体告别那天，他妻子的一句话更是意味深长。她说：刘羽真傻，当年要是也参加了《今天》，或许后来也不至于这么倒霉。言下之意是，不少人因为参加了《今天》而改变了处境。是呀，他认识创办《今天》的所有人，也是最早参加务虚会的一员，为什么最终没有投身进来呢？但是，谁能说得准，倒霉的不是另外的人，而刘羽的妻子不会发出另外一番意思完全相反的感慨呢？

　　在中国那个特定的时代，除了少数有信念的人，"坐牢"常常变为一件荒诞的事。坐过牢的人往往既不是英雄也不是罪犯，既与法律无关也与道德无关，既不给你带来悲壮感，也不给你带来卑微感。剩下的只有恐惧。因莫名的起因与渺茫的结局产生的恐惧，远胜于极端低下的监狱生活本身。或许刘羽生前也有过类似他妻子的遗憾。我相信，一定不是为了没有从中获取名声而遗憾，而是因为他本来就身在其中，而且一直跃跃欲试。谁说得准，如果刘羽上手，不会写出精彩的评论？而那篇发表在《今天》第一期的批评刘心武的作者林大中，着实在八十年代的文学批评界红了一阵。然而，恐惧扼住了他的翅膀，甚至扼住了他起飞的企图，不管事实上他是否一定能够飞得高飞得远。一种说法是，坐过牢的人就不再惧怕坐牢；另一种说法是，坐过牢的人更加惧怕坐牢。我想前者适用于职业革命家，后者则是大多数人趋利避害的本能。刘羽弥留之际发自内心的恐惧呼喊，使我联想到他一九七八年选择不介入《今天》，以至于一九九〇年选择出国。他既不是英雄也不是弱者，他介于两者之间。这样一个

"毫无侵略性"的人，差点儿病死在铁栅栏里的牢狱之灾，是足以使他记住一辈子，也足以影响他一辈子的。

刘羽果然没有再醒过来，冬天刚来的时候，刘羽死了，没有等到振开回来。从八宝山回来的路上，我们都不想说话。许久，晓青说："人生真短！"

"短得都不值得珍惜了。"我在心里回应晓青。

第二天，收到甘琦的邮件。她说，振开流泪了，买了白色的玫瑰，点了蜡烛，连女儿田田都安静得不再说话，她知道这个刘伯伯对爸爸很重要……想起振开在《波兰来客》写过："那时我们有梦，关于文学，关于爱情，关于穿越世界的旅行。如今我们深夜饮酒，杯子碰到一起，都是梦破碎的声音。"这描写的是上个世纪的一九九七年，刘羽到振开北美的家小住时的心境。算起来，一晃又是八年。

# 精神流亡者的重访

和加明约好到东环广场底层的茶馆见面，不谈事，只聊天。下午茶馆人少，再把手机一关，这份闲散实在是难得。

其实我与加明只是第二次见面。不久前北岛通知我在月坛北街的老上海有个饭局，去的人除了甲乙丙丁，还有陈加明。我问，陈加明是谁？他说是《今天》最老的成员。我也被说成是老《今天》的成员，可从来不知道还有这个人存在。为了见这位从未谋面的同仁，我从城北跑到城西。那天，因为不到三岁的儿子生病，加明没来。也许二十多年前就像这次一样，每一次的偶然都让我们俩赶上了。

我们第一次见面是黄锐请客，地点是他798厂画廊的西餐馆。如今的黄锐，作为先锋艺术活动家，在北京东区闲置的厂房搞起艺术家村落，风流人物刘索拉、洪晃都跑到那里置业，他自己也有了气派的工作室和西餐厅，和当年相比可谓是鸟枪换炮。那天一屋子男女老少像是家庭聚会，客人中只有一个我不认识，稳重谦和的样子，像是城府很深，让人猜不出来路。我想，哦，这就是加明了！

看不出来，加明曾经是个风流倜傥的家伙，这多少来源于家族遗传。他父亲陈健是周璇那一代的电影演员，当年演艺圈里的美男子，母亲痛说革命家史时，抖落出不止一个在中国人人皆知的美女与父亲有染。美男娶美女，儿子自然是美少年。七十年代初，加明才十四五岁便开始浪迹江湖，和老三届最狂的学生一起滑冰游泳，像电影《阳光灿烂的日子》一样到老莫吃西餐，并且经历了比现在被定义为早恋更早的初恋。

加明真不愧为见多识广与时俱进，居然连坐牢都没落下。在经历过"文革"的一代人中，坐牢的经历一点儿也不稀奇。去年，几个互不相识的人偶然凑在一起，有赫赫有名的北大哲学系教授，有生财有道的商人，有锐意改革的农民企业家，一共六个人，其中四个人坐过牢，比例是百分之六十。现在是我和加明，比例是百分之百。加明被劳教，是因为警察半夜查户口时用手电筒照他脸，他觉得受了侮辱，冲突起来把警察打了。我说，你一点儿都没吃亏，在你尽情挥洒青春的时候，我却每天在开展革命大批判，狠斗私字一闪念。如此革命的我，尚且因为反革命罪而坐了牢，不革命的你，坐坐牢也理所当然。况且，你已经足够幸运，动手打了警察才被劳动教养两年，而只动口没动手的孙志刚却丢了性命，你没什么可抱怨的。加明对此没有异议，连连说，是呀是呀，一点儿都不抱怨。语气和表情都特别诚恳，让我觉得开这样的玩笑很不厚道。

七十年代末，美少年成长为美男子，随着邓丽君的靡靡之音、雅尔的激光音乐进入大陆，加明开始迷恋跳舞，美女随之扑面而来，舞者加明出尽了风头。

其实，我无意讲述加明是怎样一路玩儿过来的。我的疑问是：一个原本浮华的、颓废的陈加明，为什么参与了一个民间文学刊物？

事实上，看起来以玩儿为主的加明，和那个年代众多青少年一样，有着难以言传的无奈。家庭四分五裂，爱读书却没有读书的动力，有朋友却缺少进取的氛围。如果说一些人因为承受不了生活之重而绝望，那么另一些人则是因为承受不了生活之轻而痛苦。就在加明因为打了警察而被劳教之前，他曾经精心地设计过一次自杀。他从不同的药店买安眠药，一点一点积攒起来，攒够一满瓶时一次都吞了下去，幸好被姐姐偶然发现。没有什么特别的原因，只因为找不到一个生活的支点从虚无的沼泽中自拔。何止是加明，本应最具活力的青年一代，都在迷惘中挣扎。比如我，虽然作为政治犯而坐牢，但为之殉情的理想又是何等的虚妄！"垮掉的一代"出现在美国六十年代史无前例的富裕时期，参加者是受过高等教育的中产阶层子弟，而孕育中国反叛者的，则是史无前例的精神与物质双重贫困的时期，别说是高等教育，有些人连九年义务教育都没有完成。我们一无所有，我们无从"垮掉"，我们是被"虚掉的一代"。

加明的幸运在于，父母不仅传给他一副好相貌，还传给他四壁图书。从劳改农场回来后，他无心到工厂上班，每天在家里读书。一间自己的房子和房子里的四壁图书，成为他和北岛交往的机缘。

一九七七年加明解除劳教，那一年正是北岛情绪低落的时候，他唯一的妹妹因为抢救落水儿童而遇难。悲痛得有心替妹妹一死的北岛，无法面对为痛失爱女精神受到刺激的母亲，搬到加明家住。白天，加明去厂里上班，他在家里读书写作。在那里，他完成了唯一一部长篇小说《波动》，小说署名"艾珊"，题献给珊珊。除了写小说和诗，他开始学习英语。很难想象，他会严肃地对下班回家的加明说："你今天该读许国璋第十八课。"这使我联想到，在《今天》编辑部的会上，他一脸严肃地宣布："编辑部内部一律不准谈恋爱。"很多年来，我们总用这一情节嘲笑北岛。

这期间，北岛也曾鼓励加明写作。加明原本是有艺术天分的，钢琴、手风琴、吉他这些乐器都是无师自通的，现在他打开琴盖还能弹出一手乐曲。加明说，黄锐、严力也并没有卧薪尝胆的苦修，都是从那一时期才开始画画，一年以后伙同钟阿城、曲磊磊、马德升等人举办了"星星美展"。如同鲍勃·迪伦在民歌节上接通一只电吉他，激怒了他的大部分听众，从此民谣让位给摇滚，宣告了一个新时代的到来。由于画展激怒了某些官员，遭到封杀，因而成就了中国先锋艺术运动，黄锐、严力等人也从此走上了艺术家的道路。

他们频繁地出游。近的到香山、颐和园，因为有的人要上班，约会时间常常在下午四五点，傍晚在昆明湖边划船边喝酒自然是很浪漫，远的到十渡、百花山、丁家滩，自行车、汽车、火车、步行，不辞辛苦不厌其烦。我怀疑在八十年代火起来的北京郊区这些旅游景点，就是被他们这帮人炒起来的。加明带来了女朋友宝贝，陆焕兴带来了妻子申丽灵，北岛带来了弟弟振先和两个表妹，芒克带来了严力，严力又带来女朋友李爽，刘羽、黄锐也是其中的一员。像滚雪球一样，这个沙龙越滚越大。圈子的外围还有一批歌手。那时人们私下里唱苏联歌曲，为此被整甚至进监狱的也大有人在，我在监狱时，就遇到两个因为唱外国歌曲而被抓进去的。但是，那时这个圈子已经开始唱邓丽君，唱披头士。我曾经奇怪，诗人们怎么各个都能唱歌？多多、北岛、芒克都亮出过说得过去的美声，原因是在那个圈子里，写诗是隐私，朗诵诗只是点缀，唱歌才是主打，像现在的娱乐圈一样，唱得好的像歌星一样受到追捧。

　　在《今天》第一期上发表的《黄昏：丁家滩——赠M和B》，就是北岛在一次郊游时的即兴之作，其中的M是加明，B是加明的女朋友宝贝。

> 　　是她，抱着一束白玫瑰，
> 　　用睫毛掸去上面的灰尘。
> 　　那是自由写在大地上，
> 　　——殉难者圣洁的姓名。
> 　　是他，用手指穿透，
> 　　从天边滚来烟圈般的月亮。
> 　　那是一枚定婚的金戒指，

姑娘黄金般缄默的嘴唇。

当时他们正在热恋，后来宝贝成为加明的妻子，又过了几年，宝贝去了日本并且发了财，身份也由加明的妻子成为加明的前妻。

福建的诗人蔡其矫是这个圈子中最年长的，却是最活跃的，他几十年如一日地见到漂亮女孩儿眼睛就发亮。是他介绍北岛与舒婷相识，他们开始通信并把诗互寄给对方。

一九七七年八月二日是北岛的生日。这一天飘着小雨。北岛、芒克、俞沪琴、赵国强、严力一行五人到颐和园为北岛庆祝生日。不久，雨下大了，他们躲进石舫旁边的茶馆，你一句我一句地即兴作诗，有的是一人一句，有的是一人两句。最后这个整理任务落到了严力的头上。当晚，严力一字不落地将白天的即兴之作整理在笔记本上。

诗，就这样创作并流传。诗人，就是这样在郊游与交流中成长。写作一直不是秘密的，在民间社会公开传阅，公开朗诵，只是没有机会公开发表。有不少人使用"地下文学"这个概念来表述那时的创作，我认为，与其强调其"地下"性质，不如强调其"民间"性质更加准确。

七十年代末期，青年人最向往的是上大学。北岛是"文革"前北京四中老高一的学生，芒克也不是等闲之辈。然而，他们连想都没想过通过考大学改变境遇。杂志停刊之前，他们都是泡病假的高手，以后索性不再上班。停刊之后，北岛曾经在

《新观察》杂志当过编辑，这一职业生涯是短暂的，只持续了几个月。芒克到复兴医院看大门，上班时间是晚上，一点儿都不耽误他写诗和喝酒。离经叛道的生活方式已然使他们不可能走进学院了，他们不屑于融入主流的社会生活了。他们写与别人不一样的诗，过与别人不一样的日子，来表明要做与别人不一样的人。如果说创办《今天》而不是创办一个别的杂志是偶然，如果说做一个诗人而不是做一个音乐家或画家是偶然，那么，走一条反叛的道路，则是他们作为个人的必然，尽管选择也许只在瞬间。剩下的事儿归历史，据说历史的操盘手是上帝。

在加明的记忆中，一九七八年的夏天就这样在频繁的聚会、出游和舶来的歌声中过去了。那个夏天留下来的，有振开和猴子的个人诗集《陌生的海滩》和《心事》，还有"北岛"和"芒克"这两个笔名。这两个笔名成为专有名词，象征"今天派文学"，甚至成为中国先锋文学的符号，在八十年代的历史舞台占据着重要的位置。至于在本质上那是否属于"先锋派"，以及它与八十年代新思潮的关系，则是另外的话题。

深秋，北岛召集了第一次关于创办文学杂志的聚会，在众多的提案中，最终确定采用了芒克提出的"今天"为杂志命名，并在不到两个月后被世人所知。加明的生活也进入另一种情境。三天三夜印完第一期《今天》，加明形容说，从遮着窗帘的房子里走出来，眼前是白色的大地，绿色的天空……我想，如果不是跳舞蹉跎了岁月，他真的是可以写诗或者画画的呀。

历史没有开始或结束的明确界线，政治生态中这样的民间社会生活场景，构成了《今天》产生的"前历史"。它没有直接孕育诗人，但却酝酿了一个群体。"那时候文学只是振开一个人的理想，只要是他想干的事我们一定会跟着干。"加明和焕兴都说，没有北岛就没有《今天》。我相信这是事实；另一些人说，没有《今天》就没有北岛。我认为这也是事实。这是一枚硬币的两面。还有一个事实是，没有这样一个圈子和氛围就没有后来的一切。它是在不经意中形成的，我想，这就是所谓"历史的契机"。事实是，最初的七个编委中，只有两个人写诗，后来刊登了顾城、江河、杨炼、多多、田晓青等众诗人的作品，才增加了刊物的同仁色彩。

青年时代五光十色的生活，在精神流亡者的回忆中得到幸存。这是流亡者的一次精神重访，为已经黯淡了的神话添上些许亮色。随后，加明在另一个舞台上大显身手。他加盟李连杰在深圳的公司，参与了中国第一支体育彩票的发行，迅速成为先富起来的人。而后他又终因商战殊死的纷争而退出江湖，从弄潮儿成为观潮者，一下子就沉了底。再婚，生子，五十岁的加明祥和而又从容。

"如果一直跟着振开，我会走一条完全不同的道路。"果真存在着那种可能性吗？每个人只能走一条路，不管是一帆风顺，还是跌宕起伏。另一条路是别人的路，还有一些是从来没人走过的路。说不定哪一天，加明的儿子或者我的儿子，会不知深浅地一脚踏进去，又不知会给中国文学，或者中国文化，以至中国思想的历史，增添一道怎样的景观？

## 路啊路，飘满了红罂粟

### 1

北岛出国十几年，回来后满世界打听老朋友的消息。第一次他只有一个月居留期，刚一回来就让我帮忙寻找严文井。他说，老人身体不好，看一次少一次，好不容易回一次国，不能留下终生遗憾。那天去严老家，他一路上像是自言自语地念叨着当年与严老彻夜饮酒谈诗论道的情景。我不禁好奇地想，北岛这一代，与严文井，与蔡其矫，与谢冕，与邵燕祥，与冯亦代甚至与艾青等等，这些有过密切交往的老一代文学家，他们的关系究竟是怎样的呢？他们在思想上、艺术上传承的是什么？反叛的又是什么呢？北岛之后的一代诗人们，又是在怎样的意义上承认或者否定了"北岛们"呢？这是一个有趣的问题。但还没容我提问，北岛又匆匆地走了。

转眼又是一个冬天，这一次他的居留期仍然只有一个月。一个月的时间要看望十几年没见的亲戚朋友，北岛的日程满得可怜。辗转听说陶家铠身体不好，北岛张罗着和老鄂、李南一起到通县去看他。他病得没有我们想象的那么严重，可嗜酒如命的老毛病却比我们想象的还要有过之而无不及，他家阳台上堆放的几十箱二锅头把我们都吓了一跳。

陆焕兴原本是老陶的同学，当年他们曾经在一起玩儿得火热，但现在同在北京却早已失去了联系。北岛不甘心，终于把他挖出来，于是我也有了机会走近焕兴。焕兴现在单身，住的是七十年代的房子，用的是八十年代的家具，虽然没有装修但是干净整齐。知道我要去，他事先煎好了带鱼洗好了油菜，十几分钟一餐家常饭就上了桌。比起下馆子，这待遇让我受宠若惊，也可以看出他日子过得很平实。

大家一直都以为焕兴没有子女，其实，他儿子应该已是三十多岁了。与第一任妻子离婚时孩子刚两岁，听说去了香港，又移民到了加拿大，他费尽周折始终没有找到。他离婚又与第二任妻子结婚的原因也与我想象的喜新厌旧不同。的确，灵灵挺漂亮，一九九五年见她时已经四十岁左右，但风韵仍然出众，倒退二十多年一定更是打眼。有一个插曲可以说明当年她的风采。曾经有一首歌曲在知青中传唱："条条锁链锁住了我，锁不住我心中唱给你的歌，歌声有血又有泪，歌声随着车轮飞……"当年我在监狱时还有人唱过，但并不知道这是一首情歌，作者是山东省歌舞团的萧月甫（音）。焕兴说，灵灵到山东济南去看望姐姐时偶然与萧相识，作者为表达对灵灵的爱慕，创作了这首歌曲并题献给了她。

但是，灵灵的相貌以及她能歌善舞的活泼性格并不是陆焕兴离婚的理由，七十年代的中国还没有那么多男男女女的第三者。灵灵出身于一个右派家庭，"文革"刚一开始全家就被遣送回了原籍，从一九七一年起她开始进京上访，那时她不到二十岁，又没钱又没落脚之地，每天到各级衙门疲于奔命，受尽了委屈。焕兴出于对一个弱女子的同情留她住在家里，有时还接济她一点儿零用钱。妻子无法容忍，怀疑他们有非分之情，无论怎么解释都听不进去，直至家庭解体。

事隔三十多年，我问焕兴，你当时真的那么清白吗？他发誓说："不只行为，连心里都是清白的。就是觉得她一个人在北京闯应该有人帮助。"其实，爱与不爱并没有明确的界线，但我宁愿相信焕兴的话。那是一个黑白分明的年代，落井下石与侠肝义胆并存，不管是出于爱意还是出于善意，能留她帮她都已经不易。再者，如今已经六十岁的焕兴没必要再掩饰，他的结发妻子连同儿子早已音信杳无，当年的灵姑娘后来的陆太太也已今非昔比。当然，这是后话。

## 2

一直到"文革"结束给灵灵家落实政策，她在城市里始终是个"黑人"。离婚后的焕兴顺理成章地成了灵灵名正言顺的保护人。为了躲避查户口，他们有时到北京火车站去过夜，有时为了安全，买两张第二天便宜的车票，两个人依偎着到天亮，再退掉车票，他到厂里上班，她接着去上访。陆焕兴的前妻是大学毕业生，陆焕兴作为技术员每月也有四十多元收入，离婚之前他的三口之家算是当时的小康家庭。和灵灵结婚后，灵灵全家人生活的重担一下子落在了焕兴一个人的肩上。"黑人"的最大麻烦是没有粮票，开始只是灵灵一张嘴还好说，后来她们全家回到北京都成了"黑人"，四五张嘴要吃饭，快把焕兴难死了。加明、北岛这些七十年代就与他交往的朋友，对于把粮票作为礼物送给焕兴都记忆深刻。

那时工厂规定，一个月请假不超过六天不扣工资，焕兴头脑灵活，钻了这个空子，他到别的厂的夜校兼职讲课，每节课可以收入一元左右课时费，每周去两次，每次四节课，即使扣工资也值。为了灵灵一家老小的生活，从一九七三年起，焕兴连续三年每年卖一次血。那时卖一次血才给二十元钱，可见他当时境况之窘迫。这种生活还逼出了焕兴的另一种才华，为了省钱，他不买月票画月票，把带底纹的月份小票画得特别逼真。每到月底月初他特别忙，朋友们都来找他画月票，一画画了十年从来没有穿帮过。因为净是些附庸风雅的朋友，没有钱还想欣赏艺术，于是从画月票发展到画戏票、电影票，只要谁有一张不管什么级别的内部电影票，再加上焕兴画票的手艺，想看电影如入无人之境。

"文革"终于结束，灵灵一家也落实政策有了北京户口，这时大学开始招生，有海外关系的也开始蠢蠢欲动。就是在那一年，灵灵动了出国的念头。在一年后印刷第一期《今天》的那间农民房里，大家又谈起出国的话题，像是真的马上就要分手了，都有些伤感。北岛要了本和笔，即兴写下了《走吧——给焕兴》，然后他给大家朗诵：

走吧，
歌声和我们踏碎
这条冰雪的路。

走吧，
月光和我们升起
这条银色的路。

走吧，
眼睛望着同一片天空，
心敲击着暮色的鼓。

走吧，
我们没有失去记忆，
我们去寻找生命的湖。

走吧，
路呵路，
飘满了红罂粟。

焕兴现在还保存着这个本子，没有一处涂改，落款的时间是一九七七年元月十八日，那天正是焕兴的生日。这首诗发表在《今天》第一期，副标题改为"给L"，诗的前两节几乎是重写的：

> 走吧，
>
> 落叶吹进深谷，
>
> 歌声却没有归宿。
>
> 走吧，
>
> 冰上的月光，
>
> 已从河面上溢出。

新近出版的《北岛诗歌集》中所有的诗都没注明写作年代，也略去了诸如"给焕兴"或者"给L"等内容，不知是作者的疏忽还是编者的失误，应该说这是一个遗憾。

这首诗被很多人认为是北岛早期最好的作品之一。北岛在不同的场合对自己早期的作品表示过不满。不断地自我否定，是成功者的前提，也是成功者的悖论。但我相信，即便他否定了自己早期的全部作品，也不会否定那作品中青春的激情和友谊的纯度，即便已经找不回全部，但是，毕竟——"我们没有失去记忆"。

有趣的是，北岛的诗是写给陆焕兴的，但陆焕兴没走，走的是灵灵。再后来北岛也走了，陆焕兴还是没有走，因为灵灵在走了三年之后与焕兴离婚了，他没有非走不可的理由了。在"飘满了红罂粟"的路上，他们各自寻找着"生命的湖"。"走吧……走吧……"北岛一唱三叹，究竟为谁伤感？

## 3

　　我是从《今天》第二期加入进来的。一开始就听说陆焕兴这个人，知道他是最早的参与者之一，而且第一期杂志就诞生在他的家里。因为焕兴的家人不接受灵灵，他们在京城东北方向租了间房子。后来焕兴告诉我，他家的位置就在亮马河边，八十年代后期那里盖起了华都饭店，成为京城寸土寸金的地段。因为是农民房，四周比较空旷，大家觉得那里安全，印刷地点就选在了他家，对此，陆焕兴一点儿也没觉得为难。

　　我问陆焕兴办杂志最初的费用是谁出的，心里还盘算着怎么也得三五百元吧。一九七八年一个工人的月工资不会超过四十元，这笔钱可也是一个天文数字。焕兴却说谁也没出钱，东西都是大家从各自的单位里"顺"出来的，有的和宣传科的人套上近乎拿些蜡纸，有的干脆把刻蜡版的钢板揣在棉大衣里一裹，最主要的工具印刷机是陈加明从他单位搞出来的。北岛这次回北京说，他发现来我家的路就是当年芒克骑板车从厂里偷纸的路。我认为这不可能，芒克当年工作的北京第六造纸厂在东直门外，在二环路的东北方向，我家在正北，而且远到出了五环。不知是北京变化太大还是振开记性太差，十多年没回北京就分不清东西南北了。鄂复明说，北岛说的应该是到朱辛庄借手摇印刷机那次，朱辛庄在上地西边，骑着自行车去的确不是近路。

　　现在四十岁以下的人恐怕都没见过那种原始的印刷机，

把蜡纸绷在一个沙篦子上，用橡胶辊子沾上油墨滚，"文革"中铺天盖地的传单都是这样一张一张滚出来的。这几位出身都不好，都没加入过造反派组织，好处是没因为写大字报小字报把笔头写臭，坏处是没有印传单的经验。有时油墨不匀，有时没印几张蜡纸就破了，还得一个字一个字地重刻。金属的刻字笔在钢版上划动，发出丝丝啦啦的声音。他们五六个人躲在屋里日夜兼程地干，第一期杂志在一个农舍里出笼，哥儿几个都蓬头垢面脸发绿眼睛发红。

那天是一九七八年十二月二十二日，正是我和陆焕兴第一次见面的时间。我可以肯定那是一个星期六，并不是我有倒背日历的本领，而是正如我在《无题往事》一文中所说，大学一年级时，到赵一凡家去像是我每个周末的家庭作业。那时候的中国像一口快烧开了的大锅，我们这些刚从"文革"的噩梦中醒过来的年轻人则像刚上屉的螃蟹，一个个张牙舞爪活蹦乱跳，捂都捂不住，一个星期足以有一肚子话憋着想对一凡诉说。在朝阳门大街下车，往旁边的胡同里一拐就到一凡家了。二十五年前的那个冬天的那个傍晚，冷得伸不出手，我看见几个高个子男人在人民文学出版社的墙上贴什么，走近前才看清，其中有一个居然是我认识的赵振开。他向我介绍了另外两个人，因为天已擦黑，还因为看他们拎着糨糊桶神秘而急匆匆的样子，当时就被一种神圣感给镇住了，根本顾不得看清楚他们的样貌。后来才知道其中一个是芒克，因为很快就熟了所以一直记得清楚。另一个人就是陆焕兴，难怪北岛说陆焕兴是《今天》早期的重要人物。

他们出师首选政府文化机构，且特意选择周末的傍晚下班以后开始张贴，如果有人不能容忍，《今天》能够拥有至少一个黎明。第一站是被认为皇家出版社的人民文学出版社，接下来是商务印书馆、中华书局和文化部、中国作家协会，这几个单位都集中在市中心东四一带，最后到了位于虎坊路的《诗刊》杂志社。焕兴说，当时都有一点儿忐忑，出发之前，特意用油漆将自行车的牌号都改过，兴奋也让人产生紧张。第二天他们到了北京的重点高校。记得星期天晚上我一回学校，就听同学们都在议论"学一食堂"门口贴着的油印刊物，中文系的学生自然更加兴奋，我虽然还没加入，但因为认识其中的人便成为权威人物，颇有几分骄傲。从第二期开始我成为北师大订阅杂志的联络人，到宿舍楼走门串户去收钱，虽然才五毛钱一本，但有了几十个订户，特有成就感。

当年他们这么干的时候，是否想到过，如果人赃俱获会有什么后果？是否认为是在成就一个英雄壮举？

七十年代末是中国一个特殊的时期，刚刚经历过"文革"的中国人好像忘性特别大，从什么都不敢说一下子变得什么都敢说。那时北京的中心从天安门转移到了西单，那里有两大景观成为思想开放者精神的圣地。一是位于西单北街路西的外文书店，书店不像现在是开架的，服务员也还不习惯把顾客当上帝，隔着柜台可以勉强看清书脊上的小字，服务员爱答不理的，不容你翻看便开票交钱。但不管怎么样，总算可以买到一些可看的书，偶尔还能碰上经典的唱片。另一个是据说被邓小平认可的西单墙，从一九七八年十一月到一九七九年十二月的十三个月中，这里成为思想最活跃的地方。

不久前，有记者采访北岛时提到政治与诗歌的关系，北岛说："八十年代初'今天派'问世时，所谓'纯文学'的提法，是要逃离诗歌作为御用工具这一巨大的历史阴影，绝不是策略问题。"《今天》的主要小说作者万之，曾经痛心地感慨于中国的地下文学没有走东欧"天鹅绒革命"的道路。事实上，七十年代末的中国，并没有铺就天鹅绒地毯，这些出身于所谓资产阶级家庭，接受了共产主义教育，在极端封闭的情况下，仅从书本里呼吸到一点儿自由主义空气的年轻人，虽然意识到了个人的自由空间取决于制度性变迁，却并没自觉到制度性变迁需要通过公共空间的拓展来实现。与捷克戏剧家哈维尔相比，虽然其抗争都以先锋艺术的形式出现，但对目标的诉求显然不同。哈氏是政治上的反对派，"七七宪章运动"的结果就是证明。而"今天派"只是追求文学的自由表达，它的诉求是对政治的超越而不是对抗。《今天》被迫停刊的结局也证明了这一点。

事态发展到与政治纠缠不清，在现实的中国是必然的，但对于这些未经世事的年轻人来说却是始料不及的。像历史上许多重要的契机一样，它实际产生的影响不是事先策划好预料到的，其价值也是因其结果而逐渐凸显出来的。其中有些人坚持下来了，但并非都是出于清醒的政治理念，更多是不屈从不后退的性格使然。我想，这就是所谓时势造英雄吧。刘羽因为有过教训，在政治上更成熟，因而从一开始就没有参与，而陆焕兴在看清之后适时地退出。在《〈今天〉与我》

一文中，我曾对此表达过这样的看法："我相信，退出的绝不是因为胆怯，也许他们的本意是想在文化的沙漠中建起一座象牙之塔，而不是在政治的泥潭中种一株荷花，殊不知这都不过是不切实际的幻想。走开的和留下的应该说都有理由，因此也应该受到同样的尊重。"

## 4

七十年代的《今天》没能把陆焕兴卷走，八十年代的商潮也没能把陆焕兴卷走，甘于寂寞的陆焕兴仍然在国营大企业中当他的技术员。退出了《今天》，自然也远离了这个朋友圈，他一个人过着平静的生活。

一九九五年，灵灵受我的朋友之托，从美国为我带来些录音带，焕兴陪前妻来我家送东西。他还是那么挺拔，谦和而儒雅，用现在的话来说，特绅士。

我们一直没有交往，重要的原因是朋友圈里传说他有"特殊身份"。其实，不管是现在还是当时，我都说不出这些流言的出处。往往是这样的，张三说，听李四说，王五怎样怎样，当你问张三李四是怎么知道的呢，回答可能是李四也是听别人说的。如果听者根本不认识李四这个人，谁还有心再追究下去呢。关于焕兴的流言就是这样传进了我的耳朵，不知道还传到了多少人的耳朵。而且我自己都不能保证，在之后的这些年里，我本人没有继续充当这种流言的传播者。

流言怎么落到了焕兴头上呢？对我来说这一直是个悬案。

焕兴从容地告诉我，那些事情开始于八十年代最后一年的初夏。最初是三两个人到厂里找他，后来常约他到外面，谈话总是和颜悦色，问题也极其简单，有时候还请他下馆子，选的地方档次还都挺高。从三五天一次，到一两个月一次，一直持续到一九九二年。从那以后，厂里再也不让他管生产了。但又不能让他到车间当工人，因为没有人说他犯了什么错误，否则早就该把他扫地出门了；更没人说他犯了什么法，否则早就把他抓起来了。百思不得其解的是，这伙人散伙都好几年了，连主编都出了国，剩下的喝酒的喝酒，挣钱的挣钱，只有他老老实实地在厂里搞生产，凭什么就找到了他的头上？依焕兴的修养，他是个兢兢业业的人；依他的经历和觉悟，也不会哭着喊着要做贡献。说实话，只要工资照发，待着就待着，不待白不待。但实际上这种状况最让人窝火，想申辩不知为什么而辩，想讲理不知该对谁去讲，没几个人能够长期忍受这种不明不白的搁置。他问总缠着他的人：沙威都饶过了冉阿让，你为什么就不能饶过我？估计那人根本没读过《悲惨世界》，不知道冉阿让是谁，完全听不懂他在说什么。

<h2 style="text-align:center">5</h2>

所谓"特殊身份"，是以出卖换取信任，甚至换取金钱的角色，往往在有前科的人中发展，把柄在握，先压垮了你，

再利用你。说焕兴是有前科的人也不为过，但是这其中存在一个逻辑上的悖论。如果人人皆知他有特殊身份，就像是一件事先张扬的凶杀案，已经失去了悬念，自然也就失去了功能。中国的老话说，真人不露相。

回想起来，我从来没有对这种传闻的真伪提出过疑问。就我所知，享受这种待遇的不是他一个人，有的比这还要邪乎。谁是真正的工作者，谁是被工作的对象？对于我辈来说，弄清原委是个困难的问题。

至今我仍然记得，曾经有一次聚会，几天后传来不好的消息。是谁将聚会的情况泄露了出去？那时我和周郦英还没有成为夫妻，当我把那天到场的人像过电影一样在脑子里过一遍的时候，按照思维的惯性，似乎每个人都应该被怀疑，当然也包括他。其实，我私下里揣摩谁可能是那个不光彩的人时，或许我也正被别人这样揣摩着。不管是在场者的人品，还是我们之间相互了解的关系，对其中任何人的怀疑都是情感所不允许的。但是，在忠诚与背叛成为日常生活中每个人随时都要面临考验的社会里，对其中任何人的不怀疑又是理性不允许的。我最终放弃了怀疑，却并不是因为把握住了信任，而是因为承受不了怀疑之重、怀疑之痛。那是一种什么状态呢？既不能坚定地信任，也不能执著地怀疑；信任唯恐危及到理想；怀疑唯恐玷污了友谊。人与人，就这样在信任与怀疑之间游走，那看起来无比重要无比宝贵的东西，就这样无所依傍地被悬在了半空，成为可有可无似有似无的抽象。

但那时我并没意识到：放弃信任与放弃怀疑其实本质上

是一样的，那相当于放弃了信念。

在《幸存者的不幸》一文中，我写到了如何因为莫须有的罪名而坐牢，写到因为几个朋友受到牵连我所承受的内疚之痛。但是，我没有写到另外一些人和事。

被捕之前，我的男朋友曾经给过我提醒，他说有人在注意我们，在我的理解中，"我们"是指我和他和后来分别在北京、河北、浙江、山西被捕的朋友，我们是一伙的！他让我把信件销毁，但不许我把这消息透露给其他人，可我硬是没听他的嘱咐，用尽可能曲折的方式告诉了其他几个朋友。直到平反，清点退回的物品时，发现一份侦察时的"邮检"记录，上面清楚地注明了每一封信被截获检查的日期。我曾经想，或许正是这些连收信人都看不明白的暗语，加速了公安抓我们的行动，但这是后话。当我得知一圈人都身陷囹圄唯独他安然无恙时，我的想象变得无穷丰富。在我没感觉到事态已经相当严重时，他的提醒为什么如此暧昧？既然让我销毁信件，他是否早就知道了全部内幕？他认识我们中的所有人，甚至有的人首先是他的朋友，他靠什么澄清了自己？这一连串疑问对于一个初恋女孩儿的杀伤力是毁灭性的。

灾难并未到此为止。对别人的道德审判，加剧了对道德自律的不自信。在连续一个多月日夜不停的轮番审讯中，我不可能什么都不说，我知道他们抄了我的宿舍，还抄了我的家。我出狱后，母亲告诉我，他们抄得很细致，箱子、床板，连厕所的水箱和厨房的出烟孔都搜了，家里所有带字的纸片都被拿走了，所有文字都是我罪行的证据。但我也不可能

"竹筒倒豆子"什么都说，怕有意无意间出卖了朋友。不管是白天还是晚上，在两次审讯的间隙我挖空了心思想的不是什么该说，而是什么不该说。

有一个细节让我一直苦恼着。一凡让我给某人送东西，这个人不是一般人，东西也不是一般的东西，感觉和一凡的"罪行"有关，我觉得是重大得不能交代的。这个人是谁？肯定不是常来常往的熟人，否则怎么会想不起来了呢？于是从现实进入想象：我从家里出发，穿着蓝底白点的中式罩衫，戴着雪白的口罩（那时北京的冬天女孩子人人都戴口罩），骑着自行车一路向南再向西。但是记忆戛然而止，止于一条小径，周围的景色像是公园。我苦苦地搜寻，一次又一次试图通过场景的还原走出那条小径，走到一凡要我去过的地方，回想起那个人和我送达的东西。预审员每次说我还有没交代的问题时，都觉得是在说这件事，而我已经把这件事忘了！忘得干净彻底，想交代也交代不出来了。这时候，受到挑战的是我的记忆力，而不再是我的意志力。可那时我才十九岁，事情也不过发生在一两年内，记忆力何至于如此之差！以后很多年，像是得了强迫症，不管在哪儿，只要有一条小径，就觉得那是我曾经到过的地方，于是又开始冥思苦想，搜寻从想象进入现实的路径。

从监狱出来后，和一凡共同回忆那件被我忘记了事情，奇怪的是，一凡也记不起来曾经给过我一个特别的任务。但我不厌其烦，隔一段时间就又想起它来，于是从头开始，像猜谜一样猜着自己干过的事情。有一次，一凡托我到书法家邓散木家去送东西，开门的是他女儿邓国治，她说见过我，"不可能吧，我从没来过你们家。"我很有把握地说。"你肯定来过，是在你和一凡出事之前，送一本手抄本小说，是一凡翻拍的，扑克牌大小的一个纸盒子装着。"她说得有根有据。我的确见过那东西，手抄本小说的篇名是《芙蓉花盛开的时节》，至今还记得那故事的情节。邓国治家住在木樨地一个有许多楼房的大院子里，没有小径，也没有公园景色。我不能肯定，这就是被我遗忘的那件事；也不能肯定，如果当时我没有"故意"把它忘记，会不会就说出来；更不能肯定，如果说出来，邓国治是不是也会受到牵连，一凡是不是就罪加一等。

我们都曾怀疑与被怀疑，陆焕兴没有逃脱，我也没有逃脱。关于出卖与被出卖的流言，就这样毒化着人与人之间的关系，让许多人的内心都得不到安宁。

和焕兴面对面坐着，喝着啤酒，坦然地聊着我们共同经历的人和事，我突然感到这一切是多么荒谬——我们为什么要经受忠诚的考验？谁有资格来考验我们的忠诚？让流言见鬼去吧！即使被出卖一百次，我也绝不再怀疑。更何况，有什么是值得出卖和被出卖的！

我问焕兴，"你受到了什么影响？"他说，本来是可以升任副厂长的，那以后当然是不可能了，一直到三年前退休。"后悔了吗？"我问。他说，没有，"比我倒霉的大有人在，我毕竟交下了振开这样值得交的朋友。"

# 大相隐于世

第一次见到刘迪是一九七八年年底，在位于虎坊桥的东方饭店，那是北京市委招待所，是《伟大的"四五"运动》一书写作组的所在地，刘迪是写作组的成员之一。向我介绍他的人说，他就是"四五"天安门广场上的"小平头"。

这场事件我本人没有身临其境的感受，事件发生时我正因一桩子虚乌有的"反革命集团案"被关押在城南的半步桥看守所。"四五事件"发生时，看守所里一片骚动，白天黑夜都有人进进出出，开门锁门的声音不断。为了防止犯人趴窗向外看，监狱当局很快就把窗户涂上了墨汁，仅有的一小片蓝天从此成了黑色。直到几天后恢复了每晚的《新闻联播》，才知道外面已经是天翻地覆，半步桥看守所从此而闻名于世，因而也失去了神秘感。刘迪虽然与我既非同案也不相识，但因为我们曾经是半步桥的邻居而倍感亲切。

刘迪生于一九五○年，求学经历极为简单，先是北京实验小学，后是北京第二中学。在应试教育的今天，这两所学校仍是家长们的首选。一九六八年，刘迪赴山西定襄县插队。八年的知青生活，不仅让他体验了底层百姓生活的疾苦，也开始从书本中接受了启蒙思想。

一九七六年二月，刘迪回京办理了病退回城的手续，本打算办完后回定襄取行李而后彻底告别农村的，却因为延迟了在京时间而赶上了四月的"天安门事件"。

人们悼念一位死者大多是因为热爱，因为惋惜，比如乔布斯。而中国人悼念死者，常常是借题发挥，背后有着更复杂更深层的原因。

一九七六年清明，是北京人民最富于诗意的一个春天，纪念碑周围花圈如海，连松墙上都扎着白花，到处贴满了手抄的诗歌，最著名的一首是："欲悲闻鬼叫，我哭豺狼笑。洒泪祭雄杰，扬眉剑出鞘。""鬼"即指四人帮，"雄杰"即指当时的总理周恩来。

当年天安门东南角有一座三层灰砖小楼，后因为建设毛主席纪念堂而被拆除，纪念堂的位置原本是一片小松林，穿过这片松林正好到达小楼。小楼是警卫部队的营房，被临时用做"首都人民悼念总理委员会"的指挥部。四月五日清晨，群众看到纪念碑前的花圈不知去向，纪念碑四周被军人和工人民兵围起来，还设了警戒线。于是，被激怒的群众更踊跃地走进广场，集中在纪念碑前，聚集在小楼前面。人们质问：为什么不准悼念周总理？是谁的指示？此外，群众要求归还那些被转移的花圈。还有人在宣读《告士兵书》："你们的衣服是人民做的，你们的粮食是农民生产的，你们的枪是工人制造的，你们应该和人民站在一起。"

这时，有一个青年拿着半导体话筒重复地大声喊："大家不要挤，我们不是来闹事的，是要花圈、要战友来的。第一，不许打人；第二，不许破坏公物。"这个喊话的人正是刘迪。在这场运动被镇压之后的许多天，人们都会听到中央人民广播电台最著名的播音员用圆润浑厚的嗓音向全国人民播报："一个留着小平头的家伙……"自此，这个命名成为了刘迪的代号。

据后来在广场上的目击者回忆，当时，广场上共有两人拿着半导体话筒，一位是宣读《告士兵书》的青年工人侯玉良，后来他与另外四人作为群众谈判代表进了小楼。另外一个拿话筒的是戴黑边眼镜穿蓝色衣服的青年，他在广场上发挥了重要的指挥作用。本来，刘迪并非现场的组织者，也不是有备而来。他看到警察正向一个拿话筒的青年靠近，于是一把夺过话筒让他快跑。由于刘迪的掩护，这个人没有被捕，在整个事件平反之后他也一直没有出现。

这里，体现了刘迪的两个特质。

首先，他是为了帮助那个无名青年而不是为了做群众运动的领袖才冲上去做了现场指挥。以后几十年的交往都说明，刘迪是个丝毫没有野心的人，不到万不得已，他从来不出头露面，但却经常在危险时刻代人"受过"。

第二，面对如此偶然发生的群众运动，在毫无准备的情况下，能在现场发出这么理性的声音，说明刘迪有着极高的公民素质和超前的思想修养。如果知道红卫兵在"文革"中都做了什么，如果知道在"文革"的政治生态中，中国的百姓是怎样盲从地被利用，就知道刘迪在现场的表现是多么难能可贵。

在"四五事件"发生三十年后，刘迪在接受采访时说："当时许多人都把自行车牌摘掉，这种行为本身表明了他们意识到这种抗议是要失败的，如果认为要胜利那还摘车牌干什么？"当时，北京警方因为没抓到这个留着小平头的符号式人物，转而控制了刘迪的父亲，试图让他交代出儿子的行踪。据刘迪的姐姐回忆，父亲当时对警方说："有刘迪这样一个儿子我很骄傲。"而全不知情的刘迪，离开广场之后，便去了外地云游。按照刘迪的为人，如果知道父亲因他而受到威胁，他一定会主动自首的。在中国百姓的日常生活中，有太多时候需要你在亲情与正义面前做出选择，所以我们常常听到或看到关于出卖的故事，常常会谴责那些道德低下的出卖者。殊不知，这种非常态的考验对于人性其实是极其残忍的。

公安局公布了通缉令，各地都非常警觉。刘迪在泰安赶火车时，因为没有手表几乎误了火车班次，行色匆匆中被执勤者拦下询问。虽然通缉令上刘迪的名字是假的，但通缉令上的照片却暴露了他的身份。于是，在事发三个多月后，刘迪落网，被关在了半步桥监狱。

刘迪出狱后，父亲得知他是因为没有手表而暴露了身份，专门为儿子买了一块手表。这是同样怀有赤子之心的一对父子，又何曾不是正义之士的惺惺相惜呢？

一九七六年是中国历史上具有转折意义的年份。七月六日朱德逝世；七月二十八日唐山地震；九月九日毛泽东逝世；

十月六日"四人帮"被抓。

十月二十一日，《人民日报》发表了《一个地地道道的老投降派》一文，讲的是鲁迅在《三月的租界》里痛斥的一个化名狄克的人，说他披着马列主义的外衣干着反革命的勾当。牢房里的人虽然不是每个都知道狄克就是"四人帮"之中的张春桥，但也闻出了气味，顿时有人高声朗读萧军《八月的乡村》和鲁迅《三月的租界》。第二天，中央政府向全世界宣布了"四人帮"被抓的消息。

从十一月初开始，在"四五事件"中被捕的人陆续出狱。我的案件虽然与此案无关，但也被算作"反四人帮"的冤案于十二月底被释放出狱。且不说这一事件对于彻底结束"文革"、对于中国现代化历史意味着什么，仅就对我个人来说，它起码改变了我的遭遇。否则，不知我还会被不明不白地关押多久。

从后来官方披露的材料上得知，当时被抓的共三百八十八人。这些人被放出来后并没有马上得到公正的结论。从一九七六年年底到一九七七年年初，社会上要求平反"四五事件"的呼声不断。北京大学等地贴出了许多大小字报，"天安门事件不平反，八亿人民心不安"的大标语和"人民万岁"的传单出现在王府井等繁华的街道上。人们将酒瓶挂在树枝上表示对邓小平的支持。当时，因为呼吁为"天安门事件"平反而发生的案件共八十六起，抓捕十六人。其中包括孙维世的侄女、原中国人民大学校长孙央的女儿和原国民党将军程潜的女儿。

在广大群众生生不息的反抗声中，一九七七年七月，十届三中全会决定，恢复邓小平的工作。一九七八年八月九日，共青团北京市委在北京工人俱乐部召开"首都青年与'四人帮'斗争英雄事迹"报告会。九月至十一月，各报陆续刊登了《天安门诗抄》以及相关英雄事迹。而这一切，都是在中央还未宣布为"天安门事件"平反前新闻媒体的自发行为。

一九七八年十二月二十四日，中共十届三中全会上，胡耀邦被选为中央政治局委员，并出任中央宣传部部长。该次会议的公报宣布："一九七六年四月五日的'天安门事件'完全是革命行动。以'天安门事件'为中心的全国亿万人民沉痛悼念周恩来同志、愤怒声讨'四人帮'的革命群众运动，为我们党粉碎'四人帮'奠定了群众基础。全会决定撤销中央发出的'反击右倾翻案风'运动和'天安门事件'的错误文件。"至此，参与"天安门事件"的和呼吁平反"天安门事件"的所有涉案人员都得到了平反。

此前，北京出版社受命，以"童怀周"（北京外国语学院部分教师的笔名）为主，组成十一人写作组，编写《伟大的四五运动》一书，意在把颠倒的历史再颠倒回来。刘迪成为该写作组成员，经常在写作组驻地出现，我也得以在那里与他相识。该书于一九七九年四月完稿，十月出版。

我试图描述这一事件的全貌，是希望从这一历史过程中看到刘迪和他的朋友们都做了什么。那是一场有百万人参与的大规模群众运动，这场运动把中国带入了现代化的进程。

但和任何一场重大政治事件一样，承担后果的往往是极少数人。在历史的机遇面前，他们以非凡的勇气和优秀的素质创造着历史。我们常常称这种人为英雄。而刘迪对此有自己的解释："我也只是做了我应该做的分内的事，这是我的本分。"什么叫做本分？他接着说："好好学习是学生的本分，种田是农民的本分，做工是工人的本分，而面对法西斯这样的'文化大革命'，奋起造反是每一个有良知的中国人的本分。"

刘迪出生在一个本分的家庭，他的父亲刘隽湘生前是生物制品专家、卫生部北京生物制品研究所血液制剂室主任。他在专业领域里的贡献数不胜数，其中一项与公众离得最近的，即他的工作推动了我国的单采血浆术。这项技术是指将献浆者的血液抽出后，分离成血浆与血球两部分，红血球回输到献血者体内，血浆用于制作生物制品。

刘迪的父亲二十世纪六十年代在中国推动这一技术时，艾滋病病毒尚未被国际医学界正式命名。一九七九年，单采血浆术由天津中心血站试行，很快就在全国范围被迅速推广。三十多年来，这一特殊行业，曾因采血之乱引发令人闻之色变的"中原艾滋之祸"。二〇〇八年，《单采血浆站管理办法》问世。

而在公众视野里，早于一九九九年离世的刘隽湘，身份亦就此尘封，唯一的讣告刊登在一份发行仅千份的专业学术刊物上。在刘隽湘最后的岁月里，他以花甲之龄跑遍河北、河南、山东，奔走在各地血浆站间，身边的助手也感觉到他的忧心忡忡。正如"炸药大王"诺贝尔一样，刘隽湘在弥留之际是否曾有一丝的后悔?

刘隽湘早年就读于北平的燕京大学、上海同济大学医学院和哈佛大学医学院,一九四九年被先于他回国的导师汤飞凡邀请回国,刘迪因此降生在了北京。而汤飞凡,这位将沙眼从高达百分之九十的发病率降到百分之十以下的"衣原体之父",后来在"反右运动"中自杀身亡。一九八一年,汤飞凡被国际沙眼防治组织授予金质奖章,并提名诺贝尔奖。此时,西方人还不知道,世界上已经没有了汤飞凡。

之所以谈及刘迪的父辈,是因为在了解这一切之后,我深切地感受到中国人命运的相似性,刘父与刘父的导师,以及刘迪与刘父,他们都是了不起的人物,而他们的名字只在圈子里如雷贯耳,在公众中却鲜为人知。其次,我想让读者知道,是什么样的环境造就了刘迪这样的人格。

据刘迪的发小回忆,他从小到大从来没打过人,连一句骂人的脏话都没说过。刘迪的招牌衣着是永远洗得干干净净的六七十年代中国工人的劳动布工作服,黑色布鞋,雪白的棉线手套。他是我见过的最讲卫生的男性,也是我见过的衣着最不讲究却最干净的一位男性。据说,"文革"之前他的职业理想是当一名医生。刘迪的招牌表情是笑,由于他天性幽默,加上特别聪明,看人看事总能一步到位,所以他的笑容很丰富,友善的,开朗的,讽刺的,有时是矜持或者腼腆的。

被人们称为英雄、汉子的刘迪,其实骨子里始终留有一份童真,接触过他的人无不为他从内到外的纯净而吃惊。一位曾经受到过他帮助的朋友这样评价他:"一个人一生怎么可能像他这样一点私心都没有？"的确，刘迪是这个时代的奇迹。一九七八年，当他正备考研究生时，他与朋友们的事业遇到了困难，他把自己的家和时间都搭了进去，也与改变个人处境的机遇失之交臂。

他一生没有在一个正式单位工作过。当八十年代喧嚣的尘埃落定，进入九十年代以后，渐入中年的同辈人纷纷把精力转向功利之事，刘迪却把更多时间花在公益事业上。他与朋友李南一起，作为"自然之友"的志愿者，负责调查中国的环境意识现状，连续几年经常钻到图书馆里去作数据统计。近十年来，他开始饲养流浪猫，为了这些动物，他放弃了许多次旅行与聚会。

热闹风光的场合常常没有他的身影，在你没有困难与麻烦时一般也见不到刘迪，但为了另外一些在别人看来小得不能再小的事情，懒得出门的刘迪却能够骑车跑上几十公里。没有人像刘迪这样不愿意麻烦别人，他从不求助，更不诉苦。他的生活对许多人来说都像是个谜。他没有手机，多数人也不知道他家的电话，不确定他在做什么，不知道他靠什么维生，甚至大多数朋友都不知道他得了重病，每个人都为没有为他做过点什么而后悔万分。

有朋友不禁追问，刘迪为什么要选择隐身？他为什么不仅对流俗的社会，而且对志同道合的好友也要隐身？为什么我们对他如此熟悉，却又觉得如此陌生？当他去世的消息传来，大家突然发现，他的经历简单得像一个十几岁的孩子，连编写讣告都成了一件困难的事情。也许，除了不愿意接受感恩和报恩之外，除了要与那些夸张矫情、博取虚名者划清界限外，以他的清高个性和高贵尊严，他无法容忍世人的误读与误解，更不想让犬儒般活着的人们难堪。

## 与久违的读者重逢
### ——北岛和他的《失败之书》

1

很有可能，读过北岛诗歌的人，或者仅仅是知道北岛这个名字的人，都会想读读他的散文。长久以来，作为八十年代中国所谓朦胧诗的代表人物，他一直以符号的方式存在于大多数人的视野背景之中。当然，根据个人的喜好，每个人还可以在他之后填上其他人的名字，比如芒克，比如多多，比如顾城，比如舒婷，等等。尽管在世界甚至仅仅是在中国的文学历史上，无论如何都不能说这是一份值得炫耀的名单，但是，能有这样一份名单，作为同时代人，我们已经可以为此而骄傲了。不同的是，或者因为传奇的消息，或者因为耸人听闻的新闻，或者因为频繁在媒体出现，其中有些人已经被公众熟知，变得不那么神秘了，而北岛却因为他本人的缺席而更加扑溯迷离。他从我们的视线消失，更准确地说，他从来就没有正式出现过，这成为他如今向着我们走来的前提。

神秘带来的可能是光环，也可能是阴影，那么对于北岛来说是什么呢？我们巴不得通过对于他个人言行举止的报道来了解他的生活、创作和个性，但遗憾的是，读者并没能得到满足。虽然就我个人来说，对于媒体总是持有怀疑和保留，但是不能否认，大多数人宁愿通过第二手资料来判断一个作家，而不愿意花点力气从作品下手。北岛散文集《失败之书》的出版，使我们终于有机会通过他本人进入他的世界。

近十年以来，散文，当然还有界定极其广泛的随笔，几乎取代了小说，成为最重要的文学体裁，挤满了每一个书籍热爱者的书架。散文写作的一个重要特征是它的非虚构性，虽然从写作的角度，我们不能说虚构一定比非虚构更好或者更难，但从阅读的角度来说，它的确是更直接，因而也更轻松。有人说，这意味着中国作家创造力的衰退和中国读者的懒惰。这显然有一定的道理，但在我看来并不是问题的实质。我更加倾向于认为，非虚构的文字往往更加纯粹，不能掺水，更不能滥竽充数，不像有些小说家，把短篇抻成中篇，把中篇抻成长篇。而纯粹正是文学之所以吸引作者和读者的最重要的品质。另一方面，在我看来也是更重要的，我们生活在一个实用的甚至是急功近利的现实之中，对于书籍，趣味和情调的功能在很大的程度上被实用所取代。起码，当你想了解一个作家的时候，比起小说，散文更加"文如其人"，更别说与抽象而隐晦的诗歌相比了。

## 2

想知道北岛在国外的日常生活，只需看看《失败之书》第三辑中的篇章。从搬家到赌博，从朗诵到喝酒，像是豁出去了，北岛把自己一锅端了。我们仿佛听到他自言自语地说，是什么样儿就写成什么样，朴实和自然就行！于是，我们看到了他家的后院，像灯一样突然熄灭的玫瑰，巨大的蚂蚁王国，多少有点像哲学家的蜘蛛……（《后院》）知道他曾经在六年内换了七个国家搬了十五次家，在一无所有地漂流的日子里，旅行成为一种生活方式，总是处于出发和抵达之间……（《搬家记》）还知道他是个酒胆比酒量大的饮者，只要旁边有沙发，他就敢连干三杯，事实上，除了喝酒这一个嗜好，北岛是我见过的最不像诗人的诗人，他最不敢冷落的是酒，这个最忠实的朋友，陪他打发那漫漫的长夜（《饮酒记》）。通过这些琐屑的细节，北岛把个性带进了散文，其中穿插着一些好笑的遗闻轶事和意味深长的思考。

《失败之书》第一辑中的文章，或许是读者最感兴趣的部分。北岛把帕斯、特朗斯特罗姆等等国际知名的作家带进了我们的视野。这是他的得天独厚之处，正是由于他个人在国际诗歌界的地位，使得他可以像当年与芒克、多多这样的哥们儿一样与这些名人交往和相处。但是，他写名人并不是因为他们已经被世人颂扬；他写逝者（不只是死者）并不是因为他们再也不能与他一道站在舞台上朗诵。北岛写他们的癖性，写他们个性上的可爱之处，真实之处，因为他知道，仅仅高尚、博学和才气，并不意味着能够成为一个可爱的人，或一个能够被人记住的人。其中写得最传神的，是"垮掉的一代"之父艾伦·金丝堡。北岛写道：艾伦像个仆人似地亦步亦趋、点头哈腰地跟在纽约袜子大王身后，因为这个肥胖而傲慢的老女人是他的赞助人，艾伦许多诗歌活动的经费都是她从袜子里变出来的。这或许会让我们的诗人感叹，中国的袜子大王，或者胸罩大王、卫生巾大王、方便面大王、房地产大王们，什么时候也能变出点艺术活动来呢？北岛还写道：艾伦用一只眼睛看你，用另一只眼睛想心事。在描述了作为摄影家的艾伦的一幅自拍照之后，作者发问："他想借此看清自己吗？或看清自己的消失？""自己的消失"在这里显得暧昧而晦涩。这篇文章的结尾是，"我在人群中寻找艾伦。"而事实上艾伦已经在九天前死了。这种表述在文中比比皆是，我们可以把这看成是北岛散文的诗性，也可以看成是他在偷懒。相对于诗歌来说，散文是加法，当他使用减法的时候，他又折回到了诗人。

《失败之书》的第四辑写了几个城市，巴黎、纽约、布拉格，以及他生活了近十年的加州小城戴维斯。那不是地理意义上的，也不是旅游意义上的城市，而是作家的城市，是诗人艺术家们活动着的城市。地铁，街灯，鸽子，航空港，出租车，死去的卡夫卡，活跃着的桑塔格，还有新知与故交，行色匆匆的北岛在其间穿行，一会儿吃地道的上海菜，一会儿喝匈牙利牛肉汤；有时候是英文，有时候是中文；和某些人擦肩而过，和另一些人狭路相逢。

　　这使我想起三年前和北岛在纽约见面的情形。本来我在纽约的日程只有五天，到了第四天北岛才从欧洲回到纽约。有趣的是，和十几年前在街上分别时一样，重逢是在纽约图书馆门口的露天咖啡亭。陪我同去的甘琦像是得救了，把我丢给北岛，跑到世贸大厦去会自己的朋友。我不知道是该为没有错过和北岛的约会而庆幸，还是该为错过了一次历史性的观光而遗憾。我返回中国的第三天，世贸大厦已经不复存在。北岛在《纽约变奏》一文中这样描述这次事件："两只金属大鸟先后插进曼哈顿两栋最高的大厦，引发了一场大火，巨响和热浪，让栖息在楼顶的鸽子惊呆了，它们呼拉拉起飞，在空中盘旋。"事实是，如同美国人不可能复制同一座世贸大厦一样，我也不可能复制同一次约会；虽然，以后我可能无数次地再见北岛，却不可能再走进一座已经不复存在的建筑。我们常说，什么改变了什么，或谁改变了谁。比如说，北岛改变了我的行程，本来第二天是要到宾州的老宋家，却被北岛带到了新泽西，见到了我大学时代的朋友。我列举惟一一次与北岛在国外的相遇，是想说明，北岛的生活中多是这种前无来处、后无去向的际遇。一个"在路上"的人，行程永远是不确定的，像是剪接后的蒙太奇，有场景而没有剧情。

3

　　评价一个作者，或者评价一种文学现象，一定得在比较中进行。就说散文随笔，同样是拿历史说事儿，吴思对历史思考的力度和穿透性无疑比余秋雨不止高出一筹；同样是写人生，哲学界人周国平成了偶像散文家，而文学界人史铁生则用散文架构哲学。拿杨绛本人的散文比较，毫不夸张地说，出版于八十年代的《干校六记》，那种在现实生活的基调上散发出来的超然的人生境界，时至今日仍然几乎没有人能够达到。但是，到了《我们仨》，还是散淡，但通篇的游戏氛围之中却透露出一种刻意。

说远了。再回到北岛。

正如人们总是情不自禁地把他前期的诗和他近期的诗加以比较，得出哪些好或者哪些不好的结论一样，有些人又会不由自主地把他的诗和他的散文加以比较，得出哪个深刻或者哪个肤浅的结论。因此，《失败之书》出版之后，有些读者有不满足之感。这部分读者认为，他的题材过于狭小，叙事也过于琐碎，与原本印象和期待中思想深刻并且富于哲理的北岛有些许落差。

是作者的问题，还是读者的问题？一个写作者，无论如何都有一群假定的受众，当鼠标一点，这些文字发到编辑的电子邮箱之后，他应该知道，在稍后的某一天，它们将与作者的名字一起出现在报刊的某一版或某一页，出现在订阅者的案头或者床头。正因为如此，虽然每一个写作者都有自己的独特之处，独特的题材，独特的写作方式，独特的语言习惯，但他们在写作时都自然而然地意识着特定的读者的存在。

我想，问题正是出在这里。我们原本并不是作者的假定受众！一个每天操着英语却要用中文写作的人，他意识中存在着的，即不是可能成为他对手的读者，也不是可以与之倾诉肺腑之言的读者，北岛曾坦言："在海外的生活，虚无的压力大于生存的压力"，正是所谓"虚无的压力"使他处于一种缺乏张力的、失重的状态之中。在漂泊的日子里他的心理支柱是什么？这些是我们特别想知道的，但这并不一定是我们能够理解的，完全生活在不同处境中的人是不容易进入的。从这一角度来说，并不是所有人都有资格说，北岛的散文是好看的或不好看的，可读性强的或不强的。

另一方面，不是每个诗人都喜欢成为思想家，说一个诗人有思想也不一定是他最愿意接受的赞美。没有谁说芒克思想深刻，但没有谁不承认芒克是天才诗人，如果你指责一个天才诗人没思想他一定不会抗议，但如果你说他是思想家，说不定他反倒会和你急。我们可以把北岛写散文，看成是诗人自己给自己放假，或者是写作疲倦后的散步。我愿意将其称之为"写作外的写作"。然而，文中的幽默、调侃与自嘲，还是没能掩盖字里行间透露出的无可奈何的落寞。正如萨特所言，那种"忧郁"好比是对人的状况的觉醒，进而积极地"在忧郁中建立的平衡"。所以我们不可能在北岛的散文中寻找到宁静的、从容的温情或者夸张的、专注的激情，温情与激情都还在，但却是淡淡的、琐碎的。他自己声称，写散文只是为了养家糊口，这一交易行为与他的作品一道，构成他的生活境遇。北岛与许多与他处境相似的人相比的可贵之处正在于，他从来不强调作为一个诗人的特权，却从来不放弃作为一个人生活的特权。他用生活换取生活。我甚至认为，他之所以将它们结集出版，正是对于人们期许中的那个思想者的北岛的反动。他希望以一种平常之心回到家乡，与久讳了的读者重逢。

正因为北岛回避了宏大的题材，所以避免了云山雾罩的空话和神气活现的大话。就现代汉语的现状来说，这绝不是一个低标准。史铁生曾经给一个少年这样的建议：任何领域排在前十位的人写的散文都可以读。这个标准果然简单而准确，自然科学家如费曼，政治家如邱吉尔，都写过有趣而睿智的散文。权且使用史铁生这个标准，选择他的散文来读也绝对是不会错的。况且，仅就作文之道来说，北岛散文无疑堪称优秀。

4

这本书的书名也是读者特别关注的一个话题。为什么是"失败之书"？作为编者，我曾试图说服他用他早期著名的《一切》中的第一句——"一切都是命运"为本书命名，我觉得，那不但可以唤起人们对于作者的记忆，而且可以唤起人们对于历史的记忆。

北岛是以失败来概括他文中的人物吗？还是以失败自况？

李尔克说过："没有什么成功可言，挺住，意味着一切。"

文学史上，不乏因失败而获得成功的伟大文学家，有的被失败所造就，有的主动地选择了失败身后获得了功名。从这个意义上来说，也没有什么失败可言。当然，不是失败者并不意味着就是它的反面——成功者。我更愿意接受欧阳江河在回答《南方周末》记者王寅的采访时的说法——这个书名相对于这本书来说太重了。

《失败之书》的附录部分收入了《书城》杂志记者2002年在波士顿对他进行的专访，当记者问他如何看待早期诗歌时，北岛回答说："现在如果有人向我提起《回答》，我会觉得惭愧，我对那类诗基本持否定态度。"从文学批评的角度讲，北岛对自己前期诗歌的否定，不仅是正常的，而且是可贵的。读者不愿意接受对他前期诗歌的否定，与其说是出于文学的理由，不如说是出于历史的理由；与其说是出于理性，不如说是出于情感。虽然看起来产生和传播那些诗歌的社会现实和历史背景似乎已经不存在了，但实际上并没有根本的改变，而是更加深刻地存在着。因此，那些诗歌所表达的价值观依然具有现实意义，诗歌本身的重要性也依然存在着。他的成名，绝不是自己一厢情愿的结果，而是由特定的社会现实和历史背景决定的。所以，如同我们没有权力责备北岛对早期诗歌的自我的否定一样，北岛也没有权力要求我们放弃对早期诗歌的肯定。当然，不放弃评价其重要与否的同时，一点也不妨碍有人对他的近期诗歌或者散文进行好与否的评价。如果说，惟美，惟思想，惟技巧，都是不能令人信服的，那么，一个作家、诗人，在自己的美学追求之外，该如何为社会提供思想资源呢？我没有能力就此自圆其说，这是留给理论家们干的活儿。

诗人有诗人的一厢情愿，读者有读者的一厢情愿，其中难免产生误读。但我们应该分清，对诗人的误读并不意味着对其作品的误读。同样是文字，文学作品与产品说明书不能等同的最大理由是，作品一旦发表，作者便丧失了解释权。事实上，诗人从来是与社会和读者保持距离的，往往距离越大，其作品的成就也越大。如果说当年北岛与读者更多的是时间上的距离，如今，他与读者更多的则是空间上的距离。北岛早期的诗歌之所以影响巨大，正是因为他的超越性，否则为什么被记住的是北岛而不是别人？有谁因此而对他失望，要怪只能怪自己一直以来对他的误读。

好在，北岛的否定是有限定的，他否定自己的早期诗歌，是因为"它是官方话语的一种回声"，"有语言暴力的倾向"。我以为，这是他的美学追求，也是他一贯的追求，正如他在同一篇访谈中所说："摆脱革命话语的影响，是我们这代人一辈子的事。"然而，在摆脱革命话语之后，如何建构"非革命"的话语呢？这是我的难题，我相信也是北岛和很多人的难题。我甚至怀疑，如果不是钻进象牙之塔，穷尽一生，我们是否能够做到。

# 来自另一个世界的孩子
## ——高尔泰和他的《寻找家园》

　　二零零一年八月去美国旅行，因为非常偶然的原因被一个姓魏的朋友带到了新泽西州一个风景如画的住宅区。它远离闹市，幽静自然是好，但生活上很不方便，我做客那家被称为"阮太"的女主人七十多岁了，还要自己开车到几公里远的地方购物。几年来，高尔泰就在这里读书写作，过着隐士般的生活。

　　就是这个阮太，无意间说到高尔泰是她家的邻居。对于关注八十年代思想文化界的人，高尔泰是个如雷贯耳的名字。人们对于他的敬意来自于他在社会上两度昙花一现。第一次是五十年代。在《论美》一文中，高尔泰提出了主观美学的观点，挑起了五十年代的一场美学大辩论，并因此被打成了右派；第二次是八十年代。一方面，除了继续表达因为五十年代不能在场而没有表达完整的美学思想，他关于人道主义与异化的文章，开启了一代青年与学人；另一方面，当人们对潮水般涌来的新思潮应接不暇时，他始终以理性主义的精神，对于保守与创新、西方与东方、世界与民族等重要问题发出拨乱反正的声音，并因此在"清除精神污染"中受到批判。中国现有的美学史或者文学史，不知道会不会给他的著述一点篇幅，或者只提到他的名字，或者不公平到了干脆连名字都省略了。而他的上辈人以及同辈人朱光潜、宗白华、蔡仪、李泽厚等等，他们的名字和著作，却肯定会远远比他辉煌和隆重。

我对高尔泰的敬意还不止于此。从九十年代中起，我从海外复刊的《今天》杂志陆续读到高尔泰以自己的亲身经历写成的系列散文。杂志一到，先找他的名字，像是要过把瘾，一口气读完，再读第二遍，然后从心底里感叹：高尔泰就是高尔泰！

所以当吃完了阮太包的饺子，说打电话给高尔泰时，我又高兴又忐忑。因为一直以来都有人说，这个人有点怪！不知道电话那边都说了些什么，总之，阮太说他读过我的文章，很愿意与我见面。这已经足够让我受宠若惊了，尽管见面必须在晚十点以后。因为他的妻子浦小雨在邮局工作，每天上夜班，那时正在休息。

早听说高尔泰瘦，现在还是瘦，但筋骨好，精神也好。尺把长的头发扎在脑后，一副仙风道骨的隐士模样。他迎出来，讷讷的，有几分拙，加上听力不好，说话声音特别大。也像是有人曾经说过的，没有一点所谓知识分子驾势。一个曾经在八十年代到他成都的家里去过的朋友说，那时他是家徒四壁，除了床和桌子什么家具都没有，窘困到买不起肉和水果！是啊，悉数他的经历，出生和读书都在江苏，毕业后工作在兰州，五七年反右后被送到甘肃省夹边沟农场，六二年结束劳教到了敦煌大漠，七八年平反到八二年，四年间他在兰州－北京之间打了个来回，然后是天津、南京、成都……如此动荡的生活，怎么容得下一个安稳的家？如今他有了可以放置桌呀几呀的地方，房间仍然是空荡荡的。他说，这样方便画画。我恍然，噢，他不只是美学理论家、作家，还是个画家。后来读了书稿才知道，他原本就是学画的，可偏偏在美学上出了名，歪打正着地，他一写文章就招灾惹祸，一画画就逢凶化吉。七十年代初，他被迫画了百多幅巨型毛像，因此逃离了夺命的夹边沟。

我们之间惟一的联系是在同一本杂志上发表散文，对于他的文章除了赞美还是赞美，我不知道还能说什么。他告诉我，他正在写《寻找家园》第二部，已经完成的第一部希望能由我带回北京出版。此前已经有几个人与他联系，但出于信任，他愿意由我做这本书的代理，我深知这份托付的分量。因为不用电脑写作，稿子只有一份，我们商定，第二天由阮太开车去复印并寄到我下一个落脚的城市。

在回北京的飞机上，我第一次通读了《寻找家园》的全稿。本来难以忍受的行程，因为阅读的投入变得不值一提。我意识到，这是我编辑生涯中遇到的最有价值的作品。在这本书两年多编辑出版的过程中，我反复地读《寻找家园》，也反复地读高尔泰这个人。他的著作让人联想到索尔仁尼琴的《古拉格群岛》，而著作中的他，又让人联想到帕斯捷尔纳克。对于我们这个国家，这个民族，这个知识界来说，高尔泰实在是一个异数。

高尔泰一直是孤苦的。在夹边沟农场的日子不用说了，文革中，他从敦煌被抽调到酒泉办展览，体弱多病的妻子李茨林带着女儿被下放到农村，因为交通不便病倒了无法医治，当他用了三天时间赶到时，只来得及看到她的遗体。妻子死时怀着八个月大的胎儿，留下个三岁大的女儿。从此，他带着女儿，颠沛流离，吃尽了苦头。这个苦命的孩子最终没有逃离母亲的命运，重点中学免试保送的成绩，却上不成大学，九十年代初死于非命。母女俩人死时都只二十多岁。高尔泰的第二次婚姻在法律上维持了十五年，其中为离婚分居七年。另外的时间塞北江南，相隔万里，如果按每年见一次面，每次一个月算，加起来一共八个月。离婚后两个女儿跟母亲，如今女儿已经三十上下，父女隔海相望，起码有十五年没见过面。中年觅得知音，再婚却困难重重，婚后虽心心相印，但贫病交加，第三任妻子又险些丢掉性命。他把如此黯淡的生活，都当作命运的恩赐领受下来。

世俗生活的孤苦对于一个思想者来说不是最重要的，重要的是在精神上的绝对孤独。《论美》完成之前，他曾把疑惑与苦闷写信给傅雷，让他失望的是，傅雷的回信像支部书记打通思想：口口声声追求真理，真理早就被证明了，就在眼前，你却视而不见，难道是聪明的吗？因为越想越不服，越想越堵得慌，于是奋笔成就了《论美》。完成之后，他曾就教于当时西北师范大学院长徐褐夫，这位来自于莫斯科大学哲学系的教授，虽然态度极为诚恳，但是观点却让他无法苟同。

文章作为批判的靶子刊出后，大名鼎鼎的朱光潜、宗白华、侯敏泽等美学权威都发表了批评意见，直至被别有用心地利用，把唯心与唯物上升到革命与反革命的斗争。怎一个"地老天荒无人识"！

中国几十万右派，被整死的有之，被压垮的有之，劫后辉煌的有之，辉煌之后忘乎所以的亦有之。惟有高尔泰，劫难宿命般地追赶着他，却丝毫没有磨钝他触摸自由的敏感神经。与我们需要经受觉醒的镇痛的一代人不同，他像是来自另一个世界的孩子。十五岁，带着山里少年的野性本色，他从家乡封闭的山里走进一个个同样封闭的边远小城。他拒绝几十个人把同一个模特画得一模一样。他不明白，为什么他的拒绝会成为一个"事件"。他更不明白，一向敬爱的吕去疾先生居然和别人说一样的话。十六岁，读《大卫·科波菲尔》，他评价说，很美，很生动，但不深刻。理由是，密考伯最后当了印度总督，但没一个英国人问一问，英国有没有权力统治印度，如果是俄国作家，一定会弄一个人出来问一问的。十九岁，他自问："为什么自己的命运，要由一些既不爱我、也不比我聪明或者善良的人们来摆布？"二十岁，他挑战权威，开拓了中国美学最富生命力的学派。从大自然的怀抱中走出来的少年，没有偶像，没有权威，没有导师，他的精神家园是自给自足的。为了偷吃几颗沙枣，他在一片沙丘中走迷了路，他想到的不是恐惧，而是"想到在集体中听任摆布，我早已没了自我，而此刻，却能自己掌握自己，忽然有一份感动，一种惊奇，一丝幸福的感觉掠过心头。"(《正则艺专》《唐素琴》《论美之失》《沙枣》）他始终梦想的，是与世界同一的自由。自由对于他来说不是政治的，不是意识形态的，甚至也不是打压后的反弹。"美是自由的象征"——他在审美的层面上追求自由。自由是超越一切的。他并不想与谁或与什么对抗，但不屑的高傲，使他一次又一次陷入困境。

没有呼天抢地的大悲愤，也没有伤心欲绝的大哀怨。与他的美学理论一样，他从感性出发，回归本真的人性。同是回忆录，从材料的选择，细节的捕捉，到叙述的角度，都大大超越了囿于个人经历的自传，更有别于在意识形态框架下批评意识形态的庸俗社会学文本。

他写饥饿：喝完糊糊，舔完盆，就去刮桶。"刮下来的汤汁里带着木纤维、木腥气和铝腥气。"（《沙枣》）

他写寒冷："虱子怕冷，都离开冰冷的衣服，到干燥的皮肤上来爬，浑身奇痒难熬。不得不时时扭动身体，使衣服和皮肤互相摩擦，干扰它们的行动。"（《风暴》）

他写死亡：一个为凑数而被打成右派的独生子，瘦得衣架似的，顶着守寡的母亲寄来的引人注目的蓝色大皮袄，下摆空荡荡的直透风，怕磨出白印，不舍得捆上根绳子。"……看到他在前面走，居然在腰间束上了绳子。到底还是想通了！我很高兴，赶紧追了上去。他回过头来，竟是穿着蓝皮袄的另一个人。那人告诉我，龙庆忠已经死了。接着穿这件衣服的人后来又死了。这衣服到他手里，已经几易其主了。"（《蓝皮袄》）

他写麻木：为了避免抵触而挨批，夹边沟的人创造了举世无双的笑——"眼睛眯着两角向下弯，嘴巴咧着两角向上翘，这样努力一挤，脸上横纹多于直纹，就得到了一个笑容。"还有举世无双的跑步姿势——"抬着筐一耸一耸地在全部都一耸一耸的人群中嗨嗨地穿行。"从这怪异的笑容和姿势中，"不论如何，我相信，绝不会有人读出，这就是幸福的符号。"(《幸福的符号》)

在中国这块土地上，有太多悽惨的故事，因而有了太多催人泪下的文字。然而，静夜读高尔泰，觉得血管胀得鼓鼓的，血液被激荡起来，仿佛能听到撞击心脏的声音。但是，眼睛却是干涩的。面对如此诉说，泪何以堪！情又何以堪！！

不随俗，已经不易。不从雅，则更不易。不管是被尊为"旗帜"，还是被贬为"靶子"，他原本不应该是默默无闻的。与另一些声名远播的、此落而彼起的知识分子不同，高尔泰的辉煌是货真价实的，有他虽不是迭宕浩繁但独树一帜的文字为证；有他虽没有流行的效果但潜在而持久的声望为证；同时，高尔泰的甘于落寞也是实实在在的，有他从反右到文革以至到八十年代长达三十年非凡的际遇为证；有他从九十年代初至今长达十几年隐士般的生活为证。但是，不管是大起还是大落，不管是行文还是为人，高尔泰没有"我不下地狱谁下地狱"圣徒般的悲壮，也没有"风萧萧兮易水寒"英雄般的豪情。他控诉，但不止于个人的悲苦；他骄傲，但同时也有悲悯；他敏感，但不脆弱；他唯美，但并不苛刻。

《寻找家园》里描写的人物，有一直爱恋他，却时刻让他觉得"正确得可怕"的唐素琴；有为了保护他，烧毁了他的日记，在私下里与他串供的管犯人的犯人安兆俊；有先揭发了他，随后也成了右派，跳楼自杀的上海人孙学文；有打人成性，最终被他打服了的工人阶级王杰三；有省公安厅有恩于他的政工干部丁生辉和东林……在高尔泰的笔下，每一个都像一幅肖像画，在我所看到的写实性描写中，很少有人能比他更真实更准确地，通过一瞬间极小的细节，把人物活生生地刻划出来。

他忏悔，在全国性的大饥荒正在蔓延的时候，他却在画桌上鱼肉酥脆流油，馒头热气腾腾，男女老少个个满面红光笑口高张。"我一门心思制造效果，致力于细节逼真，气氛热烈，想不到自己是在撒谎，是在扩大灾难……变成了他人手中一件可以随意使用的工具，变成了物……"对于他的忏悔，你不由自主地想为他辩护。一边是作为物质的生命的极限，一边是作为精神的尊严的极限，有谁能够恰如其分？然而，你意识到，当你试图为他、实际上也是为自己这样辩护的时候，清白，圣洁，高贵，这些本来就难以企及的品质、品格，教养，就会离我们更加遥远，成为了昨日的精神。

在这样的阅读中，我理解了在北美与他亲近的北岛、李春光这些朋友，何以接受了高尔泰的"怪"。正是绝无哗众取宠之心与谄媚之态，成就了他卓而不群的品性，也注定了他绝然的孤独。他的听力不好，每次通电话，对我都是一次奇特的经历。我说，他的妻子小雨听，再凑近他的耳朵大声地转达。着急的时候，他会抢过话筒，但我的应答他还是听不见，更着急，又把话筒再传给小雨。完全可以想像，他的与世隔绝，他的不通世故，他的任性，怎样使朋友们哭笑不得。像是历史的疏忽，转眼间高尔泰已经是一个老者。但不是返老还童，他一直就像个孩子。如同不忍亵渎赤子的纯粹与率真，朋友们也不能不原谅他的不食人间烟火，虽然时有抱怨，却又情愿被他累着。

之所以写下以上的文字，因为在那个夜晚的零点时分，他对我热烈的鼓舞和殷切的重托。但又不仅于此，还因为，他承受了无边痛苦的生活，以及追求真理的言说。即便是抛开历史的、文化的、思想的、社会的价值不说，仅其文学的魅力、文字的功力，《寻找家园》与现世许许多多号称著名的文人、作家的作品相比，都要高出许多。在为这个没有大师的时代而感叹的时候，但愿，同时作为美学家、作家、诗人、画家而存在的高尔泰，以及高尔泰著作的出版，能使我们得到些许安慰。

**图书在版编目（CIP）数据**

半生为人/徐晓著. ——北京：中国文史出版社，2016.1

ISBN 978-7-5034-7263-3

Ⅰ.①半… Ⅱ.①徐… Ⅲ.①随笔－作品集－中国－当代 Ⅳ.①I267.1

中国版本图书馆CIP数据核字（2015）第308060号

# 半生为人

财新图书主编：徐　晓

财新图书策划：张　缘

责任编辑：蔡晓欧

装帧设计：合和工作室

出版发行：中国文史出版社

社　　址：北京市西城区太平桥大街23号　邮编：100811

电　　话：010－66173572　66168268　66192736（发行部）

传　　真：010－66192703

印　　制：北京鹏润伟业印刷有限公司

经　　销：全国新华书店

开　　本：875毫米×1270毫米　1/32

印　　张：9.25

字　　数：180千字

版　　次：2016年4月北京第1版

印　　次：2016年4月第1次印刷

定　　价：42.00元